copy:sm

TO : NO.XXX

FROM :

SUBJECT:

悬 疑 小 说 系 列

Who is liar?

WH[redacted]AR?

说谎者游戏

Who is liar?

主编 秦森

新世界出版社
NEW WORLD PRESS

大雾在眼前渐渐消散，你有些茫然地站在这间没有门窗的白色房间中。

房间最中间的屋顶上，挂着一盏散发着昏暗光线的白炽灯。

灯光下是一张大圆桌，围绕着圆桌均匀地放着 11 张凳子，其中标记着“1—10”号的凳子都已经有人入座，唯独还有一张标记“0”的凳子空着。

想必这就是你的位子。

此时看到你出现在房间中，这十人齐齐望向你，你虽然看不清每人的神情，但你却能清晰地感知到他们视线中的打量之意。

你强行镇定地在 0 号位坐下，众人的视线跟着你的行动移动。你感到一丝奇怪，这些人仿佛是被提前设定好的机器人。

等你坐下，你手边 1 号位上的男士开口说道："玩家已到齐，我们的游戏即将正式开始。首先说一下规则。游戏规则很简单，我们每个人都需要说一个故事，让其他人来判断是真实发生的还是编造的谎话，每轮会进行投票，根据人数占比来判断输赢，站在多人选择的一方就算赢。"说话间，1 号男士缓缓扫视所有玩家，话音落下的同时，他的视线最终落到了你的身上，"明白了吗？"

"嗯。"你不动声色地点头。

就在此时，白炽灯发出"扑哧"一声，彻底熄灭。

黑暗的房间中，突然有一道空灵的声音在你耳边轻轻响起："放心，我不会让你平白无故地去推测所有故事的真实性，我为你准备了一些物品，作为每个故事推测真假的突破口，这些物品绝对真实……时间不多了，我没办法告知你每个物件对应哪个故事，你需要自己将物品对应到故事上……这个赌局关乎我们的记忆，如果失败，我们将一起坠入这无边黑暗的禁地之中。我相信你，我只相信你的答案。"

这不是 1 号男士的声音，但你并没有被吓到，只默默点了点头，好像默认这个神秘人能看到你的动作。

昏暗微弱的灯光再次在圆桌上方亮起，所有人的号码牌在面前清晰可见。

"'说谎者游戏'正式开始。"

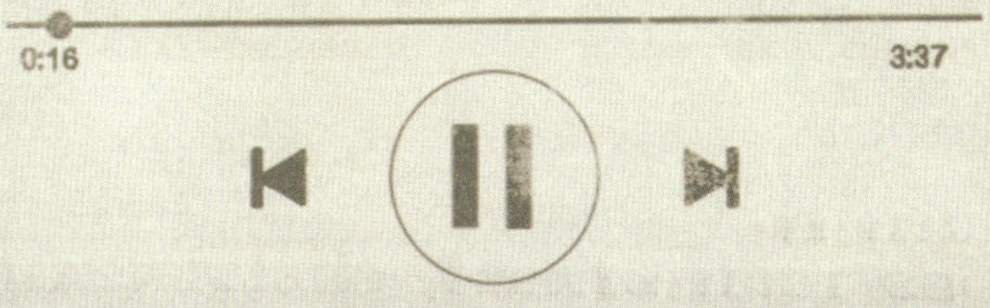

“说谎者游戏”规则

尊敬的玩家，您好。

本场游戏您的座位编号为“0”，游戏代号为“~~莱森~~周野”。请不要泄露出自己的真实身份、姓名，否则后果自负。

在座 11 位玩家，每人都会分享一个故事，所有人都需要判断其他人的故事是真实发生的还是编造的谎话，然后进行投票。最终，我们会根据您的投票结果是在多数人方还是少数人方判定您每轮游戏的输赢。

这场游戏每个人的筹码都是自己的记忆，如若不能胜出，则会逐步失去自己的记忆，直到最后……

祝您好运。

玩法/任务指引

WHO IS LIAR?

1. 阅读所有故事，将我为你准备好的 11 份【玩家档案】、10 个【解谜道具】和故事一一对应。

2. 破解【解谜道具】答案，获得每位玩家的“座位编号”，然后根据玩家档案的描述，判断每位玩家叙说故事的真假。

3. 根据【玩家档案】的指引发送“真假投票”至微信公众号“404 乐园”，获得每轮故事的输赢结果。

相信自己，相信我。

“404 乐园”微信公众号

Qin sen

EDITOR-IN-CHIEF

Who is liar?

目录

Contents

Regularly on the Payroll Savings Plan

001

UNDER CONSTRUCTION

FERNANDO

FORERO

UNDER CONST

窃巢

文/贺兰邪

Who is liar

NO.001

入户指南 重启调查

供词风向 模仿秀

谎言游戏

朋友

窃巢

谎言游戏

轮到你了 二月二十九日

IC DESIGNER

REFERENCES: Qie chao

TRA R

窃贼 NO.001

[redacted]

She's liar

1.

2018 年 6 月，东俞市雨水增多，东城河水漫出，淹没了老宅区的一楼。

连续几天的大雨，让陈错无法找到活儿干。因为一到下雨，大家都会待在家里，他没办法进屋盗窃。

漫长的雨季让陈错感到厌烦，只能藏身于东城河边的老住宅区。

陈错是个小偷，东河小区是他最喜欢光顾的地方，因为这边的治安很差，摄像头也没几个，再加上这片住宅区将在明年十月拆迁，根本没人会在意这座老楼。年久失修的老楼，就像是病房里垂危的老人，不到死去之时，根本没有人注意。

东河小区的居民大多是老人，老人上了年纪听力不怎么好，就算他半夜摸黑进去，也能毫发无损地出来。

尤其是三栋四楼的那位住户——宋海天。

宋海天是一位画家，三年前遭遇车祸，眼睛失明了后便不再画画。但他靠着以前赚来的钱，足够生活到八十岁了。

陈错第一次来宋海天家里偷东西是因为他饿了，饥肠辘辘的他在黄昏时分进入宋海天的家里。打开冰箱看见里面的食物，他狼吞虎咽地吃起来。

太久没吃饭吃得有些忘我，陈错甚至把这里当作了自己家——吃饱了，他居然躺在沙发上睡着了。

等他再次醒来时，屋子的主人正准备进门。他手忙脚乱地把那些碗筷藏在桌子下面，然后躲在冰箱后面的视角盲区。

随后，他听见门开了，屋子的主人正在跟一个年轻人说话。

“宋老师，这地方明年十月就要拆迁了，你还不搬走吗？”

宋老师回答：“还不能走，我儿子说他明年六月份要回来，我怕他回来了找不到我。我就在这里等他。”

“你没有他的联系方式吗？可以打电话通知他，你换地方了。”

宋老师叹息，语气里尽是惋惜之意：“我跟他的关系不好，十年前他离开家里，我们就断绝了往来。除了他用公共电话打电话找我要钱，我基本上联系不到他。”

俩人说完话，宋老师把门关上进屋，陈错从门口处的镜子里看到了宋老师的脸——他居然是东俞市里最有名的画家宋海天！

他居然住在这种地方？

最让陈错震惊的是，宋海天居然是个盲人，他在屋子里慢慢地摸索着，然后坐在沙发上叹气。

这让陈错松了口气。

他本以为今天就是他职业生涯里的最后一单，没想到他居然还能活着走出去，因为这盲人根本看不见他。

他安安静静地待在冰箱后面，盘算着等宋海天晚上睡着后，他就从这里溜走。

宋海天安静地坐在沙发上，戴着墨镜，不知道在想些什么。过了一会儿，他打开电视。

盲人还看电视？陈错纳闷。

事实上，宋海天没有看电视，他在听电视。他听的是天气预报，然后又听了听当地新闻。

直到闹钟播报时间晚上八点半，宋海天终于起身去洗漱。他摸索着进入卫生间，捣鼓了好一阵才结束，然后回到卧室躺下。

陈错在等宋海天睡着，直到整个屋子陷入死一般的寂静，陈错终于动了。

此刻已经是晚上十点。陈错将桌子下面的碗筷取出来，拿去厨房冲洗，然后小心翼翼地放回原位。以前他在电视上看过，盲人虽然眼睛看不见了，但是他们的感知能力比正常人更强，如果到时候让宋海天摸到了碗筷不在之前的位置上，说不定会报警。

为了预防宋海天报警，陈错这个小偷居然第一次帮屋主打扫房间。

打扫完后，他并没有立刻离开，而是溜进宋海天的画室。

陈错没有开灯，借着窗外的月光，他看见这十五平米左右的画室里摆满了颜料和作品。满墙都挂着宋海天创作的油画，他是写实派画风，细致到毛衣上的毛流都能清晰地展示出来。

在房间右侧墙壁有一排书架，书架上的书大多是有关心理学和刑侦题材，一排又一排地码着。如果他仔细看，应该能发现这些书还很新，因为塑封被拆掉后，书本内页完全没有翻阅过的痕迹。

陈错走过去抚摸着墙壁上的油画，他只有小学文化水平，对于绘画技术的理解还停留在水彩笔和蜡笔的阶段，不懂欣赏油画艺术。但他知道这一堆肯定能卖不少钱，以前他溜进画展看过宋海天画作的价格，一幅画最少都是 5 万起步。

房间内最大一幅画叫《窃巢》，陈错觉得这幅画给人一种震撼人心的感觉。他很想偷走拿去卖钱，但是这么大一幅画搬出去一定会被路过的邻居看见，所以他只能选一幅小一点的画作，方便自己拿去黑市倒卖。

左挑右选，陈错选了一幅最小的肖像画，画上是一位白衣美人。

趁着夜色，陈错带着这幅画匆匆地逃出了宋海天的家门。

2.

陈错拿着这幅画去黑市卖了五万块钱，这笔钱够他潇洒好一阵子了。

后来有熟人问他，怎么一下子出手那么阔绰，他总是笑着说中彩票了。

陈错向来游手好闲惯了，钱花完了，他干脆又去宋海天家里偷东西。

知道宋海天上次没有发现后，他更加猖狂了，甚至有时候会住在画室里。他完全把这里当作自己家了。

也许是和宋海天相处的时间久了，他都能未卜先知地算出宋海天的动向，反正每次推门进去，宋海天都不在家。

宋海天有个习惯，他每天午后喜欢去白鸟花园坐一会儿，以前眼睛没出事的时候，他经常会在那边写生，也会在那边教学。眼睛失明了之后，他就只能单纯地在那边坐上两个小时。

陈错曾偷偷跟踪过宋海天，发现宋海天在白鸟花园认识一个小孩，小孩因为患有口吃，不敢轻易地开口说话，但他和宋海天成了朋友。

小孩负责读书给宋海天听，宋海天负责纠正他的读音。但是小孩只有周末在，宋海天也就只有周末才能笑起来。

不知道是不是出于怜悯，陈错只偷了那一幅画，此后，他就再也没偷过他的画，只经常去画室住一住。

他觉得这真是见鬼了，他一个恶贯满盈的小偷，犯得着去同情一个孤寡老人吗？

其实宋海天也不老，他今年刚满五十岁。如果不是眼睛看不见了，他还能做好多事情呢。就因为失明了，他每天只能拄着拐杖，活得老态龙钟。

在宋海天家“偷住”半年后，陈错终于出现了极大的失误。

6 月 5 日这一天，他算准时间进入宋海天家里，却撞见了一个人——一个死人。

那个死人倒在地上，胸口插着一把刀。这把刀是陈错随身携带的刀，前几天他把刀落在宋海天家里忘记拿走了，现在他的刀杀人了。

陈错心想，如果他去报警，谁愿意相信他一个小偷的话呢？

正在他想要拔刀逃跑时，宋海天和一个年轻人出现在家门口。屋子主人与小偷第一次见面，居然是在凶案发生之后。

陈错急得面色发白，他不敢说话，脑子里已经在想自己该如何跑出这片小区，即使跑出小区，那他又该如何跑出这座城市？

他要一辈子背负杀人犯的罪名吗？

电光石火之间，宋海天身旁戴眼镜的年轻人率先开口，他指着陈错对宋海天说：“宋老师，这是你儿子宋垣回来了？”

眼镜男显然没见过宋垣本人，陈错却见过，因为那地上的尸体就是宋垣。他刚才准备拔刀的时候，看见了宋垣的身份证掉在地上。

他和宋垣身高体形都差不多。他现在只剩下两个选择，第一个是逃跑等着被抓，第二个是承认自己就是宋垣，然后把这个碍事的年轻人赶走。接下来他只需哄骗这个盲人，冒名顶替宋垣成为盲人的儿子，就可以蒙混过关。

陈错怕死，他选择的是后者。

他咽了口唾液，希望这个盲人听不出来自己的声音与宋垣的区别。

“爸爸，是我回来了。”

3.

陈错觉得老天爷待他不薄，幸好宋垣死在画室里。不然那年轻人一定会看见这血腥的场景，到时谁会相信自己呢？

陈错和宋海天在一起生活了半年，知道宋海天的生活习惯，三言两语就把宋海天骗住了。

宋海天信以为真，以为是离家数年的儿子回来了。他激动得就差流泪了，转头就对眼镜男说："小张，我儿子回来了，我今天要跟他叙旧。过几天我要把那幅画卖掉，换成钱，带儿子去住大平层。"

"好好好，宋老师，那我就不打扰你们了。"小张不再打扰父子二人叙旧，匆忙离开。

宋海天说今晚要吃顿大餐庆祝一番，他要带陈错去下馆子。陈错忙说他可以做饭，他害怕去外面被人认出来。

宋海天似乎很心疼他，从兜里摸出三百元给他，让他去旁边的超市买菜回来。

陈错哪敢离开屋子，万一被宋海天发现屋子里的尸体，那他这辈子也就只能吃牢饭了。

思来想去，他决定带宋海天一起去买菜。宋海天倒也没推辞，他最爱的儿子回来了，他一刻也不想与其分开。

父子俩人喜滋滋地出门了。

陈错出门的时候戴上口罩，宋海天拉着他兴奋地说着这几年的事情，但陈错无心应对。

两人进入超市，恰好遇见邻居，宋海天很激动，对邻居说："我儿子回来了，怎么样？这几年不见他是不是更帅了？"

陈错十分尴尬，心想还好他戴了口罩。

邻居也跟着笑："是啊，一表人才，不过这大夏天戴着口罩不热吗？"

陈错连忙解释："我前阵子得了流感，害怕传染给你们。"

邻居听完立刻后退三米："您爷俩走好。"

陈错害怕宋海天招摇过市，可宋海天在这一片区域本来就是个名人，少不了有热心邻居来打招呼，陈错恨不得找个地缝躲进去。

他给自己编了个虚假工作，说自己现在在送快递，一个月也能赚不少钱。前几年没有跟宋海天联系，是不想让宋海天担心自己。

宋海天听了怔了怔，然后露出一副儿子终于长大了的欣慰表情。

"垣儿，你成长了。"

陈错在一旁赔笑，感觉自己最厉害的演技都在今天发挥出来了，还好没有出错。

宋海天又问：“你这些年都学会做饭了吗？你以前不是很讨厌做饭吗？”

陈错说：“一个人在外面肯定要学一些生存技能，做饭是基本。”

“不错，不错。”宋海天看起来更开心了。

从超市回到家，陈错太害怕宋海天进画室。他一刻也不闲着，拉着宋海天一边做饭一边聊天，天南地北地聊，恨不得从宇宙起源聊到未来科幻。

宋海天听了只说：“儿子，你变化真的大。这样也好，往后我把这些东西交给你，才不会后悔啊。你知道吗？我画室那幅画能够卖 500 万呢，以前怕你好吃懒做都没跟你说。”

陈错一听，眼睛亮晶晶，还好他当初没有稀里糊涂地把画都偷去卖。

他问：“是哪一幅画？”

“《窃巢》，那幅画是以前你跟我吵架的时候，我在画画，颜料洒上去了，后来你不在家我就干脆用那个做底画了一幅画。准确来说，这算是我们爷俩共同画的。”

陈错想起来了，他见过那幅画，画室里最大的那幅画。

一个巨大的巢穴，里面跪着一个男人，男人手脚被绑着。在巢穴的外面站着一只巨大的黄雀，黄雀的嘴上有血，它尖尖的嘴啄伤了那个男人。

他当时看见的时候只觉得震撼，没想到这幅画居然可以卖这么多钱。

吃饭时，陈错故意给宋海天灌酒，他希望宋海天喝得酩酊大醉，这样他就能神不知鬼不觉地把尸体处理了。

宋海天确实很开心，抱着酒瓶子就没放开过。

等到凌晨，宋海天酩酊大醉，陈错找了个东西把宋垣的尸体裹住，蹑手蹑脚地背着他来到河边。

他观察过这条河的周围，监控比较少，而且现在又是汛期，只要他在这人脚上绑上巨石，就能够让尸体沉下去，随便漂去什么地方。为了不让人认出宋垣的身份，陈错还把他的手指指纹切掉了。

做完这些，他又想，还要回到宋海天家里吗？如果自己突然离开，宋海天会报警吧。

那他还是继续回去扮演儿子吗？

陈错咬咬牙还是决定回宋海天的家，他好像已经习惯了跟宋海天同住一个屋檐下，以前他“借住”的时候，宋海天早出晚归，给了他很大的活动空间。

这个屋子能够遮风避雨，他在这里能够吃饱饭睡好觉，如今他终于得到天赐良机，他不用再躲躲藏藏，可以名正言顺地给宋海天当“儿子”，享受这安稳的一切。

陈错回到家里又把画室狠狠打扫了一遍，确定没有血迹后，他才放心大胆地睡进了次卧。

第二天早晨，宋海天比他先起来，熬了粥让他喝。

陈错看见白粥，他忽然又开始担心起来，这样待下去肯定会出事。要不他找宋海天要一笔钱，然后远走高飞？

“爸爸，我想……”

宋海天似乎猜出了他想说什么，立马冷声拒绝。

“你这次回来了，就别再出去了，爸爸又老又瞎，你不在家里，我很孤独。你想让我住进养老院吗？”

“孤独”两个字对陈错来说，也是一把刀。

他从出生时起，就没有父母。奶奶把他养大，供他读到小学毕业后，奶奶也死了。

失去一切经济来源的他，只能辍学去打工。

可是没有人会要一个小学生啊。

为了生存，他学会了偷东西。第一次偷东西的那天，陈错心想，没有人愿意当坏人，等我有钱了，我一定还给你们。

可是偷窃这种事情，有第一次，就会有第二次，第三次。因为尝试过不劳而获的快乐，谁还会去卖力干活。

很多时候陈错都在受良心的谴责，他想，一定是因为自己没有遇见救世主，但凡有一个人愿意帮助自己，那他就不会走上这条路了。

他这么凭空设想了七八年，终于遇见了愿意救自己的宋海天。

“垣儿，我教你经营画室吧，你别出去送快递了。等我百年以后，我留下的东西都是你的，你还有什么不满意的呢？”

遗产和安稳对陈错来说是一个巨大的诱惑。

他承认，他已经被诱惑得失去了理智。

“好。”

4.

陈错和宋海天生活的时间越长，就越想认真地给宋海天当儿子。

宋海天是个慈祥的父亲，他会教陈错很多知识，从不否定陈错的能力。每一次他都会夸赞陈错，哪怕他根本就是个窝囊废。

陈错心想，如果自己真的是宋海天的儿子就好了。

宋海天会带着他出去散步。每次有人质疑宋垣，宋海天都会站在他的前面，说：“我的儿子将来一定会成为很厉害的人，跟我一样厉害，说不定青出于蓝而胜于蓝，我相信他。”

旁边的人嗤笑道：“你的儿子之前不是经常跟你唱反调吗？现在怎么跟变了个人一样？”

根据周围人的言论，陈错总结出来一个结论——

宋海天的真儿子宋垣也是个问题少年，以前读书的时候就四处打架斗殴，总是需要宋海天帮他收拾烂摊子。

十年前，他们父子二人终于闹掰了。

宋垣愤怒离家，再没回来过。宋海天隔三岔五都会去给宋垣打钱。

如今，宋垣洗心革面变成好人，陪在父亲身边，这对宋海天来说就是喜事一桩。

陈错打心眼里认为，宋垣是该死的，他根本不知道啥叫“珍惜”。如果自己拥有这么好的父亲，才不可能去惹父亲生气。

也正因如此，陈错从来都没有想过去探寻宋垣那天到底为什么会死在家里。

宋海天总是带陈错上街，他想把这十年来亏欠的父爱都补偿给宋垣。

“爸爸年轻时比较穷，那个时候还没出名，没办法给你太多东西。现在爸爸有钱了，你想要什么我都可以买给你。”

宋海天给陈错买了衣服，买了手机。从头到尾的改变，让陈错自己都认不出镜子里的人。

闲暇时，宋海天问陈错这些年有没有想学的技术，他可以花钱培养他。

陈错感觉自己掉进了世界上最幸福的旋涡，他小声对宋海天说：“爸，我能不能学画画？”

其实学画画一直以来都是陈错的梦想。

当年他家里穷，奶奶没有办法供他学画画，他只能拼命读书参加比赛，拿奖学金去买画画的材料。

那个时候他只会一些三脚猫的画功，但在十岁的时候就能够把同龄人比下去了。

可是奶奶死后，他没有经济来源，读书也读不下去，人生就这样毁了。

他成为小偷后，上天似乎把他的才艺都收回去了。

他变成了一个废物，一个只会不劳而获的废物。如今他得到一个机会，可以成为油画大师宋海天的徒弟。

宋海天皱眉想了想，说：“垣儿，你以前不是最讨厌画画吗？”

他嘴甜，立刻开始哄宋海天：“以前是我不懂事，不知道画画的好。现在我知道了，爸，我想让你教我。”

宋海天面露微笑，随即叹息：“可惜我眼睛瞎了。”

他忽然又想起什么，对陈错说：“我有个徒弟，我可以让她教你，以后每周末我带你去找她。让她给你上课。”

陈错当即点头：“好。”

周末那天，宋海天真的带陈错去见了徒弟文晓清。

文晓清是个女生，年龄比陈错稍微大两岁。说话温温柔柔，皮肤白皙，远看就像是个玉瓷做的人偶，让人生怕把她给碰碎了。

“晓清，这是我儿子宋垣，你以前见过他一面，你还记得吗？”宋海天说这话时，陈错心虚地低下头。

万一文晓清发现自己和以前的宋垣长得不一样，那他就完了。

谁知文晓清微微一笑朝着他伸手：“你好宋垣，好久不见。”

她没认出自己？

紧接着陈错就听见文晓清说：“比起小时候，你似乎长得不一样了。”

陈错尴尬地挠挠头：“也许是在外面的日子太忙，憔悴了。”

“听说你想学画画？”文晓清问。

“嗯。”陈错挺胸抬头回答，“我想变得跟我父亲一样优秀。”

文晓清是个不喜欢打听别人隐私的人，但她是个优秀的老师，立刻就搬来画具，上手操作给陈错讲课。

宋海天就坐在旁边静静地听着。

那一整个午后都如此美妙，就连太阳光洒落在画室里的角度都刚刚好。

好几次陈错不小心碰到文晓清的手，每次他的心都加快跳动。他闻见了文晓清发丝的香气，那种香气比三月的桃花还好闻。

结束的时候，文晓清夸赞：“不愧是宋老师的孩子，你很有天赋。”

这句话是陈错听见过的最美的夸赞，他有些飘飘然了。

陈错心想，你看，我果然是个天才，如果我父母健在，有钱供我读书，我也不至于当个小偷。一定是上天怜悯我，给我重生的机会。

“明天下午两点，你来，我可以再教你。”

约定好时间后，陈错就带着宋海天离开了。

路上，宋海天笑着问：“垣儿，你是不是喜欢晓清？”

陈错震惊，他的爱意在盲人的眼里都如此明显吗？

“爸爸，你别乱说。”

宋海天笑了：“你每次跟她说话的时候，声音都有些颤抖。”

“别打趣我了，晓清她太好看了，跟好看的人说话，我害羞。”

宋海天没忍住笑声越来越大：“那明天你自己来吧，我不打扰你约会。”

第二天下午，陈错在卫生间里打量了自己无数遍。

他今天看起来怎么样？

文晓清喜欢什么样的男生呢？

他天马行空地想着，以至于出门差点被车撞了。

司机骂骂咧咧道：“小子，你注意点，是不是想故意害我啊？”

陈错立马道歉：“是我没看路。”

司机开着车离开，留下若有似无的一句话：“真倒霉，三年前撞个人，害得我现在都在还债。”

陈错没有理会，他现在心里全是文晓清。

到了文晓清的画室，文晓清已经在等他。今天天气比较阴沉，但文晓清身上仿若散发着光芒。

“宋垣，今天你想画什么？”

他想了想：“画一幅肖像。”

“是什么人呢？”

陈错想画文晓清，但是他觉得这样不妥。他怕这样直白的爱意会吓走文晓清。

“我的父亲。”

“好。”

陈错人生的第一幅肖像画，是他和文晓清一起创作的。

那幅画里的宋海天坐在公园的椅子上，白色的鸽子落在他的肩膀上，落在他的膝盖上。他坐在金色的阳光里，闭目微笑。

画作完成的那天，已经是六月末。陈错本想在画作完成的那天向文晓清告白，可是那天他看见了文晓清的男友。

陈错偷偷地躲进黑暗里，拿着那幅画落寞地回到家。

宋海天是个非常敏感的人："垣儿，你今天画完了一幅画心情应该很好，可是为什么你的声音听起来不开心呢？"

陈错闷闷地说："晓清她有男友了……"

宋海天一拍脑门："啊，我忘记了，她确实有一个男友在外地。"

"没事，失恋不丢人，我陪你喝酒。"宋海天拿出自己珍藏的美酒，想帮儿子缓解郁闷。

陈错今年 25 岁，第一次尝到了失恋的滋味。他确实难受，但也不至于难受到死。毕竟在他的人生中，比失恋痛苦的事情还有好多呢。

两人喝得醉醺醺的，宋海天蹒跚着站起来，把那幅画拿去画室挂着。

陈错有些心痛："你无法看见它。"

"可我能感受到它。"宋海天轻轻抚摸着那幅画，"一定很好看。"

5.

自那天以后，陈错不再去找文晓清学画画。他经常坐在宋海天的画室里，胡乱地画着自己心里想的东西。

他渴望自己能够变成真正的画家，因为大家都说他有天赋，可是他画出来的东西始终不如宋海天。

宋海天安慰他："不着急，你还年轻。我三十岁才有点名声，你现在已经很棒了。"

陈错很喜欢这个父亲。他想，如果自己父亲还活着，也会和宋海天一样吧。

那天晚上，他梦见自己真的变成宋垣的模样，他和宋海天住进了大房子里，他成为一名优秀的画家，还娶了个漂亮的媳妇。媳妇在产房里生孩子，他听见啼哭声，拼命跑向产房门口。

最终梦醒了。陈错立刻走去画室，在深夜画了一幅画——《梦中的家》。

2018 年 7 月 28 日，宋海天终于找到机会把《窃巢》以六百万的价格卖出。

他们爷俩正在家中庆祝时，电视里突然插播进一条新闻，有人在东城河下游处发现了一具男尸。

“该男尸年龄大约在二十至二十五岁之间，他十指被毁，无法验证指纹……若有知情的人请向警方提供线索。”

新闻播报传入爷俩耳中，已经喝到微醺的宋海天忽然对陈错说：“垣儿，这死者跟你差不多大。真可惜啊。”

陈错感觉自己的心已经快跳出胸腔了。

正在这时，宋海天的手机响了。手机的声音很大，陈错也能听见对方的声音。

“老宋，你看新闻了吗？河里捞出来一具男尸，那男尸长得很像你家宋垣。”

宋海天骂骂咧咧地说：“你胡说啥呢，我儿子就坐在我的旁边，你儿子才长得像男尸。”

那人说：“不骗你，我儿子是法医，你记得吧？他之前跟你儿子是同学来着，今天验尸的时候，他都震惊了。”

宋海天这下有些迟疑了，他嘟囔道：“小许真的看见那男尸长啥样了？”

“看见了，所以我才震惊。你要不要来这边看看？”

宋海天没作声，过了一会儿又开始骂：“我看什么！你诅咒我儿子呢！”

"你这老头真是一头倔驴。"

电话挂断，陈错不敢吱声了。

他当时想过要毁掉宋垣的脸，但是一想到自己鸠占鹊巢还把人家脸划烂，那实在是有点残忍了。

他仅存的良知让他没有划烂宋垣的脸。

可也正是这点良知，即将害死他。

陈错后悔了。如果时间能够回到抛尸的那天，他一定选择毁尸灭迹。

宋海天说："垣儿，那老许说你死了，他这不是闹吗？你现在不是好好在我面前吗？"

陈错的嗓子里很难吐出一个字，他只能艰难地点点头。

"垣儿，你说是不是有个长得跟你很像的人死了？"

"可能。"

陈错没有办法继续完美地伪装下去。他想逃跑，如果对方检测 DNA，很快就能发现死去的那个才是宋海天的亲儿子。

宋海天又说："垣儿，我感觉你确实变了很多。"

"你身上的这些变化是我喜欢的，但又时常让我觉得不够真切。"

陈错哆哆嗦嗦地问："爸，我变好了，这不是很好吗？"

"是很好啊。"宋海天喃喃道，"我从前做梦都想看见你变成这样。"

不知道为什么，陈错感觉宋海天眼里有一丝哀伤，他是在怜悯那个人的死去吗？

宋海天转移话题："垣儿，明天我们去买房子吧。从这里搬走，去住大平层，你以前不是很想住大平层吗？你带上身份证，我们去买房子就写你名字，这辈子你别走了好吗？"

陈错再次艰难地点点头。一滴泪滑落进掌心，他摊开手，那滴泪是他的良知。

他已经感觉到了，宋海天其实知道自己不是真正的宋垣。可即便如此，宋海天还是想沉醉在这一场醒不来的梦里，他甚至还想送自己一套房子。

陈错想哭，他伸手抱着宋海天。

“爸，遇见你真好。”

“傻儿子，你在胡说啥呢，我才觉得幸运呢。”

陈错苟活这一生，他从未觉得这样伤心难过，他尽力忍住呜咽声。一个人安安静静把桌上的碗筷收拾好，又把厨房打扫干净。

宋海天坐在沙发上，一边听电视的声音，一边吃着刚买回来的水果。

陈错回头看他，宋海天从桌上拿起一根香蕉，又放下了，转而拿起另一根香蕉。

他悠哉地把香蕉塞进嘴巴里，慢慢地咀嚼，似在享受什么世间美味。

屋子里的东西都打包得差不多了，明天他们就会搬家。

他们打算暂时先住在租来的房子里，等待新房子装修好，他们就会搬进去。

陈错想，宋海天会开启新的人生篇章，而他不能。因为他是小偷。

陈错仰起头，吸吸鼻涕，他已经决定好了，宋海天给了自己完整的人生，他教会自己成长和爱。

他要去警局自首。

6.

陈错自首的新闻一下子霸占了整个东俞市的新闻，记者们纷纷涌入宋海天的新家，那一百五十多平米的大平层还未来得及添置家具，空荡荡的屋子里只摆放着一幅肖像画《我的父亲》。

五十岁的油画大师宋海天一夜白头，他颤颤巍巍地坐在椅子上向众人讲述自己与小偷同居的这段日子，声泪俱下，就连记者都忍不住哭泣。

“我以为是我离家出走的孩子回来了，他能洗心革面、痛改前非跟我好好过日子，我真的很开心。我做梦都没有想到那个人居然是个小偷，他不仅偷我的画作，还杀了我儿子。”宋海天老泪纵横，情绪激动，差点晕倒在地。

记者们也不敢多问，唯恐这位老人心脏病发作住进医院。

做完采访后，宋海天送走了这群记者。

大门关上，宋海天径直朝着挂着《我的父亲》的墙壁走去，他熟练地取下画作，然后将它挂在了自己的新画室里。

不知什么时候，那幅被卖掉的白衣美人又被买了回来，此刻它与《我的父亲》并排挂着。

宋海天坐在那里细细欣赏着这幅画，良久，他终于笑出声。

宋垣根本不是他的亲生儿子，若说一开始宋海天对他还有一点养育情分、希望宋垣能够继承自己的衣钵的话，这一点情分也在宋垣不停地惹祸、要钱中消散殆尽了。

在又一次给宋垣还了赌债后，他心里已经在合计要怎么彻底解决这个麻烦了。

意外来得刚刚好……

那天，宋海天在回家路上出了车祸，他本来可以避开前面的车，可是那车突然失控般朝着他的方向行驶而来。

玻璃碎片划伤了他的眼角，在他闭上眼睛前，他看见前方的司机是为了躲避一个年轻男子才撞上了自己。

宋海天住院的那段时间，他难得清闲，因为他那个远在他乡的儿子宋垣，无法打电话向他要钱。

其实一直以来，他心里都有一个秘密——宋垣并非他的亲生子。

他 30 岁时查出自己身体有问题，这辈子他都不可能有孩子。过世的妻子犯了错，可他却浑然不知。

他看见宋垣一天天长大，一天比一天更不像自己的儿子。他畏惧自己的丑闻被曝光，所以即使宋垣再不像他的亲儿子，他也含辛茹苦地养着他，只盼宋垣能够继承自己的衣钵，成为新一代油画大师。

可是宋垣在读大学那年染上赌瘾，输掉全部学费后干脆辍学了。

他打也打了，骂也骂了，宋垣依旧不听劝，甚至还大放厥词说自己要去寻找亲生父亲。

原来宋垣早就知道自己不是他的亲儿子了。

这句话扎在宋海天的心里，宋垣离家出走后，他恨不得宋垣就死在外面。可惜，宋垣福大命大，哪怕没钱了，他也能活下去。

宋海天失明后，宋垣从来没回来看过他，宋海天对他彻底心灰意冷。

有一天，宋海天在新闻里听见东城河区最近频繁被盗。他突然意识到，上次那辆车的司机躲避的那个年轻人就是小偷，他的眼睛会瞎，也是因为这个小偷。小偷在他家附近的金店行窃，司机为了躲闪不撞小偷，反而导致他受伤。

宋海天听见这条新闻的时候，医生正在给他的眼睛拆纱布。重见光明的那一刻，他几乎要泪如雨下。

医生问他："能看见吗？"

他犹豫地摇了摇头，其实他的眼睛能够看见一点人影，他想隐藏这个秘密。

一颗复仇的种子在他心底生根发芽。

他回到家里，开始画肖像，一幅又一幅只为了拼凑出小偷的脸。

他的心里有了一个大胆的复仇计划。

他必须对外宣称自己是个盲人，故意对远在他乡的儿子宋垣透露自己的房子即将拆迁，他的画作也能售卖几百万的好价钱。

他要用金钱吸引宋垣回家。

宋垣果然坐不住了。但宋海天不能让宋垣这么快回来，他给了宋垣一笔钱，让他去外面四处游玩，美其名曰增长阅历。他还说到时候他要将宋垣引荐给几位优秀的老板，帮宋垣谋得一份好差事，从此以后吃穿不愁。

宋垣本就是个没脑子的人，被宋海天几句话一忽悠，他立刻开始憧憬起来，他要挤入上流社会了。

宋海天跟他约定好，等时机成熟了，他就打电话叫宋垣回家。

这个时机就是宋海天要引狼入室，他要把陈错这个小偷引入家中。

他故意制造自己不在家的假象，等着陈错进入自己家。

一直到 2017 年 11 月，宋海天终于等来了小偷入门。

那天他像是往常一样跟着自己的助理出门，在白鸟公园坐了一下午，回到家后，他通过墙壁上的玻璃看见那冰箱死角处有一个年轻人。

那张脸，他不会认错的，就是那个该死的小偷！

那一刻，他的心情激动无比。他为了掩饰自己的激动，打开电视，故意装作看不见小偷的模样。

他在下一步大棋。

果然，陈错发现在这个屋子里可以来去自如后，经常来光顾。

这小偷着实不要脸，他显然已经把这里当作自己家。但宋海天对此并不生气，因为他的目的已经达到了。

他一步步地撒网，他要让这条鱼心甘情愿成为自己的刽子手。

宋海天打电话安排宋垣回家，父子二人相见，宋垣居然一点都没有改变，张口闭口就是钱。

他拿刀的那一刻，心里十分舒畅。

“还好你没变好。”

宋垣没听懂这句话的意思。

宋海天说：“来，垣儿，这是给你的钱。”

宋垣没想到这盲人会掏出一把刀，一刀捅入心脏。他连反抗的能力都没有，因为宋海天在他刚才喝的水里下了一些安眠药。

一切都是那么的顺利。宋海天心想，他不过是在替这个世界清除一个垃圾而已。

杀掉宋垣后，宋海天有条不紊地处理完现场，然后他再次去了白鸟公园。

按照他计算的时间，等到下午三点，小偷就会来家里。因为他每次给小偷营造的时间空当就是此刻，盲人画家会在下午一点半外出，一直到四点半才会回来。

但那天他特地叫上助手小张，提前和自己一起回家。他在路上一再跟助手强调，自己儿子今天下午会回来。实际上，宋垣在昨天夜里就回来了。

果然，助手小张看见了陈错，下意识地认为这个年轻人就是宋海天的儿子宋垣。

一切都这么顺理成章，小偷鸠占鹊巢变成宋海天的儿子宋垣。宋海天刻意在小偷面前展现自己的父爱，那个孤独又缺爱的小偷把一切都当了真。

最终他因为感动选择去警局自首，替自己承担了杀人的罪名。

宋海天的手轻轻抚在《我的父亲》边框上，他承认陈错确实很有天赋，在短短时间内就能画成这样。

“真可惜，谁让他是个小偷呢。”宋海天轻声叹息，随即把那幅画丢进了垃圾堆里。

“是啊，真可惜，谁让我是个小偷呢。”

宋海天不可思议地回头，本已自首的陈错带着三四个警察出现在他的身后。

“做一个小偷，观察细节已成为我的本能，那天你吃香蕉放下烂了的，重新选择其中最完美的一根香蕉时，我就知道，我才是双手被绑在身后、被关在巢穴里的那个男人。”

002
UNDER CONSTRUCTION
FERNANDO
FORERO

UNDER CONS

供词

文/陆则静

Who is liar

NO.002

入户指南 重启调查

供词 风向 模仿秀

说谎游戏

朋友 窃贼 谎言游戏

二月二十九日

轮到你了

IC DESIGNER

REFERENCES:

供词 NO.002

[redacted]

Who's liar

1.

邻居供词：

您是在问我什么时候发现朱丰喜的丈夫蒋聪意是假的？

仔细想来，应该是在2022年6月11日，失踪两年的蒋聪意回来的那一刻，我就知道他是假的。因为我知道真正的蒋聪意已经回不来了。

这绝非我夸大其词，你如果仔细听完朱丰喜和蒋聪意的故事，你也会觉得他回不来了。

你知道吧，朱丰喜在两年前就已经是小有名气的居家美食博主，大家都以为蒋聪意是在吃软饭，实则不然，蒋聪意比她红得更早。

蒋聪意是一名作家，他的真名很少有人知道，但是他的笔名却有很多人知道。

他笔名叫将耳，你仔细看就会发现这个笔名就是他名字的简化。将耳早在2015年就火了，他当时写了一本小说《死在谋杀前》。

您也看过这部同名小说改编电影吧？当时在网上好评如潮，我也曾多次观看。这电影的内容就是软饭硬吃的男人，畏惧自己妻子的势力，最终想到了一个离奇的杀人办法，利用一个废弃仓库的传送功能，让尸体穿越回妻子没有被谋杀的时间段，让警方永远找不到他谋杀的证据。

当然了，我们这个世界不可能有穿越，在我要讲述的这个故事里面自然也没有这种离奇片段。

网上对作者将耳的好评，大多数都来自他各种脑洞大开的文章。这些年他拿过不少奖项，但从未在外面露过脸，他的真名也被捂得严严实实。

他这种低调不显摆的性格，实际上跟他本人有很大的出入。

我见过的蒋聪意完全就是个喜欢炫耀的卑鄙小人，他在网上装得实在是太过清高。

你问我是如何知道得这么具体的？

我跟他们是邻居呀，每天抬头不见低头见，再加上我们这个小区的隔音效果不是很好，他们家里每天的聊天对话，我都能听见一些。

什么，你说我有窥私癖？

好吧，多少算有一些，但这些都不重要。我觉得接下来我要说的故事才是你们想知道的蒋聪意死亡案的真相。

那我就从故事最开始讲起，帮你们还原整个事情真相吧，有助于你们警方破案。

据我了解，朱丰喜的人生似乎从一出生就算是个悲剧，她是孤儿，朱家父母出于善心领养了她。朱家在漆南县算是小康家庭，父母是做酒楼生意的，朱丰喜年幼时吃穿不愁。她虽然样貌十分普通，但从小就懂得察言观色，因此朱家父母还算宠爱这个女儿。

尽管她已经十分努力，可漆南县重男轻女的传统思想早已根深蒂固，朱家父母当然也不例外。朱丰欢的出生就掠夺了朱丰喜的所有资源，朱家父母关注的重心也不在朱丰喜身上了。哪怕后来上初中高中，朱丰喜每次都能排进年级前五，她也得不到父母的夸赞。

反倒是朱丰欢这个拖后腿的家伙，哪怕是考了倒数第五，父母照样把他捧在掌心里。

对于这种“偏爱”，朱丰喜却没有任何反应，她呆呆的就像是个木偶，父母给她什么，她就接受；不给她，她也不会抢着要。

让她记得礼让弟弟，她就礼让弟弟。她原本有单独的卧室，因为弟弟的出生，那个卧室被弟弟霸占了。

因为弟弟说，他喜欢朱丰喜卧室窗外的景色，朱家父母就让朱丰喜从卧室搬出来。本想把她安排进弟弟的卧室，弟弟却说他想要个书房，于是父母就把小阁楼收拾出来给朱丰喜当卧室。

小阁楼就在弟弟卧室的上方，哪怕朱丰喜每天踮着脚尖走路，弟弟还是会向父母抱怨朱丰喜，说她半夜扰民，然后朱丰喜就会被训斥。她每次被骂，弟弟总是嬉笑看着她，等她做出愤怒之举。然而朱丰喜仿佛从出生那一刻“表达情绪的能力”就被剥夺了。不管弟弟怎样对她，她都能和善面对。

是的，我是说，她即使在后来结婚后对善于伪装的蒋聪意厌恶至极，她也不会杀夫。因为她是个非常完美的女人。

你问我蒋聪意到底是如何失踪的？

我个人认为吧，这是人作恶，老天收。

两年前，云都山暴雨使山体滑坡，登山者蒋聪意的失踪案上了热搜榜，你们应该都关注过吧？其实那一次失踪不是意外，是他打算谋杀朱丰喜，大概是老天爷觉得朱丰喜可怜，让他在那场山体滑坡里消失了。

那时，朱丰喜为了找到蒋聪意，她在云都山脚的小旅馆住了将近两个月，搜寻无果，她只能回家。

这善良且愚蠢的人，她至今都不知道那时的蒋聪意想杀了她。

你问我怎么知道的？

很简单啊，那天朱丰喜出门了，我听见蒋聪意在打电话，那黏腻的调情声音，我一听就知道蒋聪意这个道貌岸然的伪君子在外面肯定有别的女人了。

他在电话里说，从前跟朱丰喜求婚就是在云都山，朱丰喜特别喜欢那座山的风景。最近这几天他会假装给朱丰喜道歉，然后带她去爬山，再把她推下去。他可以在网上立一个思念亡妻的人设，日日夜夜都在怀念。那个视频账号可以持续更新，他还能消费亡妻赚钱，到时候跟电话里的女人双宿双飞，岂不美哉？

我当时气愤得要死，很想把这个消息告诉朱丰喜。

恰逢那几天朱丰喜回老家漆南县祭拜过世的父母，我没能把消息及时传递出去。我就看见蒋聪意直接把朱丰喜约去了云都山。

我那时真的害怕极了，没想到老天有眼，一场灾难直接带走了蒋聪意。

我敢打赌，他绝对是死了。不然，他就算是变成厉鬼回来也要杀了朱丰喜。因为他根本就不爱朱丰喜啊。

我能识破现在回来的蒋聪意是假的，那也是因为这个男人的眼睛出卖了自己。

蒋聪意看朱丰喜的眼神就像是猛兽看见了猎物，那种漫不经心的戏谑感，他从来没有把朱丰喜当作人看。

现在回来的蒋聪意，他在面对朱丰喜时，那眼神里满满的都是爱意。我不信，这男人绝对是来骗朱丰喜的！

你相信吗，每一个靠近朱丰喜的坏人都会死，所以那个假蒋聪意也死了。

但是我没想到一个冒牌丈夫的死会让她如此难过。

2.

朱丰喜供词：

我的丈夫蒋聪意死了，得知这个消息时，我正在漆南县公墓祭拜父母。

东俞市警方打来电话让我回家，他们告诉我一个比丈夫死亡更震惊的消息。

这个蒋聪意是假的，他不是我的丈夫，我甚至不知道他是谁。但如果他不是蒋聪意，那他为什么会知道我跟蒋聪意生活中的细节？如果他不是蒋聪意，为什么他会和我丈夫长得那么像？

警方反复向我询问我跟真假蒋聪意的事情，想判断我究竟是不是凶手。

一时间，连我自己也无法分辨与我朝夕相处七年的丈夫，到底哪一个是真，哪一个是假。

我和蒋聪意是在 2014 年认识的，那会儿我在外地工厂上班，老家漆南县有媒婆上门说媒，母亲打电话要求我回去相亲。

那年我刚满二十一岁，原本二十一岁的我应该是在读大学，我却早早地辍学进了工厂。因为高考前夕，我的父亲朱邦延生病了，他是我们家里的顶梁柱，一切经济的来源。在我小时候，弟弟还没出生之前，父亲对我很好，小区里孩子都吃不起的零食和水果，他会全都买给我。

因此，母亲让我辍学去打工赚钱帮父亲还债的时候，我没有拒绝她，我没有理由拒绝我的父母啊。

尽管他们不是我的亲生父母，但我很爱他们。如果不是因为他们，我可能现在都还在山里头的孤儿院里待着，那个孤儿院简直不是人待的地方，院长总是虐待我们。我们做错事情说错话，院长就会把我们关禁闭，不给我们吃饭。

能够得到朱家夫妇的垂爱，这是我一生的荣幸。哪怕后来，弟弟朱丰欢出生了，他夺走了父母给我的所有宠爱，我也不会怪他。因为这些东西本来从一开始就应该是他的，我不过是替他提前享受了一下而已。

人，生来就是要还债的。这是母亲对我说的。

我的债，就是他们对我的“好”，我不用还给他们，因为他们不需要。他们只需要我好好照顾弟弟就够了。

父亲重病那年，弟弟还在读初一。他没有能力扛起这个重担，我辍学去打工也是理所当然的。

我在工厂里上班，每天都很累，但我从来没有对家里人抱怨过。

后来母亲打电话跟我说，老家有个优秀青年在等着我回去相亲。她苦口婆心地劝说：“女人啊，读那么多书没用的，事业搞那么好也没用的，找个好老公才是最重要的。你看我这辈子不就是这么过来的，你爸爸对我挺好的，钱都是他给我花。你现在也到了要结婚的年龄了，那个青年，我已经去帮你看过了，他人挺不错的，你俩结婚应该也靠谱。”

母亲都这样说了，那我更没有拒绝的理由。

当天下午，我就跟工厂负责人提出辞职，负责人倒也没有为难我，把工资核算清楚就让我走了。

我从广州坐火车到漆南县，刚一下车，就下起瓢泼大雨。

我没有带伞，也没有在火车站看见来接我的父母。等我变成落汤鸡回到以前的老小区，看见楼道里的香烛纸钱，我才想起来，今天是朱丰欢的祭日。我去广州打工两年多的时候，朱丰欢就死在一场火灾里，距离那天已经过去了整整一年。

父母在屋内坐着哭，那眼泪堪比洪水决堤，我站在门口不敢进去。一直等到门外的香烛烧完，他们才注意到我回来了。

第二天一早，他们就把我送去见蒋聪意。

老柳树下，清雅奶茶店，蒋聪意穿着一身浅蓝色的格子衬衫，他手上拿着两杯奶茶，看见我来了，他冲我举起一杯奶茶对我歪头一笑。

“你就是小喜吧？”

我这一生，有过许多名字：“那谁”“朱八怪”“朱丰喜”“喂”，可唯独没有人叫我“小喜”。

因为我长得实在算不上好看，除了读书的时候脑袋好使，工作的时候做饭好吃，我完全就没有别的优点。

这一声“小喜”让我的脸在那一刻有些发烫。

“嗯，我是朱丰喜。”

我不太记得那天我跟蒋聪意谈论了些什么，因为我的忘性总是很大。我只记得，那天我们分开的时候，蒋聪意对我说："小喜，你真有趣，认识你我很开心。"

这是第一次，有人夸我有趣。我实在想不通我到底有趣在哪里，我完全就是一张枯燥无味的空白纸。

回家后，我把这些话告诉了母亲，母亲笑着说："你真是捡到宝了。我跟你说，那小子家里其实没什么钱，他家还不如以前的我们。不过呢，我找人偷偷问了问，据说他现在在写小说，以后可以当大作家，你知道吧，作家很有钱的，你跟着他肯定不愁吃喝了。"

我点头应承。

紧接着母亲又说："你也知道你弟弟去世得早，现在我们老两口也不能赚钱了，以后就指望你能够嫁个有钱人，帮衬着点儿，你能明白我的意思吧？"

我当然明白，失去朱丰欢之后，我又变成了他们心中唯一的女儿，唯一的依靠。

他们不是想把我嫁给一个好人家，而是想把我卖出一个好价钱。

你问我喜欢蒋聪意吗？

喜欢。

至少在结婚之前，我是喜欢他的。

我们每次出去约会，他都对我体贴入微，他会跟我说很多有趣的事情，也会跟我说他写的小说。

小时候我很少接触小说，因为不敢怠慢学习，害怕自己给朱家父母丢脸，我每天都抱着书本在啃，我并不是什么聪明的学霸。我只是一只笨鸟，为了飞在大家前面，我需要付出很多努力。

为了能够跟蒋聪意在一起，我开始强迫自己去了解他的喜好。他喜欢看离奇的杀人命案，抽丝剥茧探寻人性奥妙。我只喜欢看一些搞笑的肥皂剧，因为我的人生已经够离奇了，我只想看一些简单的、开心的，让我感觉到这世界还有温暖和光。

我拼命地找到共同语言，他就能更喜欢我一些。

他很懒，不会做饭，更不会做家务，但是我会。为了博得他的喜爱，我拿出了厨艺征服了他的胃。

他上我家提亲的那天，母亲向他索要十万彩礼。

我害怕得不敢看他的脸色，我觉得他会拒绝吧，毕竟这个世界上所有人都觉得我这么普通的人根本不值十万啊。

“可以。”

蒋聪意说出这两个字时，我的心几乎跳出了嗓子眼。

难以置信，他居然真的这么爱我。

他愿意为了我花十万。

母亲满意地看着我，那眼神仿佛在说：不枉费我栽培你这么多年。

我跟蒋聪意离开漆南县的那天，我问他：“为什么答应给十万啊？”

他说：“你值得。”

我想，如果一声“小喜”，能够让我喜欢他。

那么，“你值得”这三个字，足够让我爱上他这么多年。

哪怕爱到最后，蒋聪意早就变了个人，我都还停留在他说“你值得”的这一刻。

是的，后来他变了。

人们总是说男人有钱就变坏，当他一本接一本的小说开始热卖，电视剧、电影拍了一部又一部的时候，蒋聪意变成了另一个人。

即使他对我又打又骂，但他从来都没有想过要跟我离婚。

我忽然想到，我少年时期，朱父也是这样打骂朱母。仿佛在他们的人生价值观里，能够赚钱的男人是可以将不赚钱的女性随意践踏的。因为男人们总是在外疲惫地工作，女人们只需要在家里做饭带孩子就好了。

更何况，我还生不出孩子，我就更没有理由去反抗蒋聪意了。

你问我 2019 年夏天他是如何失踪的？那是我不敢去回忆的噩梦，云都山暴雨使山体滑坡，我差点死了，昏迷醒来之后的第一件事就是去寻找蒋聪意。但是他失踪了。

你看过网上的流言蜚语？那些网友都觉得是我想杀夫谋财？

这怎么可能呢！

我从来没有这种想法，你看，现在回来的蒋聪意他对我多好。也许是灾难让他变得更爱我了，他现在每一步都离不开我。这让我很满意。

我到现在都没有怀疑过他是假的，因为他跟蒋聪意实在太像了。如果他是假的，他脑子里怎么可能有关于我们过去那些美好的回忆？

3.

邻居供词：

您一定是在怀疑蒋聪意是不是有人格分裂症，不然为何，他明明是假的，朱丰喜却无法分辨出真假？

我要告诉你哦，蒋聪意不是人格分裂症。他的精神很正常，除了脾气暴躁爱打人以外，他没有其他的精神疾病。

那为什么失踪归来的蒋聪意会性情大变，对朱丰喜温柔体贴呢？

原因很简单呀，因为朱丰喜真正爱的蒋聪意是他，他也是真的喜欢朱丰喜才会回来。

您说不懂这句绕口令？

没关系，接下来我要跟你说一下蒋聪意身上最有趣的秘密。

蒋聪意其实是双胞胎。

蒋聪意在九岁以前名字都叫江卓越，他跟双胞胎兄弟江超凡都生活在一个小村子里。那会儿他父母没钱，出远门打工，双胞胎兄弟就被寄养在奶奶家里。

后来有一天，他们的父母做生意赚了一些钱，打算把村里的小孩接进城里住。

奶奶就带着两个小孙子进城了，在进城当日发生了一些意外。

其中一个小孩说自己饿了，想吃街边的小吃，奶奶没有同意。小孩子嘛，总是不听话的，他立马就说服了自己的兄弟跟他一起混在人群里，去买小吃。

那会儿人贩子猖獗，俩小孩子混入人群里没多久，就被带走一个。

等奶奶找到他的时候，他对着奶奶哭，说都是自己不好，肚子饿了，弟弟要去帮自己买零食，弟弟才会不见了。

奶奶也不好骂哥哥，毕竟手心手背都是肉，当务之急是他们必须马上找到孩子父母，跟他们会合。

日落西山，奶奶终于带着哥哥见到了孩子父母。父母听完这一路走来的事情，原本紧张的神情竟然慢慢舒展了。

很奇怪吧，两个宝贝儿子丢失一个，他们没有大张旗鼓地去寻找，反而选择了闭口不谈，甚至在为孩子上城市户口时对外宣称，他家只有一个儿子。

我问你，人在什么情况下丢失了一样东西，不会心痛，反而会觉得释怀？

答案很简单，那就是这个东西对你而言根本没有任何作用，留着甚至是一种负担。

那个丢失的孩子对于这对贫穷的夫妻来说就是一个负担。

在这一对双胞胎兄弟中，弟弟就是整个家庭的负担。

弟弟患有脑瘤。

脑瘤是幼儿时期最常见的肿瘤，在恶性疾病中的发病率仅次于白血病。虽说各年龄段均可患病，但五至八岁是此病的发病高峰。某些脑瘤的发病可能与特定基因的缺失或突变有关。弟弟在七岁时就曾犯病，被父母接进城里小住了一段时间。

他们没有钱为弟弟治病，这会让他们本就不富裕的生活变得更加雪上加霜。

好在他们有两个儿子，大儿子还算聪明可爱，只培养他一个，夫妻二人能够负担得起。但是如果再加上弟弟，他们的经济条件是绝对不允许的。

放弃吧。这个可怕的念头在他们夫妻俩心中产生。

其实早在奶奶带着孩子进城的前一天晚上，弟弟就听见奶奶在跟爸妈打电话，他们说："这次把兄弟俩带进城里小住一段时间，如果弟弟还是犯病的话，那就把他带回农村吧，反正他也活不了多久，你就随便养养吧。"

弟弟感觉自己身体里的血液都在倒流，四肢渐寒。

这世上怎么会有这么狠心的父母呢？就因为他是残次品，所以他注定要被抛弃吗？

反观哥哥，他身体健康，脑子聪明，爸妈分明就是要将他留下来，把自己抛弃。

弟弟决定逆天改命。

他们不是喜欢哥哥吗？那他就变成哥哥，让弟弟消失。

进城的那天，他故意使唤哥哥跟着自己去买吃的，又故意把放了安眠药的果汁给哥哥喝下。安眠药的来源也很简单，是他奶奶抽屉里的，奶奶因为腿疼，总是睡不着觉，又舍不得花钱去治病，宁愿开安眠药助眠。

一出简单的"李代桃僵"，弟弟变成了哥哥。

变成哥哥后，他的人生可谓风生水起，父母把他当作太子来养，好吃好喝的供着。每次他们稍微提起弟弟的名字，他都会假装犯了失心疯，说是自己的错，自己害得弟弟失踪了。

父母为了让他忘记过去的痛苦，勒令家里的人都不允许提起失踪的弟弟，权当这个世界他没来过。

如此这般，他终于放心了。

没有人去怀念那个失踪者，只要他继续扮演好哥哥，他的人生就能够一直顺风顺水。

虽然偶尔他的脑子会犯病，但是他的演技越来越高超，父母从未怀疑过他身体患病。

说到底也是因为父母真的心大吧，从来都没有真正地关心过他。

偶尔他会想起那个失踪的哥哥，猜想他是死了吗？又或者是在外面风餐露宿当乞丐呢？

日子就这样过着，直到他好不容易混到大学毕业，他的病发作得比以前更频繁一些，这导致他没有办法认真工作。父母离世后，留下的那些遗产基本都要被他花完了，没有金钱，他就失去了唯一的安全感。

忽然有一天，他的出租屋房门被人敲响了，是一个送快递的男人。

“你好，将先生吗？”

“什么事？”

“你的快递到了，你签收一下。”

他懒懒散散地签了个名，就拿着盒子进屋了。

打开一看，盒子里的东西居然是一本小说，作者笔名“将耳”。盒子的底部还有一个奖牌。

他从来都不喜欢买小说，也不喜欢写小说，这东西肯定是寄错了。

他瞥了一眼快递盒子，原来是这个粗心的快递员送错了房号，这应该是楼下的快递。

他决定去把这东西还给楼下的邻居。

走下楼梯的时候，他看见屋子里的那个人刚好关门离开。

那张脸让他心跳停住了。

他居然还活着？

他不仅还活着，他的人生也没有被毁掉，他甚至还写小说出版了，赚钱了。

为什么会是这个样子？

此刻，他嫉妒得发狂，撬锁躲进了蒋聪意的房间，看见了蒋聪意这些年来的生活日记。

哥哥在走失之后，没能回到自己的家乡，变成了流落街头的乞丐。云都山福利院的院长看见他可怜，便收养了他。

因为哥哥的头部受了伤，总是间接性失忆，因此他有了写日记的习惯。

在这本日记里记录着：我会赚足够的钱，去娶朱丰喜回家。我一定会好好爱她，补偿她这么多年受的委屈，我们分开太久了，希望我们永远在一起。

他越看越气，为什么不管自己是江超凡还是江卓越，他都没有办法过上跟他哥哥一样的人生？

“我绝对不会让你得逞，凭什么苦难全都给我，你却一直都能这么顺遂！”

他想到了一个绝妙的法子，他要伪装成蒋聪意，去找这个叫朱丰喜的女人。

他要毁了蒋聪意的幸福人生。

他想，蒋聪意是绝对不会举报自己的真实身份的，毕竟他手上可有蒋聪意和朱丰喜的把柄——蒋聪意杀过人。

4.

朱丰喜供词：

你们是说，我的丈夫蒋聪意杀了我的弟弟朱丰欢？

这不可能，他们无冤无仇，他为何要杀我弟弟。在我和他谈恋爱之前，我们甚至没有见过面。

他也是云都山福利院的人？

这个事情我真的不知道，我一直以为他是蒋家的独生子，他也从未对我说过他以前在福利院待过。

好吧。

我可以跟你们说说，以前我在福利院的事。

我是个孤儿，听院长蒋铭说，他捡到我的时候，我才九个月大。那会儿正是初冬，院长怕我冻死，就把我带回福利院，福利院里有很多小孩都跟我一样命苦。我们总是相互依偎取暖。

我六岁之前就离开福利院了，对于更早的记忆，我真的记不清了。

我被朱家夫妇领养后，他们对我很好，我也十分感恩。因此，朱丰欢对我的刻意刁难，我真的没有放在心上。

关于朱丰欢的死，我一直认为是一场意外。

那是2013年的冬天，我从外地回来过春节，朱丰欢也在家里，那天晚上似乎有人打家里的座机，约他去私人影院看电影补办生日宴。

朱丰欢本就贪玩，他没跟家里人打声招呼就出门了，一直到半夜两点，我和父母一起在家里接到电话，才知道朱丰欢出事了。

那家私人影院的消防系统设置不到位，朱丰欢被活活烧死了。

等我们赶到现场，只看见一具穿着朱丰欢衣服的焦尸。我不敢去回忆这一天的噩梦，因为朱丰欢的死，父母一人给了我一巴掌，他们都在骂我，是我没有看好弟弟，他才会死。

其实他们当初领养我的原因就是看我聪明能干，带回家里，能够给我弟弟当个保姆。

他的死，确实是我这个保姆的失责，因为那天我有点发烧，很早就睡着了，没有注意到朱丰欢出门了。

他的死分明是意外，你们为何会断定是我丈夫蒋聪意杀了他？难道，是因为他生前所写的日记？本子里写，男主跟女主都是从孤儿院出来的，男主目睹女主被弟弟霸凌，于是他用阴谋诡计残忍地杀害弟弟帮女主复仇。

警察先生，生活不是小说，我跟蒋聪意是在2014年才认识的，在那之前我的弟弟就已经死了，他不可能杀害我弟弟。

这个本子，不是他的日记，只是他的灵感记录而已。

你说云都山福利院的蒋铭院长也死于火灾？

巧合吧。

关于蒋铭院长的死，我曾看过新闻报道。他冬天的时候在屋子里搞什么围炉煮茶，伪装自己热爱生活，整得文绉绉的，还总是拍照发网上打造自己的人设。据我了解，他根本就不喜欢喝茶，他喜欢喝酒，每次喝多了就撒酒疯。

他死的那天，也是酒喝多了，炉子里的火把地毯烧着了。他是在睡梦里被活活烧死的，应该不至于太痛苦。

你认为我的描述里夹杂着对他的恨？

嗯。这个我不否认，我确实恨他。当初我在福利院的时候，我做错一点点事情，蒋铭院长都会打我骂我。

你们现在怀疑，这两起火灾都是蒋聪意造成的，因为他的记录本里对这两件事都有详细记载？

我还是不太相信，虽然我们夫妻生活不和睦，他有时候会对我打骂，但是我觉得他没有这个勇气杀人的。

你们还查到了蒋聪意的身世之谜？

蒋聪意的真名叫江卓越，他有个弟弟叫江超凡。9 岁时，江卓越跟家里人走散，家里人没有一个人去寻找江卓越，因为他们把失踪的江卓越当作患有脑瘤的江超凡？因此江家人故意放弃寻找？

天……

怎么会是这个样子？

自己的亲儿子失踪了，他们居然不去找吗？

如果是这样，我觉得蒋聪意的身世也太可怜了，他比我还可怜。

等等！你们是不是想告诉我，蒋聪意和我结婚之后，他就像是精神分裂一样，对我的态度时好时坏，是因为“蒋聪意”本身就是两个人扮演的！

弟弟江超凡不知在什么时候发现了哥哥杀人的秘密，以此作为把柄威胁哥哥，俩人共用一个身份出现在我身边。蒋聪意害怕被我发现他曾经的秘密，一直被江超凡威胁。

我身上的鸡皮疙瘩起来了。

爱我的是真正的蒋聪意，不爱我的是江超凡……

那两年前在云都山失踪的那个人是江超凡，如今回来的人是真正的蒋聪意？

因为没有江超凡的束缚，所以他能够肆无忌惮地爱我？

那为什么现在，他还是死了？

5.

邻居自白：

蒋聪意是我杀的。

因为我受不了他那一双深情的眼睛，他每次含情脉脉地看着朱丰喜，我都觉得恶心。

这世上怎么可能会有人爱朱丰喜，我决不允许。

这个普通之极的女人，其貌不扬的女人，一生都作为我陪衬的女人，她凭什么可以得到爱。

你问我究竟是谁？

真蠢，都这么久了，还不能猜出我的身份吗？

我是朱丰欢。

我从童年时期就讨厌我姐姐朱丰喜，我处处与她作对，因为我希望她可以认清自己的地位。她是领养来的孩子，即使她考高分，也不会得到父母的喜爱，因为我是亲生儿子。她从踏入我家门口的那一刻，就应该是我的陪衬。

母亲总是对我说，小欢，你姐姐就是来报恩的，我们养她这么大，就希望她能够好好照顾你。

小时候我的身体很弱，每天总是需要吃药。

我总是能以身体为由，把自己犯下的所有过错全都甩在朱丰喜身上。我期待着这位没有脾气的姐姐，能够对我大发雷霆，或者是跑去父母面前告状。可是她一次都没有这么做过。

她其貌不扬，却宛若神女般悲悯，在我一次次犯错之后，她总是能对我温柔微笑。她能够容忍我所有的过错，从不与我计较分毫。

我读初三的时候，成绩不太好，唯独一篇作文获过奖。那篇文章的题目是《我丑陋的姐姐》。

我用大量的笔墨去描写我的姐姐如何面容丑陋，又是如何温柔体贴。我大言不惭地在文章底部写着，即使这世上所有的人都不能欣赏她的容貌，只有我能看见她是世上最漂亮的女生。

当班主任拿着这篇作文，对着全班念出来的那一刻，我看见教室门外的朱丰喜来接我放学。她的脸上有史以来第一次露出了慌张的情绪。

放学后，她带我回家。

我对她炫耀我的文章："你看，我得了满分。"

朱丰喜支支吾吾半天，她对我说："小欢，不要被爸妈看见了。他们会不喜欢。"

我很不理解，我在家里不管怎么刁难她，她都不会对我提出任何意见。我写的这个文章分明是在夸她，为什么她却不满意？

我以前一直以为，她对我宠溺有加，一定是因为她也喜欢我。因为我长得好看，从幼儿园开始，就有许多人说我长得可爱，看起来就喜人。我觉得朱丰喜这般平庸的模样，能够每天看见我这张脸，已经是天赐荣耀。

在我看来，我为她写的这篇作文，已经是我表明出的最大好意，朱丰喜的这句话，分明就是在拒绝我。

比起被我接纳，她更愿意去讨好我的父母。

我愤怒了。我对朱丰喜的恶劣态度，比从前更甚。

一直到 2013 年的冬天，有个人约我去私人影院，他警告我不许再找朱丰喜的麻烦，否则他就让我死无葬身之地。

我最恨别人威胁我，我立刻上前掀开了他的帽子和口罩。

这个男人的脸有些熟悉，记忆里，我总能看见这个男人跟在朱丰喜的背后，但他们没有任何正面接触。

我问他："你喜欢朱丰喜？"

他没有否认，眼睛里满是真挚的情感。

这世上绝对不能有人喜欢朱丰喜，只有我才是唯一接纳她的人。

我和男人缠斗之际，桌子上点燃蜡烛的生日蛋糕掉落在地上，无人注意。等到我们恢复理智的时候，火已经将我们包围。

火舌快要将我吞噬，我看见了朱丰喜。她是来找那个男人的，可是那个男人已经逃走了，只剩下我在火场。

我以为朱丰喜会抛弃我，但她居然把我背出了火场。很难以置信吧，朱丰喜在这种情况下都会救我。

但是她没有把我带回家，而是把我带到一处废弃仓库囚禁起来。

她以为我会憎恨她，会发疯大叫。但是我没有，我十分配合她。

因为只有这样，我才能一直活在她的身边。

我不止一次问，她为什么要囚禁我，她总是不回答。

直到后来我才终于明白，她是在报仇。

朱丰喜不是神仙，她也有喜怒哀乐爱恨嗔痴，只不过她比旁人更能忍受。在我被她囚禁的无数个日日夜夜里，我都能看见朱丰喜的另一面。这些年我在她身上耍过的花招，她全都报复在我身上了。

她问我为什么不哭不叫。我笑了。

她根本不会知道，我当初这样对待她，就是以为她不在意我，才会对我尽情容忍。

现在我知道了，她在意的，她在意我对她做过的每一件事。朱丰喜的疯狂复仇不会让我觉得难过，我只会觉得开心。

你说我有病？

哈哈哈，当然有病啊。

如果没有病，我怎么会心甘情愿被她囚禁在阁楼七年呢？从前我抢走她宽敞明亮的屋子，让她委屈地住在阁楼，如今她又让我住在阁楼，通过那狭窄的缝隙，看见她与蒋聪意的美妙人生，又看见蒋聪意和江超凡的精彩秘密。如果不是那个冒牌货江超凡想杀了朱丰喜，我会一直把这出好戏看下去。

他可以玩弄朱丰喜，可以欺骗朱丰喜，但他绝对不能杀死朱丰喜。

但我没想到蒋聪意会抢先一步动手，设计把江超凡推下万丈悬崖。他弟弟肉体凡胎，怎么可能还会活着回来。

因此，两年后失踪的蒋聪意回来的那一刻，我就知道他终究还是忍不住爱意，决定回来找朱丰喜再续前缘。这也成为我必须杀了他的理由。

本来，他失踪的那两年，朱丰喜会经常来阁楼报复我，我身上的每一寸伤口都跟她的心情有关。

可是，蒋聪意回来之后，朱丰喜不再来看我了。

她似乎真的要朝着光明的生活走去，不再记得我，这让我无法忍受。

哪怕我腿瘸了，哪怕我的手已经被打断一只，我也要杀了蒋聪意。

只有杀了他，姐姐才会重新注意到我。

我是不会把朱丰喜囚禁我的事情告诉警方的。因为她的阴暗秘密，只能我一个人知道，这是独属于我们的秘密。

我会对警方说，这些事情都是蒋聪意一个人干的，他就是个道貌岸然的伪君子。反正他已经死了，死无对证，我随便说什么都行。

6.

朱丰喜自白：

我的阁楼住着一个怪物。

警方告诉我，朱丰欢没有死，他被蒋聪意当作狗一样圈养在阁楼。他的腿被蒋聪意弄废了，手也被打断一只。

我出门祭拜朱家父母的那天，朱丰欢挣脱了链子，一把火烧了我跟蒋聪意的家。

根据朱丰欢提供的供词，警方找到了蒋聪意囚禁他的证据，以及蒋聪意杀害江超凡和蒋铭院长的证据。

朱丰欢被捕入狱的那一天，我曾去探视过他。

隔着玻璃，他用唇语对我说："放心吧，朱丰喜，我没有把你的秘密告诉他们。"

我看着他的脸，哭得上气不接下气。

这个让人毛骨悚然的故事，在一夜之间再次登顶热搜榜。

当年传播"我杀夫夺财"的营销号博主，立马转变了风向，他们夸大其词地描写我这些年的悲惨人生。

在他们的笔下，朱丰欢是个从小缺爱的病态少年，蒋聪意则是与我双向救赎的悲情少年，就连那个狂躁打人的江超凡也被他们添油加醋地描写成了可怜之人。

他们开始不断质问万千网友：这些悲剧到底是谁造成的呢？我们到底应该如何关注青少年的身心健康，扼制犯罪发生？

我坐在电脑前滑动着鼠标，我跟他们一样想知道答案。

我的悲剧人生究竟是谁造成的呢？

是我被送进孤儿院的那一刻，还是我走进朱家大门的那一刻，又或者是我出生的那一刻……

我无从得知。

但是我想，也许从今天开始，我真正地自由了。

过去的枷锁终于从我身上脱落，这一次，我可以活得轻松自在。

你说是吧？

你也会像朱丰欢一样替我保守秘密的，对吗？

毕竟，我真的很可怜。

我理应得到光明和温暖。

003

UNDER CONSTRUCTION

漂流者游戏

FERNANDO

UNDER CONS

文/阿底该

Who is liar

NO.003

入户指南 重启调查

供词风向 模仿秀

谎言游戏

朋友：

窃[illegible] 谎言游戏

轮到你了 二月二十九日

HIC DESIGNER

REFERENCES: Peng you

朋友

NO.003

[redacted]

He's liar

1.

退休三年的前警司黄田这天早上接到了一个电话，对方是以前有工作来往的监狱惩教主任。

叙旧过后，主任说：“梁森申请和你会面。”

“哪一个梁森？”

“暴力森。”

一说绰号，黄田就对上号了。他记得梁森是十六年前进去的，当时被判了二十年。

中午，黄田在监狱门口跟主任碰了头。

梁森是前三合会组织“义合胜”的话事人，说是社团，本质是一个以油麻地为根据地，经营着高利贷业务的非法公司。

“暴力森”原本就是暴力讨债的打手出身，属于当年很常见的武斗派。黄田翻看着梁森的服刑报告，原以为这样的人记录上会一片红，没承想十分干净，连一次处分都没有。

“简直是模范囚犯嘛，他这么安分吗？”

"是，从不惹事。"

主任还有工作，黄田独自进了监狱大楼。

会面地点在图书室。室内只有梁森一人，正在拖地的他看见黄田进来，点头打了招呼。

梁森比黄田小十岁，今年五十二。十六年后，他身上已看不出当年的戾气，他现在的样子就是一个路上随处可见的街坊，不像黑老大。

"我直接说了，"隔着过道相对坐下后，梁森说，"你应该知道'智慧财务'这个公司吧？"

智慧财务是一家具有金融放贷资质的合法企业，当然这只是表面假象。董事长林昌是黑帮人物，这已经是公开的秘密了。他人前是正经商人，实则在背地里与各三合会组织勾结，跟黑道有大量业务往来。

"林昌以前跟过我，是义合胜查册组的。我进来后不久，他带着一张存了三百万（港币）的卡过来给我，说是孝敬我的。我是他的前老大，如果出去以后想在智慧财务找份工作，他应该不会把我踢走，所以我想去他那里做警方的线人，帮你们扳倒他。"

"还真是单刀直入啊，"黄田用手指头敲着桌子，心想这个人还是这么直肠子，"是不是有交换条件？"

"是，我想在下个月三号之前假释。"

"必须三号吗？"黄田忖度了下，今天是二十九号，"理由呢？"

"这我不能说。"梁森像是心虚般地移开了视线。

"那我拒绝。"

听黄田这么一说，梁森脸上瞬间掠过一抹慌乱的神色，这个反应实在耐人寻味。

接着双方陷入了长达十几秒的沉默僵持，黄田看出梁森显然倔强地不肯将理由和盘托出。

"既然你不说，那我先走了。"

黄田手撑桌子作势起身，与此同时，梁森坐着的身影一晃，像滑倒般“砰”地双膝跪地。

“我……我求你了！”梁森双手撑地，低头大喊道，“要我跪下、磕头、学狗叫，怎么样都可以，只要能放我出去！”

黄田的动作僵在半空好几秒。那个仗着自己很能打，连天王老子都不放在眼里的“暴力森”居然在给他下跪，他现在是好奇多过震惊。

重新坐下后，黄田说：“你急着出去的心情我已经了解了，你先起来，要不然就别谈了。”

梁森抬起头，面带犹豫地观察着黄田考虑良久，才磨磨蹭蹭地坐了回去。

“你想出去，我可以理解，不过你必须得先说服我，所以给我个理由。”

梁森的眼神里显露出迟疑不定，明显是经过一番剧烈的心理挣扎后，他才下定决心般站起身。

黄田看着梁森走去书架间带回来一本书，等接过来一看，才发现是本杂志，不过这并非市面上发行的杂志，封面上角印着“非卖品，仅供社团内部查阅”。

“这是监狱印刷的？”

“对，这本月刊由我负责装订。”

整本刊的内容都是宣传日本少女偶像团体 JKG30，制作者是隶属于某大学的 JKG30 后援会。

“这东西怎么了？”

黄田把书翻来翻去看，没看出什么门道，倒是知道了这个团体即将毕业解散，封面上印着：毕业！最终告别握手会！本月三号一七号！

黄田的视线突然停住了。

三号……

他沉吟片刻，抬眼看向梁森，用手指着封面：“不是这个吧？”

“嗯……只是，那个啊……”

梁森的脸瞬间红到了脖子根，他开始神色忸怩地解释了起来，由于声音越说越小，又说得颠三倒四，黄田费了好大劲才厘清了。

大致就是他每个月装订杂志时都会偷空看上两眼，就在此期间，他迷上了少女偶像。

在得知团体即将解散，以后三十人再同时聚齐的可能性几乎为零，他就决心必须去参加这次最终握手会。

“你要笑就笑出来啊！”

“我不会笑你的。”

黄田倒是很佩服他不惜下跪也要去的决心，不过这个不重要。

“我只有一个问题，你对以前犯下的事怎么看？”

“关于这个……我现在这么说你可能会认为这是在狡辩，”梁森好像生怕黄田不信似的，迟疑片刻才说，“但我当年的确没有指示过任何手下做民间借贷，那都是他们背着我做的。”

这一点黄田早就知道了，梁森说的是实情，他当年一直只针对黑帮人物放贷，并严禁手下向一般民众出款，可推翻他的，恰恰就是民间借贷。

“我就是想问这个，你明明没做过，在法庭上为什么不抗诉？毕竟你的刑期里有十五年都是因为民间借贷的事。”

梁森叹了口气：“就算不是我指示的，那也是义合胜干的。我办这个社团就只是想黑吃黑，没想到竟然无意间害了那么多普通人，我很过意不去，到现在都很后悔。说到底，这全都是因为我没有管教好手下，是我的责任。”

“所以你就认了自己没干过的事？”黄田鼻腔重重“哼”了一声，“该说你蠢呢，还是说你单纯呢？”

2.

智慧财务位于沙咀一栋综合商业大楼内。

电梯旁安有标着各层公司编号的标板。六楼是杂志社，七楼是音乐公司录音室，智慧财务在八楼。

出了电梯，梁森向前台员工表明了来意，他昨晚已经打电话通知过林昌了。

前台打了内线电话通报，不一会儿，一个戴眼镜的年轻人从办公区走出来，领着梁森进去，到了最里间的办公室。

林昌坐在办公桌后，看到梁森进来，他面带微笑起身："森哥，好久不见。"

站在林昌身旁的女秘书走了过来，把梁森引导到办公桌前的椅子坐下后，便站回林昌身旁。

"想来公司做事吗？"林昌问。

"是，来投靠你。"

"我这里当然随时欢迎你了，"林昌笑了起来，但笑容有些僵硬，紧接着又露出了这事不好办的表情，"不过一时之间也不知道给你安排什么工作，我这个月又刚好要去内地出差，手忙脚乱的。"

"一个月吗？"梁森确认道。

"是，"林昌连连点头，"不如这个月就先到处散散心，对了，有地方住吗？"

梁森摇头。

"康乐，把西环的单位腾出来。"

林昌吩咐完年轻人，又叫秘书给梁森拿来十万块，会面就结束了。

自梁森进去办公室，前后还不到五分钟，就这么被打发走了。

到了中午，梁森已经拎着行李住进了西环的单位。

又过了两个小时，黄田就在医院的杂物间内听到了这些情况。

"一个月啊……"黄田皱着眉头沉吟，过了好一会儿，他才注意到梁森的脚边立着一个橘红色的纸袋，"那是什么？"

梁森把纸袋放到腿上，大方地打开给黄田看，里面是刚才过来医院时"顺路"在音像店里买来的 JKG30 的 CD。

“买这么多，手上还有钱吗？”

“有。”梁森从兜里掏出一沓钱来。刚才秘书拿来的十万块他还揣在身上，买 CD 花去了一点。

林昌孝敬他的那三百万还没动过，他打算这几天就把钱都提出来。

他是老辈人，什么都觉得拿在手里才比较放心。

“你要追星我也管不着，不要拖累了任务就行。”黄田抱起胳膊，“智慧财务现在就是莱港半数黑帮的地下钱庄，黑道不仅在这里存钱，那些黑钱也几乎都是通过林昌洗白的，可以说他握有很多其他社团的把柄，只要摆平他，整个莱港黑道得来一次大地震。”

“这么严重？”

“就是这么严重，所以给我卖力干吧。”黄田撑着膝盖起身，“既然他不在，这个月你就自由行动，但别跑太远。”

“好。”

黄田走到门口时，像是突然想起来什么。

“说起来，我这几天好像一直有在红石地铁站入口看到什么筹集活动。”

“筹集活动？”

“对，一辆面包车停在那里，后车厢里摆了很多东西，横幅上印着什么……”黄田敲着额头努力回想，“好像是 JKG，还是什么 KJB？”

那上面印着：JKG30 筹集活动。

梁森定定地站在车尾，看着摆了一车厢的稀缺周边产品，内心受到的冲击非同小可。

做活动的女孩在一旁说明：他们正在筹集去日本参加握手会的路费，所以把珍藏的周边拿出来贩卖。

梁森颤抖着手拿起一本彩页杂志，翻到扉页，全员签名赫然冲进他的眼眶，关键是，上面居然还有第一年就退团的橘薰的签名！

啊！他差点惊呼出声，拿起一张 CD。这是团体发行的唯一一张独立制作的地下单曲辑，那还是剧场公演观众仅有十几人的小透明时代，所以发行量仅有一千张。

他觉得浑身发热，心脏怦怦直跳，就像刚跑完四千米。

还有这个，还有那个！

最后，他把四五样东西装进女孩提供的纸袋里。其他的东西他当然也想要，但不能继续待下去了，他生怕女孩下一秒就会突然反悔，把东西要回去。

"这些多少钱？"他控制不了地颤抖着声音问道。

看起来二十五岁上下、个子小巧的短发女孩露出调皮的笑："看你的心意给就行了，不过当然越多越好啦。"

梁森生怕事情有变，想赶快离开，就把兜里的 10 万块全掏出来，塞进女孩手里，跟着转身就想走。

真有种做贼心虚的感觉。

不料下一秒，女孩突然爆发出一阵足以掀翻屋顶的尖叫，吓得他差点丢下东西就跑。

"方璐，什么事？"

方璐的三个同伴围了过来，一看到她手里的钱，也加入了尖叫。

"这些有十万啊，哪里来的？"

"这个阿伯给的。"

"阿伯，你是哪个后援会的，以前怎么没见过你？"

"对呀对呀！"

她们叽叽喳喳地把梁森包围了。

他实在应付不了这个场面，想马上离开，可刚后退一步，方璐就像无尾熊一样抱住了他的手臂。

"阿伯，你必须留一个电话！"

"不用了。"

梁森发现周围驻足围观的人越来越多，他们一个个看起来都长得浓眉大眼，一脸正义，他心里开始慌了。

“拿到了！”方璐突然松开他的手臂，手里高举着一部手机跳向一边，引来了同伴的一阵欢呼。

梁森一摸兜，当然空空如也，那是刚才黄田交给他的联络电话。

方璐拿着手机打给了自己。

“阿伯，我叫方璐，第一个号码就是我的，要记住啊！”

梁森这才好不容易摆脱了纠缠。

他提着纸袋小跑着，径直往回赶，一心只想赶快回去欣赏这些战利品。

因为实在太高兴了，他的脸上也禁不住地露出了笑容，看他那表情，简直比娶了老婆还高兴。

3.

康乐环视屋内，目光最后落在沙发上的一个纸袋上，那里面装着约三百万现金。

思索片刻后，他拿出手机打给了林昌，报告梁森失踪四天的消息。

即便没给安排工作，梁森仍坚持每天到公司露面，待上两三个小时才离开。

四天前是十一号，他没来公司，这也不算反常，考虑到三号那天他也没来，康乐没有怀疑他。可一连四天不见人影，康乐终于起疑。

梁森没有手机，屋内也没有座机，康乐联系不上人，便把情况报告给正在出差的林昌，这才被派来查看。

按了半天门铃后，康乐用备用钥匙开门，随后发现了沙发上的三百万。

即使再怎么急迫，三百万也不该随便丢在沙发上。他察觉事情有异，去询问了邻居。

据对门的男人说，梁森已经四天没回来了。

为求证这是否属实，康乐查看了男人门口的监控视频录像。

监控画面里，梁森神色正常地出了门，一直到走出监控画面。他手里提着两个纸袋，其中一个是橘红色的。

康乐证实了梁森从十号晚九点四十七分离开后便再没回来过，今天是十五号。

电话通了。

“那三百万应该是我当年给他的那些钱。”林昌听完汇报后说。

“问题是，他把钱从银行提出来扔在这里，人却失踪了四天。”

“嗯，如果是跑路的话，就算再急也该把钱带上……”林昌似乎也觉察到了事态诡异，电话那头一时没了声音。良久，他才出声：“完了，我有非常不好的预感。你马上回公司去。”

康乐回到公司办公室，看到林昌正坐在沙发上，他讶异道：“老板，你不是在出差吗？”

“这个等一下再说，视频呢？”

康乐把手机递过去，林昌眉头紧锁地反复看了四五遍，终于问道：“你有没有见过这两个纸袋？”

“没有。”

“他把三百万丢在屋里，却带走这两袋东西……”林昌一时陷入了思索，良久才站起身，背着手走到窗前，“我得告诉你一件事，他当年之所以被判了二十年，是因为涉及了几十件民间借贷的案子。关键是，那些事他完全不知道，是我们背着他做的。”

康乐一时无法理解：“你的意思是他不做民间借贷？”

“没错。”

“为什么？义合胜不是放贷公司吗？”

林昌转过身来，直视着康乐：“因为他是蠢货，说什么‘搞普通人不算英雄好汉’，他只吃黑帮的钱。”

康乐哑然失笑，他觉得梁森的想法也太过幼稚了。

林昌烦躁地一摆手：“这个不重要，现在的问题是，当年的事我也是参与者，这个他肯定是知道的，那他现在想来公司干什么？”

“难道……是想报复你？”

林昌闻言，两眼惊诧地瞪圆了。

康乐赶忙改口：“应该不是。”

“不，肯定是这样。”林昌的语气十分肯定，“当年在法庭上他明明可以抗诉，却全部认了下来，你猜为什么？”

“他跟法官做了交易？”

“没错。如果他坚持不认罪，最后大概率是终身监禁，他全部认了后，换了轻判。那时我就知道他肯定是憋着一口恶气，想以后出来全部找回去。那时我非常害怕，到处凑了三百万拿去给他，就是想着他以后出来不要来报复我。那天他从监狱打来电话，说出来后想来公司做事，我就知道他肯定是来报仇了。”

林昌离开窗边，开始在房间里来回踱步：“我怕他一过来就要动手，幸好想到了他从不打女人这一点，就叫女秘书全程在我旁边站着。”

“那他还是没有动手啊，说明根本不是冲着你来的。”

“那可能是他在等一个更好的机会。”

康乐叹了口气：“老板，我看他的样子也没有多凶狠，也许这十六年已经把他关得没脾气了。”

林昌停住身子，直瞪着康乐：“你猜他为什么叫‘暴力森’？”

“难道他有暴力倾向？”

“没错，当年义合胜也就七十人，他敢给一两万帮众的大社团放贷，你说他是什么人？那年头就没有他要不回来的债，就算本人拿不出，他直接跑去跟人家老大要，还每次都能要回来。”林昌一口气说完，停了良久才说，“他说要来公司做事，我不敢说个‘不’，但我又怕他突然发作，就借口说出差，想着出去躲一个月看看情况，没想到刚几天就出了这状况。”

康乐知道了林昌对梁森怀着某种恐惧心理，问道：“那我接下来该做什么？”

林昌没有回答，他垂着头，神色凝重地盯着地毯，已经陷入了深深的沉思中。

康乐只好说：“我明天出去四处打听一下，可能有谁知道点什么。”

4.

手机响时，梁森正在观看 JKG30 第一次公演的幕后彩排花絮。

“阿伯，我是方璐！”

这个欢快的声音令梁森的心猛地往下一沉。他看向窗外，天色已经暗了，从他买来这些周边只过了三四个小时，实在想不通她这时候打来会是什么事。

突然，他脑中生出一个恐怖的念头：她该不会是事后反悔，想把东西要回去吧？

他不安地扭动了一下身子，试探着问：“什么事？”

“你知道纪念领带吗？”

“是在‘组合出道三周年纪念派对’上发送的独版领带？”

“对，我刚好有一条，你要不要？”

那一瞬间，梁森感觉后脑勺仿佛被人用钝器给了重重一击。那是全世界只有五十条的梦幻领带！

约定的地点在咖啡店。梁森一进门，看到方璐已经先到了。她一看到梁森，脸上立刻现出灿烂的笑容，像擦玻璃一样朝他摆起手来。

梁森直盯着她手边立着的纸袋，向服务员点了咖啡后过去坐下。

“等很久了吗？”他注视着纸袋问。

“不会啊，我也刚来。”

“吃了吗？”

“还没有呢。”

大概是注意到了梁森的视线方向，她“咯咯”笑了起来，从纸袋里拿出装领带的盒子递给他：“就是这个。”

梁森用双手珍重地接过来，的确是，和杂志上刊登的照片一模一样。

不知是不是店内灯光的原因，此刻的领带看起来竟然闪闪发亮。

等梁森回过神来，才发现方璐一直在笑眯眯地看着他。肯定是自己刚刚看得眼睛都直了吧，梁森不好意思地笑了。

他收起领带时，方璐喝着咖啡问：“阿伯是做什么工作的？”

“我？”

“你刚才离开后，我们都在猜你是做什么工作的，我很好奇才问的。”

“这样啊……”

什么人能轻易拿出十万块来？普通的工作肯定不行，梁森的眼前条件反射般地浮现出公司大楼电梯旁的指示牌。当然不能说是财务公司，目光向下移，七楼是录音室。

“是音乐。”

“音乐？”方璐眼睛都亮了，身子向前探，很激动地问，“是创作人之类的？”

梁森心道糟糕，这是她感兴趣的话题。

“不是，是录音室。”

“啊，是录音师？”

梁森心虚了，想着必须尽快结束话题，这时他突然想起还没付钱。

“对了，”他从兜里摸出装了五万块的信封递给她，“这是领带的钱。”

“什么呀！不用，”方璐猛摇起头，伸出双手把信封推回来，“我们来回的机票都是你出的，再拿我会遭雷劈的！”

她的表情十分认真，既然都这么说了，梁森也不好强求，可自己毕竟受了恩惠，绝对不能亏欠人家。

“你不是还没吃饭吗？我得感谢你，今天必须请你吃饭，火锅怎么样？”

“好啊。”方璐欣然同意。

5.

这天一早，梁森到了公司。

即便林昌不在，他也要求自己必须每天都来公司露面，坐上两三个小时再走。

要说这样做有什么目的，是想给林昌制造压力，让他尽快给安排工作。

但整天这么干坐着实在是相当无聊，好不容易熬到了中午，他下楼吃完饭，没有再回公司，而是搭上了地铁，此行的目的地是南贡。

约定的地点——北潭，方璐早已在那里等着。他一走近，就看见等在那边的方璐在朝他猛挥手，用朝山对面喊的声音喊他，果然是充满活力的年轻人。

昨晚吃火锅时，因为有性格开朗的方璐的存在，他们这桌的气氛很欢快。

梁森当时也聊得很起劲，他们畅快地聊着 JKG30 的资讯，只要一聊到偶像，他就有说不完的话。

当然，话题有时也会往外发展。闲谈中，梁森得知她是社会福利署的工作人员，平时都在帮助社会上的弱者或受苦的人。

她就像是班级中的班长，不仅平等待人，也很为他人着想。或许是看出了梁森的气色不是很好，她热情地建议：“这天气多好啊，明天我们去南贡远足吧。”

梁森立马就应下了，他也很想去接触一下大自然。

方璐展开地图，规划了一条路线。今天的目标是登顶鸡公山，两人兴致勃勃地出发了。

这十六年来，梁森每天面对着死气沉沉的钢筋水泥监狱，头顶照射着惨白的白炽灯光，耳边萦绕着惩教员的训话。现在他一下子进入了草木生辉的大自然，照射着穿过树荫的阳光，听着方璐欢快的笑声，仿佛进入了另一个世界。

满眼的绿意让他心旷神怡，大自然能洗涤心灵，这种说法他以前也听说过，现在确实体会到了。

不，使他心情明亮的主要原因，应该是方璐的存在吧。

方璐总是爽朗地哈哈大笑，好像只要她出现的地方，沉闷的空气就会立刻明快起来。

她的笑声具有天生的感染力，使梁森也不自觉地笑容满面。

他们一路笑谈着各种趣事，沿途观赏着风景，不久，终于看到了今天登顶的目标——海拔三百九十九米的鸡公山。

终于登上山了！

山顶视野开阔，梁森环顾四周，连绵的苍翠山峦被他脚下流动的白云环绕着，如此壮阔的景象，使他不禁感叹起大自然的神奇。

这十六年来，他每天的活动轨迹都被限制在那小小的放风场里，走过的水泥路屈指可数。

然而，他现在正置身于自由的海洋中，只花了一下午，就走过了比十六年来走过的总计还长的路，这么一想，就感觉那个承载着自己所有罪孽的监狱已经被他远远地甩在了身后。

梁森十分感动，不禁想要跟着方璐一起振臂高呼。

然而，梁森其实一直很清楚，在这份感动之中，还隐隐夹杂着某种担忧。

这种情绪的根源，就在于他在咖啡店里临时编造的那个谎言——音乐。

当时，他并没有想到之后会跟方璐有太深的交往，在没有细想的情况下就说出了口。

晚上吃火锅时，他随口感叹了一句："这家店的汤底味道跟十六年前一样。"就此引出了空白的十六年。

这十六年来，被关押在监狱里的梁森对社会上发生的事件一概不知，当方璐问及这类话题时，他好几次回答不上来。于是，他只能被迫根据"音乐"编造出另一个谎言——他这十六年不在莱港，去了美国追求音乐梦想。

当被问到美国生活时，对美国毫无认识的他也只能借口说："满腔抱负而去，一事无成而回，那是段不堪提起的伤心往事。"方璐这才贴心地不再问起。

如此，一个谎言就要用无数谎言去圆。从昨晚到现在，也不知道自己究竟撒了多少谎。

而现在，当意识到自己正在欺骗一个脸上永远带着微笑、心地纯洁的女孩，即使站在仿如世界之巅的山顶，梁森却怎么也高兴不起来。

"可是我觉得你很厉害。"振臂欢呼完的方璐突然说道。

梁森一时没反应过来。

"如果没有目标，登山时肯定会迷路，人生也是一样。"方璐朝他露出灿烂的笑，"阿伯你有梦想，而且还能坚定地去美国追求，即使一时没能成功，我觉得只要坚持下去，总有一天会成功的。"

说完，她转过身去，双手在嘴边拢成喇叭状，朝着群山喊道："加油——"

懵懂无知的方璐，还好心地给他鼓劲。

此刻，这声"加油"仿佛变成了沉重的枷锁，扣在了梁森的良心上。

6.

康乐在外面跑了一天，直到晚上才回了公司。打开办公室的灯后，他着实吓了一跳，林昌正端坐在沙发上。

“老板，怎么不开灯？”康乐反手带上门。

“查到了什么？”林昌不动声色地问道。

“目前还没有什么线索。”康乐如实回答。

林昌“嗯”了一声:“我倒查出点眉目,他三号那天去了趟日本。”

这么说来，梁森那天的确没来公司。

“他去日本做什么？”

“不知道，但我猜八成是冲着‘爆胎雄’去的。”

“那是谁？”

林昌的视线转了过来：“义合胜的二号人物，也是当年民间借贷的带头人，我之前听说他去了日本。”

“难道说，梁森是找当年的主谋去了？”

林昌闻言，“嗤嗤”笑了起来：“说来很巧，我也是七个主谋之一。”

康乐有点惊讶。

“那时‘爆胎雄’想自己搞钱，就盯上了民间借贷，他开始背着梁森在社团里拉人合伙，我也被他看上了。一开始我是坚决不干的，但那时他拿着我的把柄，我也只能跟着他们做了。

“梁森这次去日本肯定是冲着‘爆胎雄’去的，他想找出当年的那些所有主谋，那我不久也得被他查到，肯定的。”

“现在也没有证据证明他去日本是找主谋去了。”康乐说。

“他想收拾我，肯定的。”林昌说得斩钉截铁。

康乐只能宽慰道：“不会的。”

“不会？！”林昌突然毫无征兆地大吼出声，同时噌地站了起来，“你不认识他才会这么说，被他盯上的哪一个有好下场？”

“当年字母帮的‘泰拳王’认识吧？就这样的狠角色，三分钟就被梁森打成了块烂抹布！我亲眼看到的，惹火他的人都是这个下场！”

林昌吼得唾沫直飞。

虽然明知现在问不合适，康乐还是好奇问道：“后来‘泰拳王’怎么样了？”

“现在还在吃药！”

林昌突然抄起烟灰缸，猛地朝茶几砸去，有机玻璃瞬间迸裂碎成一地。

“我说不干了，非逼着我干！现在好了，一个个跑没影了，就我在这里被他折磨！我要完了。”

林昌双拳紧握，不知是因为恐惧还是愤怒，肩膀不停颤抖着。

“老板，现在最重要的是冷静。”康乐劝告道。

林昌猛地瞪过来：“你说什么？”

康乐盘起胳膊，十分沉着地说：“说到底，这些都只是咱们的猜测。”

“那三百万怎么解释？”林昌喝问。

“也许他根本不在乎钱吧。”

康乐只是随口一说，不料林昌闻言，双眼顿时亮了起来。他开始背着手在屋内踱步。

“他不在乎……原来如此。”

林昌猛地停下，指着康乐问：“他那天来时说了什么？”

“什么？”康乐不明所以。

“我问他是不是想来公司做事，他亲口说的‘是，来投靠你’，对不对？”

“这……我不记得了。”

“混账！我早该想到了，他这种人怎么可能甘心在别人手底下做事？当年多少大社团想来挖他去做二把手他都不干，这种人只想自己当老大。”林昌突然回过头来，眼神直勾勾地盯着康乐，“他瞧不上那三百万，他要的是智慧财务！”

“老板，这没有根据！”

林昌像是根本没有听见康乐的话，自顾自咬牙切齿起来。

“黑心佬，好狠的心啊，我一辈子的心血也想要。”

“老板！”

“闭嘴！马上把飞叔他们叫来，我要开会！”

7.

梁森站在“涩谷 JKG30 剧场”门口，呆望着摊开的右掌。自己刚刚跟三十个偶像一一握了手，不敢相信这是真的，现在仍仿佛身处梦境中一般。

还是方璐叫醒了他：“阿伯，看，拍得可好了。”

方璐把脖子上挂的相机屏幕给他看，上面是刚刚她帮梁森拍的和偶像们的合影。

梁森现在最庆幸的是认识了这个女孩，要不是和她一起来，自己不可能留下这么多珍贵的合影。

“开心吗？”方璐咧嘴笑着问他。

“太开心了！谢谢。”他由衷说道。

“呀，这叫什么话，我们是朋友嘛！”她眯起眼睛笑了。

朋友？

梁森当场怔住了。

自己以前的人生中只有手下、同伙、狱友，而“朋友”——这个曾对他而言遥不可及的词汇，此刻就具象成了方璐的模样，此刻她正真实地站在他面前。

方璐像是一股清风，从一个梁森从没接触过的世界里，把闪闪发光的友情带给了他。

梁森就在这阵感动中回了莱港。

之后两人当然仍有来往。自从那次跟方璐一起去远足后，他就深深迷上了大自然，方璐也热衷徒步，两人组成了“徒步健将组合”，隔上一天就往山里走。

梁森也不知跟方璐一起走过了多少山路，随着路程的增加，两人的友情自然越加牢固。

当然，他身上的“余毒”也随着时间在不可避免地加剧中——他至今仍未澄清那些谎言。

这世上有两样东西会随着时间的流逝像滚雪球一样越滚越大，那就是高利贷和谎言。

而且，谎话大多无法在事前经过深思熟虑，等情急之下脱口而出后，才会惊觉简直是漏洞百出。

梁森已经有好几次出现如此窘况，幸好每次方璐一有觉察，都被他巧妙地掩饰过去了，加上她很单纯，似乎至今都没有真正怀疑过他。

对于掩饰成功，一方面他觉得幸运，而更多的，是心中无法摆脱的深深的负罪感。

说谎只能骗过方璐，却骗不过自己的良心，他一直在欺骗着方璐。她是他真正的朋友，欺骗朋友是件痛苦的事。

不仅痛苦，而且提心吊胆。因为长此以往下去，她总会有察觉到的一天，到时方璐就会看穿他其实是个谎话连篇的人，那时她会怎么想？

这个人就是个骗子，我对他太失望了！

不行！与其落到被识破的狼狈境地，不如先坦率地承认了。如此一想，梁森就觉得“必须马上澄清”的形势已经到了十万火急的地步。

然而意识到这一点的他，却依旧没有开口，因为澄清就代表他必须说出自己的真实身份——他以前是一个无良的放高利贷者，一个害得多少人妻离子散、流离失所的恶人。

方璐在当社工时，肯定救助过不少露宿街头者，那里面有多少人是被高利贷骗走了房子和一辈子的积蓄，从而导致流落街头的？

梁森完全不敢去想，或许她也曾跟那些受害者一起痛斥过放高利贷者的无良，而她所痛恨的人，就是他梁森。

如果她对放高利贷者是这种态度，那当他忍不住去坦白后，方璐不仅不会接受他，更是会就此远离他，和他断绝所有联系。

一想到这些，梁森如何能说得出口？

不澄清会导致“失望”，澄清会招来“痛恨”，好像不管怎么做都会失去朋友。

“左右为难”使梁森承受了巨大的精神压力。

平时都是方璐给他打电话，现在每次一看到她的来电，他就有种心惊胆战的感觉，这种心情使他感到这段友情变得令他痛苦。

而这一切，都是那些谎言造成的，他现在十分后悔当初为什么要撒那个谎。

不，他最后悔的，其实是自己当初为什么要犯罪。

如果自己是奉公守法的好市民，就不用害怕面对朋友了，归根结底，全都得怪过去的自己。

他悔不当初，甚至一度认为，不如像见黄田那次一样给方璐跪下来，祈求她的谅解，可那算是怎么回事呢？

等一下！

想到黄田的同时，一个救命的念头突然从梁森的脑海中生出。

黄田？

对啊！就算以前跟他斗得死去活来的黄田也选择相信了他，为什么自己会在这里杞人忧天，认为比黄田好一万倍的方璐会远离他？

开明又博爱的她，是不会唾弃想要改过自新的人的，不仅不会，她还会支持他们，为他们喊一句“加油”。

此刻，方璐喊出的那一句“加油”仿佛就回荡在他耳边，这声音给了他勇气。

就这么决定了！

梁森就此坚定了坦白的决心。

可在“如何告诉她”这点上又没了主意。要当面说，他最后只会说得语无伦次、不得要领，打电话也不太现实……

实在烦恼，自己心中最不缺的就是忏悔之意，可怎么把它们完整地表达给方璐呢?

这个困扰不久后就解决了，是偶像们给了他指引。梁森在翻看杂志上 JKG30 的专题采访时，刚好看到刊载粉丝感谢信的栏目。

对啊，不用开口，又可以完整地表达心意，可以把它们写下来嘛，就这么办!

于是他立马提笔写信，言辞诚恳地写了三页纸。

他在信里把一切都如实地告诉了方璐，当然，除了线人的身份。

把信塞进信封时，他有预感，方璐看了信，知道了他的悔悟，肯定会第一时间打来电话，说“加油！我支持你”。

8.

傍晚，梁森等在便利店外，因为方璐等一下要去上甜点班的夜课，他们就约在半路上见。

不一会儿，方璐就出现了，她背着包，步伐轻快地走来。

到这里已经没什么好犹豫的了！梁森在心中呐喊。

“就是这个吗？”方璐接过信去，很自然地就要打开来看，吓得梁森赶忙阻止了她。

大概是他狼狈的样子戳中了方璐的笑点，她扑哧笑了起来：“好，我回去就看。”

梁森勉强一笑，想到她还要去上课：“那么……再见。”

“再见。”方璐朝他摆摆手，转身离开。

梁森把双手插进衣兜里，看着她消失在转角，也抬步离开。

他的身影在霓虹灯下前行着，一路走到了西环码头。维多利亚港的海面映射着月光，海风吹打着他的脸。

他拿出手机，接近九点半了，没有信息。

她看了信没有呢？应该还没看吧。

深夜，他躺在床上，一闭起眼睛，眼前就浮现出握手会的画面。

现在再回过头来看，他觉得排除万难而来是这辈子最正确的决定，而跟朋友一起来的时光，成了难忘的回忆。

次日一早醒来，他第一时间拿起手机查看，还是没有信息。

晚些时候，他带着空落落的心情去了公司，像个木头人一样呆坐在那里。

他这一天不记得是怎么过来的，中午好像被出租车撞倒过一次，又好像没有。

傍晚，他抱着脑袋坐在沙发上，看着桌上静默的手机，感觉心口仿佛开了个洞，一股冷风直吹进胸膛。

整整一天了，方璐肯定早就看过了信。电话的沉默，已经表明了她的态度。

一切都结束了。

此刻，他能清楚地感觉到，不管是有形的还是无形的，支撑自己的一切都被抽走了。

他突然同情起自己来，但想到以前干的那些事，又觉得自己不值得被同情。

这时，就像是天意安排般，JKG30 的歌声突然响起，这是方璐帮他设置的手机铃声。

他猛地接起电话。

"喂，阿伯！"

感谢苍天！

"是我。"

"你现在有没有空？"她轻快的语气一如往常，"能不能来一下上次那个咖啡店，我有特别重要的事。"

特别重要的事？不是信的事吗？

"没空吗？"

"有！"他大叫道，"但是那个信……你看过了吗？"

"信啊，我看了啊。啊，车子来了，就定在九点怎么样？"

"好。"

"那我先挂了。"

方璐说她看过了信，但光听语气，也没办法判断出她对信的内容是什么态度。

梁森忐忑不安地到了咖啡店。

方璐稍后来了，梁森看着她向服务员点了咖啡，她的表情跟平时没有不同，还是乐呵呵的。

等服务员离开后，他小心翼翼地问："信你看过了？"

"看了啊。"

"嗯……"梁森又试探着问，"你有什么看法呢？"

"这个嘛……"方璐侧头思索片刻，"我数过了，你在信里一共写了十五个'后悔'，所以我很明白你后悔的心情了。既然已经后悔了十六年，也想要改过，那就加油吧，我非常支持你！"

"呃……就这样吗？"他觉得这么天大的事不可能就这么轻描淡写地翻过篇去。

方璐点点头："再说了，那些事你都不知道，是别人瞒着你做的，所以错不在你。"

"话是这么说没错。"

"没事啦，反正我又不觉得你是什么坏人。"她呵呵笑起来，跟着突然凑近前来，"其实吧，今天找你来有更重要的事。"

她的表情十分神秘，弄得梁森也紧张了起来。

"什么？"

"摩绘三天后要来莱港。"

"什么，摩绘要来莱港？！"

"是啊，你也知道偶像平时压力是很大的，现在毕业了，就想到处旅游散散心。她打算来莱港四处转转，到时就由我们接待。"

"啊！"梁森大吃一惊，"原来你认识摩绘？"

“哎？我没说过吗？”方璐嘿嘿笑了起来。

“是这样啊。”难怪她能拿到全世界仅有五十条的纪念领带。

“但是吧，”方璐说道，“因为我们五个都是女生，就怕这次路上可能遇到什么危险，比如被疯狂粉丝认出来，所以我就想到阿伯你了。”

“保镖吗？可以，没问题，我行的！”梁森像小鸡啄米似的不停点头。

方璐高兴地一拍手：“好，就这么说定了。”

他们跟着商量了一些游玩的准备事项，便分头行动了。

按计划，摩绘三天后就来莱港了。她喜欢看莱港电影，所以第一天的行程就是带她到那些著名的电影取景地去打卡拍照，梁森就得在她来之前先到这些景点去踩点确认。比如《无间道》里刘德华和梁朝伟对峙的天台，他得先找到那栋大楼，再上天台看看，否则到时带着摩绘过去，才发现天台没法上去，她就会失望而归，这可不行。

为确保旅程顺畅，整个行程他都得这样先亲自走一遍。

梁森先回到了西环公寓，把那些 CD 和周边全部收拾好。

他只有三天做准备，时间很紧张，然后是五天的游玩时间，这期间他们得在路上住酒店，所以他差不多有八天没法回来。把这些宝贝放在这里八天，他肯定是不放心的。

他昨天已经把卡里的三百万都提了出来，从纸袋里拿了二十万放在身上后，其他的就随便扔在了沙发上，他对钱不是很在乎。

随后，他敲开了黄田的门。

黄田一开门，脸带狐疑地上下打量着梁森。

“这么晚干什么来？”

“这些贵重物品要托你保管。”梁森把纸袋递过去。

黄田一脸嫌弃地接过来：“喂，干吗笑得这么恶心？”

“有吗？对了，我接下来得有八九天没法回来。”

“公司那边呢？”

“反正林昌又没在，我去不去都一样吧。”

“哼，随你高兴吧。”

梁森随后去租了辆八座的商务车，毕竟有十六年没开车了，他在码头练了一夜车。

9.

康乐等在会议室外，里头正在开会，与会者都是各个社团的老大，包括林昌。

事情怎么会发展到这个地步？

康乐直到现在都理解不了。

林昌能在各个社团间周旋，管理他们的钱财，同时游刃有余地规避着警方的侦查，其能力及心理素质可见一斑。然而当碰到年轻时代的大哥时，他却突然心神大乱。

从刚才他的各种反常表现来看，他对梁森的恐惧已经深深扎根在心里无法拔除。

年轻时的心理阴影将伴随一生，大概是这个原因，林昌已经无法逃脱梁森恐怖阴影的掌控。

康乐正想着时，会议室里突然传来一阵怒骂声，那是林昌的声音，跟着他便摔门而出，踏着大步离开，他的脸色极其难看。

康乐紧随其后：“老板，他们怎么说？”

“叫我出去躲几天。这些王八蛋，尽说些废话。”

“我也觉得目前这样是最好的，毕竟不知道梁森究竟是不是冲着你来的。”

林昌停下来，怒视着康乐。

“要是真的呢？他就是冲着我来的，这时候正躲在哪里磨着刀子，就等着什么时候突然杀出来给我来一下子。你想赌一把吗？拿我的命赌？”

“这……”

“我身家五亿，他烂命一条，我有什么必要赌这一场？”林昌的声音越来越高，“你以为这是在玩游戏，死了喊一句‘这次不算’就能重来？你是有多天真！”

他这么说也确实有道理，康乐一时哑然，随后问道：“那你打算怎么做？”

“你等一下去银行把所有合同都领出来，我已经跟八斗财务联系好了，就以五成的价格转给他们。”

这回连康乐也坐不住了，他情急之下揪住了林昌的领子：“老板！你疯了吗，就因为一个梁森你要注销公司？冷静一点吧！也许他根本就没想过要对付你。”

林昌面无表情地看了康乐一眼，拍开他的手。

“你还是没搞清楚，现在已经不是这个问题了。就算他没想把我怎么样，我也没办法跟他共存，只要他出现在我身边一天，我就一天睡不了安稳觉，所以我惹不起，我躲得起。”

“那你跑就是了，有什么必要连公司也关掉？”

林昌冷笑了一声：“我三年前就想关掉公司了，要不是里面那几个蠢货一直拖着我，我早就急流勇退了。这次梁森只是个导火索，关键是里面那些人的态度，我有什么必要继续替他们赚钱？”

“这算什么理由？你简直魔怔了！突然转签这么多合同，根本不知道哪个环节有警察的眼线，那会出事的，肯定会！”

“闭嘴！你以为我是谁？给我照办就行了。”

完了，康乐发现眼前这个人已经陷入了自己的臆想里，因为对梁森的恐惧，他已经看不清周围的一切，更听不进任何话。

他现在只想着远远逃开，完全不管这样会带来什么后果。

康乐决定立马收拾东西离开。

10.

十四号早上，梁森在机场接到了摩绘，加上方璐和她的三个后援会的朋友，一行六人开始按行程游玩。

梁森的保镖工作做得很称职，这期间所有的危险事件都被他排除了。

他们乘着商务车在莱港到处逛着，如此玩了几天，他很开心，完全就没有注意到另一边正在发生什么大事件。

晚上，正在看电视的黄田突然接到了警察总部的电话。

“黄警司，听说你前几天在林昌那里安插了一个线人？”

“是，”黄田疑惑道，“有什么问题吗？”

“也没什么，这人现在在任务中吗？”

“这几天刚好不在。”黄田说完，又补充道，“因为林昌这个月去出差，所以我叫这个线人下个月再待命。”

“这样啊。其实我打来是想跟你说一下林昌的事。他这几天正在暗中清算财产，因为是高利贷公司，财产清算里面涉及了阴阳合同的转签程序。”

黄田警惕地坐直了身子：“掌握到他的犯罪证据了？”

“一大堆。”

黄田激动地站了起来：“但是他怎么突然搞这么大的动作，是怎么回事？”

“就是因为不知道所以才打来问你，你的线人是不是知道一点什么？”

“他吗？应该是不知道，他这几天根本就没在跟任务。”

“是吗，我明白了。”

“接下来有什么计划？”黄田追问。

“因为林昌的手里掌握着很多其他社团的犯罪证据，所以这回不光是他，所谓的拔出萝卜带出泥，你知道的，接下来有得忙了。现在总部正在准备一项联合全港各部门的反黑行动，代号都定好了，就叫‘覆黑’，明天晚上行动。我现在正在总部开会，怎么样？虽然你已经退休了，要不要发挥一下余热，过来做个参谋？”

“马上到。”

黄田挂了电话，随手找了件外套穿上。这时，他突然怀疑起林昌的反常行为，难不成跟梁森有什么关系？他拨了梁森的电话。

“哈哈，哈哈哈。”

黄田穿鞋的动作停住了，仔细一听，那的确是梁森的笑声。

“喂，你在干什么？”

“玩大富翁啊，大富翁你知道吧？投骰子，按点数走地图。好，到我了。”

黄田深吸一口气，尽量使自己的语气平和：“你这几天有没有林昌的消息？”

“刘刚？那是谁？六！”

黄田果断挂了电话。

11.

莱港行的最后一天，早上众人去了南贡远足，中午去了海洋公园，把各种游乐设施都玩了一遍，直到傍晚梁森才开车带众人回九凤。

车子驶在路上时，不时有鸣着警笛的警车从他们车旁呼啸而过，里面还有不少飞虎队的冲锋车。

“这两天怎么这么多警察？”坐在副驾驶座的方璐问。

“应该是演习吧。”梁森也不清楚。

他把车开到了沙咀，找了家大酒楼，在三楼开了个包厢。摩绘明天就要回日本了，众人要给她举行送别宴。

饭吃到一半时发生了一点状况，一名酒楼服务员领着两名警察敲门进来查看，说是在找人。那两名警察盯着梁森看了一会儿，就致歉离开了。

梁森感到不明所以。

“阿伯，快来看。”方璐站在窗边招呼他。

梁森走过去一看，酒楼对街是一整排的酒吧、麻将馆、洗浴中心。此时，街上正停着四五辆冲锋车，二十几名全副武装的警员正在往车上拉人。梁森知道被抓的那些人都是黑社会成员。

他疑惑着走去打开了包厢的电视，刚好是新闻节目。

“警方于昨日展开了代号为‘覆黑’的反黑行动……截至今日，警方发言部门宣布已经拘捕涉黑分子二百六十三人……此次行动将持续五日……”

“原来是反黑行动啊。”梁森明白了。

结果一整晚街上都闹哄哄的。

次日一早，梁森他们在机场送别了偶像。

这里也有警察在执行任务，他们不时押走想搭飞机潜逃的犯罪分子。

梁森随后开车把方璐她们送到地铁站，跟着开回了沙咀。

已经八天没来公司了，他心想今天怎么也得过来露一下脸。不料，他按了好几次八楼键，电梯愣是没有一点反应。

他走去前台向员工反映情况。

“哎呀，你不知道吗？”女员工睁大了眼睛，“智慧财务被封掉了，前天晚上来了好几拨警察，拉走了一大堆文件。”

“啊？”

“林老板也被拉走了。”

梁森大吃一惊，他边走出大楼，边打给黄田。

“就是这样，林昌栽了。”黄田证实了此事。

梁森都不知道该说什么了。

“那我接下来该干什么？”

“你？玩大富翁去吧。”

“这叫什么话？你再给我找个任务。”

“以后再说，现在哪有空管你这闲人的事，告诉你，我可是很忙的！”黄田直接挂了电话。

梁森感到莫名其妙，自己刚离开几天，回来工作却没了。

即便是工作日的工作时间，街上还是那么多人。

他看着往来的行人不禁心想，这些人到底有没有工作呢？反正他肯定是没有了。

他抬头看向天空，蓝天白云，今天是阳光明媚的一天。

“好日子啊，”他不禁感叹起来，两辆警车从他眼前呼啸而过，“就是有点闹。”

004
UNDER CONSTRUCTION
FERNANDO

谎言游戏

文/狮心

Who is liar

NO.004

供词风向模仿秀

入户指南

重启调查

朋友

窃巢

轮到你了

三月二十九日

谎言游戏

UNDER CONS

IC DESIGNER

REFERENCES

Huang yan

谎言游戏

NO.004

[redacted]

who's liar

1.

“老公，你最近都不加班吗？”

秦一哲一愣，穿好鞋子，抬起头，正对上李青那双水汪汪的大眼睛。妻子刚哄完怀中的女儿，把她放在婴儿床上。

“上个项目刚完，最近就不是很忙。”

“如果每天都能像现在这样也挺好的，那你今天也早点回来。”

“得令！”

“今天我给你炖莲藕排骨汤，看看你这脸色，灰不溜秋的。”

“嘿嘿。”

秦一哲嬉笑着系上鞋带，快步出门。

直到门关上，他才缓缓地吐出一口气，又是缓慢而难熬的一天。

两个月前，裁员潮蔓延到了秦一哲所在的公司。不少同事不认命，拖着不愿签自愿离职申请，有些还想和公司走仲裁。

“第一批走的，还能早点跳槽，出去面试其他公司。”人事小姐姐冰冷地说道。她还想继续说些什么，被坐在旁边的中年男人阻止了。那是秦一哲的直系上司钟私方。

钟私方叹了口气，掏出手机，给秦一哲看了自己的群聊记录，上面是更上层和他的沟通信息。

“一哲，你跟了我也有一段时间了，和你说实话吧，上面给的赔付款就这么多，第一批拿的肯定是最多的，越到后面，钱越少。你去年没休过假，还有一些期权，我都能给你折现。我建议你先签字，我给的，肯定是你最好的选择。”

“钟哥，我媳妇她刚生完孩子，我家这个情况……”

“谁家没有一些特殊情况，都难，我女儿身体一直都不好，我和你们说过吗？和公司抱怨过吗？多体谅体谅别人……”

“唉。”

所谓最好的选择，也往往是没有选择。

秦一哲签了离职申请，拿了一笔赔偿款。这笔钱足够支撑 3 个月，可他每天投简历，往往都石沉大海。孩子的尿布和奶粉却每天都在烧钱。秦一哲越发焦虑，为了向妻子隐瞒这一切，他每天都假装出门上班。

秦一哲照旧推开门，进入漫猫咖啡店。

门前的长条桌上坐着三个男生，他们抱着笔记本，刷着网页。经过中央的圆桌，一个短发的女生对秦一哲点点头，他们都是“假装上班协会”的成员，这个群至少有两百多号人，大多是被裁又不敢和家里坦白的职场人，时常会分享一些求职信息之类的。

秦一哲照例往角落走去，却发现那里已经坐了一位年轻人。他的表情就和一个月前的自己一样，甚至更绝望一些。中午，大家聚在一起吃饭，短发女孩拉着年轻人一起，年轻人说自己叫陈跃，刚被大厂辞退，但当初签合同时，随便签了竞业协议，现在即便有猎头来挖他，自己都没法过去。

“当初你没注意到？”

“我不知道啊，入职第一天，人事小姐姐就给了我好多文件，都要签名，说是入职都需要填写资料，那份竞业协议就在里面。”

“太流氓了吧，你这才进公司多久啊，根本不可能接触到核心业务和数据啊。”

“就是啊，这不是欺负小孩嘛。”

“唉，所以就像我一直说的，学历好有啥用，没背景，没人脉，就是容易被欺负啊。”

大家你一言我一语地发着言。秦一哲也插了一句嘴：“你可以发到微博上，把事情闹大了，才可能有谈判空间。”

“那……那不是所有人，都知道我没工作了？”

每个人都有自己面临的困境，他之所以加入“假装上班协会”，就是想要隐瞒这一点。想到这一点后，秦一哲也就不再说什么了。

那之后，陈跃每天来咖啡店。有一次，他让秦一哲帮了一个忙。

“妈，你怎么就是不信呢，我就说上次苏阿姨看错了，我没在外面。我现在正在公司上班，我让我同事和你说。”

陈跃使了个眼色，把手机递给秦一哲。

秦一哲一边敲击着键盘，一边说道：“阿姨，我是小陈的同事，他在写策划案……嗯，对对对……当然，他做得挺好的，挺努力的……好的，阿姨我会帮你看着的，不说了，我们要开会了……再见，阿姨。”

挂了电话，秦一哲和陈跃尴尬地对视着。

“你妈让你多吃点肉，她觉得你太瘦了。”

“……嗯。”

这次算是过关了，下次呢？老太太如果打视频电话呢？

陈跃低着头，无奈地抓了抓头发。秦一哲还想说些什么，可一想到妻子，才发现自己和他没什么两样。

陈跃是名校毕业，母亲生病了，一直瘫痪在家，他和姐姐就是家里的经济支柱。秦一哲还挺喜欢这个小兄弟的，自己的那些老掉牙的职场经验，还有人愿意听。

第二周，陈跃在群里说自己找到了新工作，秦一哲除了祝福外，多少也有一些羡慕的。秦一哲再给陈跃发消息，对方却不再回了。也是，毕竟人家已经上岸了，和自己这个无业游民不一样，直到陈跃的母亲打电话来。

“阿姨你说什么？陈跃联系不上了？”

也许之前，陈跃把自己的电话给了他母亲，对方在电话里虚弱地问，儿子是不是在公司加班？看到的话，让他回个电话。秦一哲迟疑了很久，只是说自己被调到了不同的部门，也很少和陈跃见面。

挂了电话，秦一哲心里不是滋味，但陈跃毕竟是成年人了，总不可能被骗去搞电诈了吧。就在胡思乱想时，他收到了一条好友申请。

“听说您在求职？”

“是啊。猎头？”

“差不多。我负责和公司沟通，在联系合适的候选人。”

“你是哪家广告公司？”

“你来面试的话不就知道了。”

“？”

“时间、地点我发你。”

秦一哲觉得对方怪怪的，什么有效信息都没有讲，基本确定是骗子。

他刚想嘲讽几句，结果一个两千元的转账直接发来。他直愣愣盯着手机屏幕，生怕自己看错了什么。几分钟后，面试的地址发来了，并不是写字楼，而是某个小区，但连几楼几零几室都没有标明。

晚上，楼下的便利店前，秦一哲抽完了最后一根烟。他这才发现自己已经在楼下徘徊了许久。妻子发来消息，称水电费又要交了。他又去超市买了一包烟，距离七点五十还有十分钟，快了。

快可以上楼了，可他自己潜意识里是不愿意的吧。

开门后，他害怕面对妻子真诚的笑脸，越是这样，越映照出自己的不堪。也许自己每天外出，装作上班，不是真的在努力，只是不想待在家里。

那笔钱，秦一哲最终还是点了收款。

2.

隔天上午，他来到凤凰小区大门口。这是一片老小区，前几年，搭上老城改造的快车后，小区整体焕然一新。一大早，不少老人拎着小推车去小菜场，颇有烟火气。

信息又来了。

“面试很简单。十分钟后，十三号楼会走下来一个穿着红衣服的女人，你要在不被发现的情况下，顺利拿走她的垃圾，并且把里面的东西整理出来，列一张清单后发给我。”

小区门口就是垃圾站，对面是十二号、十三号、十四号三栋居民楼，之间隔着一个停车场。

秦一哲震惊，这都什么跟什么？自己遇到的不是骗子，而是一个富二代疯子？果然一开始就不该抱希望的。

可随后一万五的转账，让他的血压彻底降下来。

他直愣愣地看着那一万五的转账图标，不是假的。

“这不是侵犯了他人隐私吗？你们到底是在做什么工作？”

电话那头很快回信：“你可以把我们公司想象成受到委托类的万事屋，客户与对方的关系，原则上我们并不能透露，但是请放心，我们绝对不会做出让您冒法律风险的事。”

秦一哲有些犹豫，假设拿走了对方的垃圾袋，说是拿错了，警察会怎么定义呢？

就在这时，一个老太太一瘸一拐地走来，丢了一袋垃圾后，到旁边的水龙头处洗手。她的眼球虽然有些浑浊，却一直盯着秦一哲。秦一哲额头两边的青筋突突地跳着，自己明明什么都没做。

他又打开微信看了眼，红色背景的转账记录上，那几个零依旧在显示着某种有效性，像是美杜莎的触手。他深呼吸，在心里默念着什么，老太太依旧在洗手，好像手上有着不停渗出的油脂。

不到十分钟，十三号楼走下来一个女人，她穿着红衣服，脸上略有浮肿，却也可以看出是个美人。

她穿着宽松的服装，拎着一袋垃圾走了过来，秦一哲立刻转身，踱步到了一辆新能源电车旁边，假装刷手机。

透过车玻璃，他紧盯着女人手上的垃圾袋。

女人把垃圾丢进垃圾站，再按原路返回。而老太太的身边多了几张椅子，至少三个老太太围在小区门口，小声地讨论着什么。

她们在说什么？在看自己吗？快冷静下来。

显然，委托人是个变态，希望获得那个女人的生活垃圾，或许是要接近她，但并没有直接伤害对方不是吗？如果自己拿到这笔钱，再以匿名的方式提醒女方，是不是钱也拿到了，又做了一件好事？

秦一哲走回垃圾站，脑内回想着女人所丢垃圾袋的大小、形状。

四五个中年人迎面走来，有说有笑地绕过他，先他一步，将垃圾丢到了巨大的黑桶中。垃圾桶内一下子多了五六个袋子，走近看，哪个都一样。

“你不舒服？”

“有点头晕。是低血糖吧。”

“几号楼的？怎么就头晕了？”

眼前的中年男人热忱地询问着自己，越是如此，秦一哲越是心虚，心脏怦怦地跳着。

有人开了头，周围更多人围过来了。那三个老太太也缓慢地走过来。

秦一哲眼看着一辆收垃圾的车开进小区，司机下来，将黑色的大桶放置在车后的吊门上。一旦吊门运作，这些小袋子的垃圾，就会下饺子一样滚进车厢内。

那一瞬间，他大脑一片空白，身体自动挤开人群，跑到司机面前。

“不好意思，我婚戒掉在今天的垃圾袋里了，让我找一下吧。”

司机抽着一根烟，用同情的眼神望着他：“和老婆吵架了吧。”

秦一哲苦笑，他也顾不上脏不脏，将最上面的三四个垃圾袋翻出来，中间有四五个几乎完全一样。

红衣女人的是哪个？

当其他人围过来时，他抓起一个，立刻往小区外跑。后面有人在叫唤，他能够感受到那个老人浑浊却锐利的眼神，一直以来，她都像看小偷一样在看他。

一直跑了一公里，他才气喘吁吁地停下。红衣女人拿着垃圾袋时，手是湿的。他手上的垃圾袋，边缘口子上有着未干的水渍。

公园里，秦一哲找到了一个没人的角落，把垃圾袋打开，里面就是独居女性的生活用品。做这种事，他当然觉得恶心，但还是拍了照片，并且最终汇总成 PPT，发给对方。做完这一切，他收下了一万五的转账。

对方发来一个笑脸表情，同时还说道：“把东西放在街心花园垃圾堆的角落处就好。是不是很轻松？恭喜面试通过，我们会再找你的。”

3.

秦一哲来到市图书馆，在阅读区倒头就睡。晚上七点半，他钻进一家超市，买了足量的尿不湿、奶粉等婴儿必需品。奶粉他找了几家店，才终于找到了妻子要的牌子，她说过不同的牌子都要买一些，对比着喝。

走出来时，秦一哲看了眼门口的监控探头。

回到家，秦一哲把小票揉碎了，放在奶粉罐头下面。妻子特意看了眼小票，结算时间是晚上七点五十分，从丈夫坐地铁再到超市，时间合理。

妻子从身后搂住他。

“怎么了，老婆？”

“前几天，我看你总是恍恍惚惚的。你们公司不是前段时间出事了嘛……”

“那也轮不到我啊，好歹你老公我待了四年了。”

“那就好。你可不能有事，我们现在刚有孩子，花钱的地方才刚开始。”

“我知道。”

“以后发生什么，都不许骗我哦。”

“当然了。”

秦一哲以为妻子还要温存一会儿，结果她转身回到沙发，孩子刚哄睡，她就累得靠着沙发打起了鼾。

他觉得妻子也很不容易。

秦一哲刚想洗澡，父亲的电话就来了。

“一哲，手上有没有现金？先转我一万。”

“爸，你还在买那些保健品？不是让你别买了吗！对你身体一点用都没有。”

“你给不给吧，我当年把你拉扯大，送你去读大学，就换来你这么对我？我还没让你给我养老呢，就这个态度了？以后老了，我指望你？”

秦一哲知道父亲的脾气，不给他钱，他就会去问亲戚朋友借，借不到就会贷款，甚至赌博。几年前就发生过这样的事，最后几千块变成了七八万。他真的怕了，赶紧转了钱。

钱又只剩下小几千了。

一切都安静了。秦一哲坐在马桶上，什么都不想，感觉到了某种宁静。

手机“叮”的一声：“新订单来了，是解决客户睡眠的问题，时间地点发你。”

秦一哲手臂和后脖上立刻出现了鸡皮疙瘩，这次是三万八。

“老公，你到底洗不洗澡啊，别刷视频了。”

秦一哲突然起身，手机掉地上，再拿起来时，钱已经收了。

“老婆。”

“嗯？”

“我要回公司一趟，你先睡吧。”

“这个点加班？”

“没办法，客户改了需求，这是个大客户。”

妻子盯着秦一哲看了许久，怀疑道：“真的？”

“真的。等我忙完这段时间的项目，我们去找个地方自驾游吧。”

“你不是骗我的吧。”

“我什么时候骗过你。”

“那可多了。结婚前你还说自己一米八，结果呢，一米七八。”

妻子嘻嘻笑了一下，她笑的时候眼睛弯弯的，像是一道新月。即便这几年有了眼尾纹，她笑起来，还是像小孩子一样。秦一哲别过头去，不愿意对上这眼神。

4.

与凤凰小区不同，这里是更为现代化的小高层小区。在一片椰林中，有一座小桥，小桥通向了一个中式庭院。小区内鲜少有到处溜达的人，住户大多偏年轻，行色匆匆。

秦一哲查了一下，即便上个月的房价下跌了三成，这个小区的房子也依旧是他买不起的。

在寒风中，秦一哲瑟瑟发抖地站了二十分钟，进一步的消息还没发来。

为什么不主动问呢？也许在职场的这十来年，自己已经没有了“主动发问”的能力，不问或许还好，问了，有些事情就一定是你来做。

秦一哲忍不住要点一根烟，他感到莫名烦躁。

从他进入小区起，有一只狗就叫到现在，富有节奏，好像在诉说着什么苦闷。秦一哲看向四周的高楼，判断狗就在某一户里。

手机信息终于来了。

“是这样的，我们的客户饱受失眠之苦，因为每天十点开始，都会是目前的情况，想必你也听到了声音，所以你要做的，就是解决掉声音源头。”

“怎么称呼你？”

“你不需要知道。”

“你们是不是还有其他人在做其他任务？”

“你不需要知道。”

“为什么选择我？”

“因为你的身上有我们要的东西啊。”

“什么？”

“你知道的。”

“因为我没有其他选择吗？”

“也可以这么说，你们这些人本就是被淘汰下来的，现在有一个上升通道，为什么不往上爬？”

“你们真的是注册的公司？”

秦一哲盯着屏幕，可惜对方没有再回复，只发来一个定位。

那是一个停车棚，破破旧旧的，半废弃的样子。保安室里，一个肚子上有一层肥油的大哥正在打呼噜。秦一哲静悄悄走进去，在角落最里面落满灰尘的自行车车篮子里，发现了一个信封。打开信封，里面只有一包粉末。

他浑身一抖。

“三号楼302。”

他四处张望，第一次出任务时也是这样，似乎有一双眼睛在周围盯着自己。他来到三号楼前，一盏孤零零的灯闪烁着，如同深海中潜伏已久的灯笼鱼。

一个金发潮男刷卡进入，门开了。秦一哲跟着男生前后脚进去。

电梯前，秦一哲浑身不自在，做贼心虚道："就下楼买瓶可乐，也忘带门卡了。哈哈。"

秦一哲笑了笑，金发小哥用余光上下打量着他，又看了看他的手。

"北门那边的卖完了？"

秦一哲心下一颤，发现自己空着手。

谎话不该张口就来的。

对方是在试探自己？这个小区是不是只有一个门，如果回答是的，北门卖完了。是不是就中了对方的陷阱？

"减肥，不想买了。"只能选择绕开问题。

他自知心虚，想着如果对方叫来保安，自己就灰溜溜地溜走，但一抬头，男生已经进了电梯。

他从消防通道走到三楼。302号房的门没关好，露出一条缝隙，一张硬纸板卡在中间。

他悄悄地推门进入，房子很现代化，里面的家具电器都是昂贵的牌子，比如厨房的那套咖啡机，至少三万多，秦一哲一直都很想买，但舍不得。阳台处有一只萨摩耶，正仰着头嗷嗷地叫着。

那是声音源头。

所以，真的要毒死它吗？那也是一条生命啊。

秦一哲一步步接近萨摩耶，心想不是有很多新闻说，同寝室的室友杀人，就是因为被害者一直晚睡，吵得当事人睡不着。

影响人睡眠真的是一件很大的事，自己也是在变相地帮助他人不是吗？

秦一哲一步步靠近萨摩耶，那只狗看到了陌生人进门，叫得更响了。秦一哲颤抖地摸着口袋里的粉末，他这辈子做过很多不太地道的事，但是杀害一条生命还是第一次。

没关系的，我是在救人。他蹲下，用手安抚着小狗，缓慢地从口袋里摸出粉末，想要倒进水碗中。

"谁在这里？"

秦一哲猛地回头。

一个穿着墨绿色连衣裙的女孩双手放置在胸口，看着他，那是一张写满了质疑的脸，比起恐惧，她更像是在侧耳倾听着什么。

“我是……”

“你是来修门的吗？”

“对，对，是的。”

进来时，门没锁，上面夹了一张硬纸板，大概率是锁芯坏了，弹不出来，所以只能这么做。也得亏这样，自己才能进来，只是他没想到房间里还有一个人。他感觉自己被联系人耍了。

女孩从口袋里摸索出一个装置，戴在耳朵上，秦一哲意识到是助听器，于是他又重复了一遍。

“啊对，我是上门维修的。”

对方是一个盲人，或许还有听力障碍。

“优米，别叫了。”

女孩走到小狗身边，熟练地安抚着。

秦一哲一直盯着女孩看，她的身体很单薄，五官清秀明媚，十六七岁的样子，薄薄的绿色连衣裙穿在她身上，展露出少女清纯的特质。

“你们效率挺高的，我刚打电话你就来了。”

秦一哲的眼睛还盯着那条狗，它不再叫了。

“你大概什么时候能修好？”

“很快。”

他来到大门前，发出一些声音，脑子还在转着，早知道就早一些下手了。不，现在还有机会，这个女孩看不见，只要绕过她，在狗碗中下毒，就能完成任务。

但真正的维修工还有多久来？如果现在他就在楼下了呢？如果他毒狗时，被第二个人看到呢？

如果……

秦一哲丢下一句“情况有点复杂，我让同事过来”后，悻悻地逃跑了。

回到家，妻子躺在沙发上，他坐在餐桌前，一点力气都没了。夜已经很深了，秦一哲发现自己一天没吃东西。

女儿在隔壁房间安静地睡着，看到她的五官，他想如果自己今天真的杀掉了那条狗，哪还有脸见女儿呢？

他竟然眼眶有点湿润，人到中年，怎么就混到了这个地步。

他用冷水洗了把脸，将三万八退给了对方。

果然自己还是做不了这事。明天就去投简历，这条邪路太邪了，自己走不来。

结果一分钟后，妻子的手机响了——是他在公园角落，把垃圾袋里的东西，包括卫生用品、女性衣服一条一条翻出来放在空地的视频。

秦一哲浑身一颤，心脏像是被什么捏住了一样。

“老公，你回来了。”

妻子揉着眼睛，伸出手索要拥抱。秦一哲第一下没抱好，导致妻子跌落在地上，她没有抱怨。

“你脸都白了，又不是二十出头的大学生，下次你再这么加班，我真生气了！”

秦一哲重新将妻子抱到床上后，回到客厅，删了妻子手机中的视频。

“你怎么有我老婆电话的？别再联系我了！我已经退钱了！”

没有任何回复。

“你们这是违法的！小心我去报警！”

浴室充斥着水声，他一连发了几条语音，直到对方打来了语音电话。

“你们到底想要怎么样？！”

“你就不好奇，为什么我们可以在任务中，拍摄到你的行为？”

秦一哲闭上眼回忆起来。视频是从倾斜角度的高处拍摄的。

当天在公园周围并没有居民楼之类的高处，只有一个路灯。这并不是人站在某个高位拍摄的，而是监控。

“多米诺骨牌玩过吗？当你收下第一笔钱时，你觉得自己还能停？”

秦一哲沉默了。

“就像是撒谎，撒一个谎言需要由无数个谎言来圆。倒垃圾时说戒指丢了，等电梯时说没带卡，随口就说自己是上门维修的。你不是很擅长做这些任务吗？”

“我已经不想继续了。”

“还记得陈跃吗？”

秦一哲愣住了。他之前隐隐有过猜想，但这么直白地说出来，他还是忍不住战栗。

陈跃的朋友圈还定格在一个月前。

“不过呢，你也不用太害怕。我们受理的业务也都是有底线的，从不会上升到人身伤害，这点你放心。只是这个世界上真的有各种各样的人，就会有各种各样的需求，你要理解我们的顾客。公司内部对你的评级很高，第二次任务还可以继续，只要在一周内，你完成任务，什么都不会改变。”

随着一声轻笑，语音电话挂断了。

房间里只有水声，像是某种嘲笑，不停地延续着。

5.

“你是昨天那个……维修工？”

302 号房间的大门挂上了保险链，开了一条缝隙，露出一张忧愁而青春的脸。

“其实，我不是维修工……”

女孩往后退了一步，她身后藏了一根棍子。她摸了摸门锁，确认锁链还紧扣着大门的另一端。

“你应该知道了吧？”

“我问了后来上来修门的师傅，他说没有同事过来，他才是我预约的师傅。”

“对不起，是我趁着没人进的你房间，但有一件事我要和你说清楚。”

女孩睁大了眼睛，里面却只有一片空洞。

“你昨天出过门，对吧？”

女孩一听怔住了。

“你被人跟踪了。”秦一哲适当地停顿了下，“我看到一个金头发的男生，跟着你一起进了这栋楼，我也跟着一起进来，然后就看到你的门开着。我迟疑过，但还是想来看下你是否安全，然后就被你发现了。”

谎言混合着真话，会显得更加真实。

“我以前看过一个电影，也是像你这样眼睛不好的女生，床底下……”

“你别说了！”

“我可以帮你看看有没有人藏匿的痕迹。”秦一哲放低声音。

“我不需要，你再靠近我就报警了。”

“你就没发现狗一直在叫吗？”

女孩愣了一下。

秦一哲的手扒在门框边上，他继续道：“如果你不放心，可以让邻居一起来，或者我们找警察。”

“不用！”女孩打开了门。

秦一哲赌对了，他听朋友说起过，很多身体有障碍的人很害怕麻烦别人，她是个女孩，更害怕传出自己的房间内藏着一个男人之类的闲话。

秦一哲走进房间，女孩站在门外，扒着房门，警惕地听着这一切。

“就算现在不在，我也可以帮你看看有没有藏过人的痕迹。”

“你快一点。”

“好。”

没有关系，按照计划自己继续完成昨天的事，在狗碗中下毒即可。反正女孩只听过他的声音。

对不起了姑娘，谢谢你相信我，但我这么做，也是为了我的家庭。

萨摩耶很累了，在看到秦一哲后，背脊挺着，继续叫起来。

一股腥臭味从冰箱里传出来。秦一哲本能地打开了冰箱。

下一秒，他整个人呆呆地定住——冰箱的下层藏着一个完完整整的人头。像是从头到脚一桶冰水浇到了自己的头上。秦一哲想捂住嘴，不让自己叫出声来。

他确实没有叫出声来，但是他吐出来了。再会审时度势，内心还是抵不过生理反应。

越界了。他的第一反应是，这个所谓公司的组织越界了。昨天还说不会涉及犯罪和法律风险。

“怎么了？”

“没什么，你家里有东西馊了。”

秦一哲一下关上冰箱门，他的脑子疯狂运转着。

人头的脸他很熟悉。不，是太熟悉了，就是自己的上司钟私方。

裁员时，他正坐在自己的斜对面，配合人事打官腔。

为什么钟私方的头在这个盲女家里？

“难怪总有奇怪的味道，你别乱翻我家的东西，有藏人吗？”

“我还在找，我在帮你看有没有摄像头。”

内心越是慌乱，嘴里说的话就越是清晰。冰箱上放着一张照片，盲女站在中间，钟私方一只手搂住女孩的肩膀，另一只手搂住另一个年龄更大的女人。

这女孩是自己上司的女儿。

报警！立刻报警！

可报警的话，要怎么解释自己在房间里？

自己在上司家里，他还死了，证人在门口？

呕吐的感觉再次袭来，他冲到卫生间干呕起来。秦一哲感觉有一张无形的大网要将自己罩住。

自己上套了。对啊，所谓的不涉及红线，如果只是他们随口说的谎话呢？

自己怎么就那么轻易相信了那群人的话。

自己甚至连他们是几个人，背后是什么组织都不知道，而对方连他妻子的电话都有。对他们来说，自己只是蝼蚁。

秦一哲疯狂地寻找着什么，女孩也紧张起来。房间内也许早就有摄像头了，自己的一举一动已经被记录下来，报警的话，女孩刚好可以证明，自己这个奇怪的男人昨天进过房间。

一切都对上了。这从一开始就是一个圈套吗？

对了！还有一个人来过。

“你还记得吗，昨天那个修门的师傅？”秦一哲拉着女孩的手大声询问。

“你弄疼我了。”

“你爸爸去哪儿了？”

“我……我不知道，他一个星期没回来了，随便他！”

串联起来了，所以狗会一直叫唤，它其实是冲着冰箱在叫。

“昨天我走后，来你家的那个人，你还记不记得他穿了……”秦一哲想到对方看不见，狠狠地拍了一下桌子，“你记得他的声音特征吗？”

女孩不明情况，却也害怕了，哆哆嗦嗦道：“他声音挺年轻的，怎么了？”

秦一哲逃也似的离开了盲女的家。

谁杀了钟私方？

跑在路上，每个人好像都在看向自己，那些目光汇成一把把利剑，扎在自己的心上。

你们看什么！不是我做的，根本和我没有关系！

我只是为了生活，讨一些活路，为了生活，祈求一点点施舍。

我根本没有做过伤害别人的事！

我没有杀人。没有杀人！没有杀人！

他用目光瞪回去，可路人都各走各的，商圈的某块反光玻璃上映出的，是一个惊吓过度的疯子。

秦一哲打开了联系人的微信，对方在自己的朋友圈中并没有露脸的照片，都是一些风景照和吃喝的图片，除了一张半个月前的照片引起了他的注意。

照片背景中有一块玻璃，从玻璃反光中隐约可见崇文信息股份有限公司的字样。秦一哲在求职网站上找到了同名的公司，跟着地址来到一家高档的写字楼，在二十二楼他找到了这家公司，居然是一家摄影公司，已经关门了。

门口聚集了很多拉横幅的人。

这家公司在网上招聘时说，只要求应聘者过来拍照，一张可得两百元，可当场结算。说是供应给美院的学生进行模特绘画，但等应聘者来到现场，反而会要求先交两千元，再拍摄底片，之后便让招聘者等消息。

一个大叔在和相关商业机构的工作人员控诉，对方做完笔录便走了，他还想继续说，秦一哲便凑了上去。

“大哥，你是刚离职？”

“对啊，我三十九岁没了工作，他们说一天拍摄五张照片，至少有一千块，但是我交完钱等了一个星期，都没有人联系我。”

“这段时间，你一直在维权？”

“那也不是，我也在找工作啊，不然要饿死的。”

“有人给你介绍工作？就在这儿？”

“有啊，但我没去，那天有个戴帽子的女人去了，都是一些乱七八糟的事，我老吴就算没工作，也不能去做那种荒唐事。”

“什么事？”

“说是把莲花路那边的共享单车的锁链弄断什么的。这不是害人吗？”

秦一哲的眼睛闪了一下，除了线上，联系人也会在这些地方找那些刚失去工作的中年人，陈跃去了，戴帽子的女人去了，自己也去了。这个组织专门找那些中年失业的人，用巨额金钱让他们做一些灰色地带的事。

可为什么自己这边涉及杀人呢？

每个被盯上的最后都会走到这一步？还是只有自己？

有人花钱，买自己当替死鬼？就因为裁员，自己杀了上司？

站在凶手的立场，动机会不会太牵强了。

先不管这些了，到底谁会杀钟私方？

他几乎把所有的时间都放在工作上，虽然这家伙对下属非常虚与委蛇，作为一个夹在上下的中层员工，他是合格的，他几乎将所有的时间和精力都放在了工作上。所以他和女儿的关系不太好，家中也没有妻子存在的痕迹。

因为工作被杀？那次大裁员，部门的十二人只剩下七个，那次裁员名单，是他提交的。

是同事做的吗？

秦一哲摇了摇头，觉得自己的想法太好笑。如果每个被裁的人都去杀了上司，那这个社会还能不能运转了。

脑子好乱！当下要做的就是找到那个神秘的联系人。他一边思考一边来到了地铁口，不停摆弄着手中的手机。

要怎么找到账号下的所有人，一切还是要亲眼见到对方，才能进行下一步。但现在不能回家，也许警察已经在家门口等着自己了。

地铁口，无数的人从地下拥向自己，肩膀与肩膀的碰撞中，有个人拍了拍他。对方拿着手机，敞开着放在掌心。与此同时，秦一哲自己的手机响了，是联系人打来的语音电话。

是那个熟悉而危险的头像，一直以来指派任务的人。现在，他就站在自己的面前。

那依旧是一张很熟悉的脸，是一个名校毕业的年轻人。

秦一哲不明白，自己为什么会笑出来，但意识到的时候，对方也笑了。

无数的人像是鱼一样，穿过两人之间的间隙。秦一哲曾看到过他抓着头发踌躇的样子，原来那都是装出来的。

为什么要这么做？可惜他没有机会问出来了，因为被拍过肩后，他就失去了意识。

6.

宾馆里，分不清是上午还是下午，秦一哲从迷迷糊糊中醒过来很多次，又再次失去知觉。

秦一哲意识到有个人在房间内摆弄着什么，最后一次彻底醒来是因为疼痛，他被对方喂了一些食物，嘴巴被撬开，喝了一些水。

环顾四周，房间内不止他一个人，还有那个盲女，她正瘫软在床上。

意识就像一罐过期的黄桃罐头，散发着腐败的甜腥味。

秦一哲呼吸迟缓，想借助床沿爬起来，但他却看到了窗台上的手机，里面播放着自己一举一动的画面，稍微有些延迟。

是直播。

“为……为什么，要害……害我？”

秦一哲抚摸了上去，随后，恐惧感密集地爬上来。他赶紧跑到浴缸，打开冷水，拼命冲洗着自己的脸。镜中瞳孔里，一根根扩张的是血丝，是愤怒。

“你们到底想要什么？”

“第三个任务开始了哦，要挑战吗？”房间里的某个地方发出了声音。

“我要杀了你，陈跃！”

“好的，你要挑战。”

“你到底是谁？”

“你这样的人才，钟私方是怎么忍心裁掉的？真是一双狗眼长在人脸上，不识相啊。”

“你到底是谁？”

“秦一哲，你为了报复钟私方，杀了他。哦不止，还绑架了他的女儿钟晴。”嘲笑声从四面八方传来。

“你们不要逼我！”

少女翻了一个身，露出了大片墨绿色的连衣裙，轻飘飘的。

“秦一哲，你还记得小庄吗？”

小庄？什么小庄？

“庄慧，你忘了？”

冰冷的水中，那个名字却炽热起来。

“喂，一哲，这个方案你写得不错啊，最近有进步。从客户家属，比如父母的角度来切入，我怎么没想到。

“一哲，要不要一起去吃日料，公司附近新开的那家，我感觉很好吃。

“你怎么还在加班呢，今天的活不多啊，那我不等你了，先走啦。”

庄慧，自己的前同事，一直以来，她都是团队中最优秀的那个。记忆中的她总是笑嘻嘻的，浑身上下充满了活力。大家一起上班，一起做事，一起说领导的坏话。庄慧年纪比自己小，却是公司的前辈，自己跳槽进来后，就是她带着自己做的前几个项目。某种意义上，她也是自己的师傅。他也清楚，长时间的加班，加上以团队形式做项目，加重了两人之间的情感，师傅对自己是有好感的。秦一哲一直都知道。

直到那天，组内忙碌了一个月后，庆祝新品上线销售额破了千万，钟私方带着大家去市中心的一家居酒屋吃饭。大家高兴地碰杯，畅想着下个季度会有更好的市场环境、销售数据，努力会换来更好的结果。

那天，每个人都很快乐，喝得微醺，一直玩到十一点，大家陆陆续续地散去。秦一哲本来想开车送庄慧回去，钟私方提前一步来了。

“你先回去吧，别又让你老婆骂了。”钟私方阴沉地、带着警告意味地看着秦一哲，“我来送她回家。”

秦一哲看了看醉醺醺的庄慧，又看了看周围，发现只剩孤零零的自己。

也是，别多想，自己已经结婚了。

“好的，钟总。”

后来庄慧再没有来公司，再之后，秦一哲就是在新闻热搜上看到她的。

他从公司下楼时，看到了庄慧的亲人，她的弟弟推着瘫痪的母亲，站在公司楼下。庄慧的弟弟哭着想替庄慧索要一个说法，虽然没被赶走，却一次次地遭到无视。

记者们也来过几次，但随着热度下降，社会的关注也逐渐越来越少，毕竟没有实质性的证据，即便是上了法庭，也无法判钟私方什么。而他在两周的回避期后，继续回到了公司上班。

秦一哲大脑空空，想着去找钟私方要个说法，却一直找不到他，等到见到他人了，自己却什么都说不出来。

“别信那些乱七八糟的谎言，张张嘴的事，谁都会。那个女人就是想讹点钱，做好你自己的事。”

“……好的，钟总。”

秦一哲把自己交给项目，用工作麻痹自己。

“你的妻子和孩子现在在这家宾馆的同一层，你只要听我的话，我保证她们平安。”

“你是庄慧的弟弟，我见过你。”

“这就记起来了？”

门外传来一阵响动。

“你们是谁，要把我们带去哪里！”是妻子的声音！

“求求你，放过我老婆！”秦一哲跑到大门处，却发现大门开不了，门外好像被钉了木板。透过猫眼往外看，妻子正被陈跃拉扯着，他也盯着猫眼，还有余力向他挥手。

秦一哲一拳又一拳地打在门上。对方的脸在猫眼中逐渐变形。

“我叫庄岳，是庄慧的亲弟弟。这一切都是因为你，秦一哲！”

秦一哲瞳孔骤缩，记忆拉回到那天。

“你真的没有看到钟私方带着庄慧上车？”

下午，公司里的键盘声终于没有那么吵了，员工们坐着，沉默着，把头转向大堂中央。两个警察正盯着秦一哲。

“没有……我没看到……”

“想清楚再回答，庄慧说你看到了。”

“我当时喝了好多酒，醉了，不确定。”

“你为自己说的话负责吗？”

秦一哲缓慢地低下头，转了一圈眼睛，低声说道：“嗯。”

“行。我知道了。”警察合上笔记本，转身走了。

走廊最里面的经理办公室，一道目光透过玻璃隔板射向外面。半小时前，在厕所，钟私方的声音从身后传过来，他对着电话说：“这次的裁员名单我会提交给你审核。”

然后他洗了洗手，绕过自己出去了。

甚至不需要一次面对面的共谋。

一切都已经晚了。这些碎片甚至已经风干在了自己的回忆中，变成了并不重要的东西。

可是对庄慧来说呢？

秦一哲跪下来，哭喊道：“我错了！都是我。”

庄岳嘲讽道：“你就没有什么话想对你自己的老婆说吗？”

“是我错了，我不该骗警察，说我没看见。我看到了，就是钟私方带着你姐姐上的车，是我说谎了。”

“我姐姐居然喜欢过你这样的人。”庄岳咬牙切齿道。

“真心话大冒险接下来谁问谁？”

众人把话筒递给庄慧，她接过，眼神扫了一圈，询问秦一哲：“你现在有女朋友吗？”

起哄声此起彼伏。

“没啊。”

钟私方当时看了自己一眼，他知道自己已婚，但他只是喝酒，面无表情地看着这一切。

庄慧笑了笑，大方道：“没的话，我们公司挑一个呗。”

那是自己来的第一周，迎新会。

秦一哲眼神躲闪，对啊，自己是没有女朋友，有老婆嘛。老婆又不是女朋友。真相没有说全和说谎是两回事啊。

……

“秦一哲你看到了，那个时候他带我上车，你在后面，你为什么不追上来制止？！”

警察做完笔录的第二天，庄慧披散着头发，冲到办公室。

“我那时候也醉了，没看清楚前面的人……”秦一哲眼神躲闪，“对不起。”

一记巴掌抽打在他的脸上，他低着头，不敢看她的表情。

当天下午，秦一哲在网上看到自己公司员工跳楼的新闻，那消息一闪而过，他赶紧把目光移开，他对自己说，没有看到名字。

不是她，一定不是她。

头疼，忽冷忽热。门外是谁在说话，又是谁在哭泣。

“‘不关我的事’‘又不是我的错’，一直以来，你都是这么想的、这么活在这个世界上的吧。

“秦一哲，我姐姐活着的时候，和我说过你，说你是一个正直的人。好笑。

“我杀了钟私方？不，不，让我们理一下真相，应该说是正直的你杀了钟私方，还记得第一个任务吗？你还翻了对方的垃圾袋，你喜欢那个红衣女人，却发现她是你前上司的情人，对方甚至还把你裁员了，一怒之下，你杀了这个浑蛋，还绑架了他的女儿钟晴。

“是不是很精彩，如果一切按照这个方案走，甲方一定不会再改稿，一遍过哦。这一切都是因为你说的那句谎言，秦一哲！钟私方已经付出代价了，该轮到你了！”

……

“我一个人没有能力进行复仇，还好遇到了他们。”

庄岳的声音如同一条蛇在耳边游走，秦一哲用尽力气，起身冲向阳台，用拳头打破了玻璃，他不顾满手的鲜血翻过隔壁的阳台，从另一间房间里冲出来。

庄岳放开了他的妻子，愤怒地冲向他。他的身体遭受了无数的重击，但是他没有还手，只是抱着庄岳的脚，对妻子的方向吼道：“站起来！站起来，老婆！”

妻子缓慢地起身，扶着墙壁，一跌一撞地走到电梯处。

在逃离之前，妻子最后看了他一眼，那个眼神既熟悉又陌生，像是在看一个陌生人。

她还爱着我，她一定还爱着我。他这么和自己说道。

秦一哲死死地抱着庄岳，没有松手。

7.

妻子还是选择了离婚。她沉浸在秦一哲经营的美梦中，后知后觉自己失去了职场竞争力。现在，丈夫变成植物人躺在医院，即便其他人如何咒骂自己，她依旧选择走出来，带着女儿一起。

不改变就没有路走，至少自己要坦然地面对这一切。

庄岳坦白了自己杀害钟私方的事，并希望能够嫁祸在秦一哲身上，但没想到他最后会冲出来，在这一点上，他小瞧了他，看来他在面对自己真想保护的人面前没有那么懦弱。

庄岳自认为报仇了，去警局自首前，他去姐姐的坟上洒了酒。

"姐，他的真面目你看到了，可惜太晚了。"

后来，庄岳向警方坦白了一切，原来他无意中接触到一个藏身于东南亚的组织，组织涉及巨额的金钱交易，让一些富人躲藏在背后，通过金钱来"遥控"没有工作的中年人，以看到他们为了钱逐渐崩溃而取乐。

庄岳进入这个组织，利用组织内的资源设计了谎言游戏，将秦一哲一步步引入其中。站在组织的立场上，他们乐于看到被社会抛弃的中年人为了生计，一步步突破自己的底线，但他们没有想到，庄岳突破了那条红线。

游戏仅限于灰色地带，可是他杀了人。

等到那些大人物发现时，已经来不及了。

警方根据庄岳给的线索，顺藤摸瓜解救了至少三十名困在游戏中的人，他们基本都是无业游民，其中百分之十的家属知道另一半在进行这些事，其他人都伪装成了在职的状态。

警方放置了鱼饵，但是躲在阴影处的大人物们，什么时候会真正咬钩，还需要时间。

A市再次陷入平静，只是谁都不知道，如今的风平浪静能维持多久，而黑暗中，又有多少人已经被盯上了，成为下一场谎言游戏中的玩物。

秦一哲还是醒了，不过是在一年后醒的，他的一条腿彻底残废了。

他躺在床上，看着镜中的自己，一遍遍地对自己说，妻子会回来的，她只是还在生着自己的气。

他有一个笑起来眼睛像月牙的爱着自己的妻子，有一个可爱的、还没满一岁的女儿。

会回来的，就快回来了。

一切都会和原来一样。

FERNANDO

模仿秀

文/迷野

Who is liar

NO.005

轮到你了
朋友
窃巢
谎言游戏
二月二十九日
供词风向
入户指南
重启调查
谎言游戏
模仿秀

REFERENCES: Mofangxiu

UNDER CONS

HIC DESIGNER

模仿秀 NO.005

[redacted]

she's liar

1.

2007 年冬天，绿城市刑侦大队接到了报案电话。

王大爷一大清早在中心公园打太极拳，锻炼完要回家的时候看见靠岸的湖面上有一团黑乎乎的东西，像是发菜。大爷觉得新鲜，走近了去瞧，却看见结了冰的湖面底下有一团人形的阴影，而那团黑乎乎的东西也根本不是发菜，是头发。

王大爷吓坏了，立即报了警。

派出所民警张栋梁带人出警的时候，心里还隐隐有些激动。他直觉这是个大案，当了二十多年的警察，第一次碰到大案，他感觉自己仿佛终于能像电视里演的一样，当个抽丝剥茧的神探。

没想到出师未捷。张栋梁到了之后第一时间观察现场情况，冰面不厚，用凿子敲两下就能碎一大片，但中心公园的湖水不干净，冰层十分浑浊。因此即使是所里最有经验的张栋梁，也无法判断湖里尸体的情况。

他封锁了现场，决定自己带几个人想办法敲碎冰面打捞尸体，其他人去询问周边群众。

拍完照后，张栋梁等在岸边准备随时接应，还有两个水性好的年轻警察已经换好了装备准备跳水捞尸。

湖面上的冰因为敲击慢慢开裂，夹住头发的冰层也碎裂开来。尸体开始漂动，好在这个湖水没有暗流，因此尸体漂动的速度并不快。

两个水性好的警察跳进水里托着尸体上岸，但是尸体重量比他们预估的要沉很多。看见湖面上的长发，他们先入为主地判断死者是名女性，现在这重量却让他们立刻推翻了这个想法。

张栋梁在岸上接应，十分小心地保护着尸体，以免证据被破坏。可惜这尸体在水里已经被泡得肿胀不堪，被泡烂了的脸已经无法分辨出五官。但通过身高体形判断，这是个男性死者。

到现场的法医做了简单的处理，然后将尸体带回鉴定机构。

张栋梁所在的派出所没有专门的法医部门，因此法医是从公安机关内部调配过来协助的。这样一来，刑侦大队也会知道这个案子。他倒是不担心被抢功什么的，他就是想在退休之前能参与个大案。

询问周边群众的民警也没得到什么有效消息，中心公园是个免费的利民设施，没安装监控摄像头，每天来这儿的几乎都是老头老太太。冬天，湖面结冰地又滑，来锻炼身体的老人们都不往水边走，因此这尸体在水里泡了多久也没人说得清楚。

张栋梁只能在心里默默祈祷，法医那边一定要带来点有效的线索。

2.

三天后，法医那边还真是不负众望。死者是个身上背着杀人案的在逃通缉犯。

有了这个身份，刑侦大队必须介入调查，张栋梁交了手里全部的资料，但他那遗憾的表情外露得很是明显。

刑侦大队大队长沈予昊亲自到派出所取资料，他听完张栋梁的报告后，忽然问：“你想参与这个案子？”

张栋梁看着他，眼神里露出了些不符年龄的稚气：“我可以吗？”

沈予昊点头：“这个案子肯定还需要你们配合，我们有什么进展都会同步给你们的。”

沈予昊比张栋梁年龄小一些，说话却很老成。

张栋梁有些憨憨地笑了，点点头把人送出派出所。

到车上，和沈予昊一起的同事周画明问：“队长，咱们真要和派出所一起合作？”

沈予昊专心开着车，淡淡地说：“不一定。”

周画明笑着说：“哦！我们队长是想与人为善，安慰别人呢。”

沈予昊没理他，也不再吭声。

回到队里，沈予昊第一时间组织了案件分析会。他在白板上把派出所拍的现场照片一一贴上。周画明提前打了招呼，因此团队里的罗昭晴也在白板另一边把死者信息贴上。

沈予昊让罗昭晴先介绍情况，罗昭晴贴心地给每个人分发了资料，然后开口说：“死者陈斌，男，三十七岁，2006 年 8 月他闯入绿城幼儿园持刀进行无差别攻击，造成十二名孩子受伤，一名幼师为了保护孩子挡刀死亡。案件影响十分恶劣，他因为有精神疾病没被送去监狱，在判刑结束后被转到绿城精神病院接受治疗，但住院时却逃跑失踪，至今他身上仍有通缉令。”

刑侦大队所有人听完这案子都眉头紧皱，周画明更是直言：“这人该死。”

沈予昊瞪了他一眼，周画明讪讪闭嘴。

沈予昊开口：“我们身上都有职责，不能带着个人情绪办案，你们以后说话也注意点。”

周画明应声：“知道了。”

沈予昊用笔帽敲了敲现场照片，问：“看出什么了？”

罗昭晴讲完话后就拿着笔记本一直在记，十足的好学生样子，她说："死者整个人都在水面以下，唯独头发在冰层上面，这是凶手故意设计的。"

周画明接着说："能算准绿城结冰时间，把头发留在外面故意让我们发现，这是挑衅啊！"

沈予昊又敲了敲照片里岸上的一株植物，说："水流会让尸体漂浮，在水里再腐烂几天我们能获得的信息就会更少，但凶手把头发缠在岸边的植物上，他是在固定地点，他计划好了让警方在什么位置发现死者，同时也是为了让警方更快发现。"

周画明问："什么目的？"

罗昭晴说："去年我们的通缉令发出去后，很多家长都十分担忧和恐慌，网上对这件事反应也很大。凶手的目的是想让我们撤销通缉令，减少民众恐慌？"

周画明笑了笑，像是听到了满意的答复。

沈予昊的脸上倒是没什么表情，他说："小罗，你把通缉令撤销，并发出官方说明通知陈斌已经死亡。"

周画明好奇地问："你不压着消息让凶手着急吗？通缉令一撤，凶手肯定就销声匿迹了。"

沈予昊说："民众安心更重要。"

罗昭晴去写审批文件，周画明笑着反问："队长，你心里其实也认可这凶手没错吧？"

"没有。"沈予昊严肃开口，"我不会认可以暴制暴，陈斌虽然因为精神病被免去刑罚，但他被关进精神病院也是终身监禁，他逃脱的事是各个部门都有失职，却不代表我认为凶手的做法就是对的。"

周画明看了沈予昊好一会儿，叹了口气道："没劲。"

沈予昊继续问："法医有说死亡时间吗？"

周画明说："判断不出来，死者在水里泡了几天，很多证据都没了，但根据尸体状态，肯定在一周以上了。"

沈予昊问："死亡原因？"

周画明翻看着尸检报告，说："胸口有刀伤创口，根据形状判断为市面上常见的水果刀。这死亡原因跟去年那个幼师有关，真是凶手在报复？"

沈予昊拿过尸检报告，沉默地看了一会儿，说："没做毒理实验？"

周画明说："这怎么做，他泡得腐烂得都成啥样了，里面器官没形成巨人观都不错了，好多脏器都泡烂了，没法化验。"

沈予昊不说话了。

周画明问："你是不是看出什么了？"

沈予昊仍不作答。

周画明算是服了，他们这大队长是个神人，总能看出些别人看不到的细节，但他每次都憋着不说，非要有指向性证据了才肯把自己的判断说出来。

周画明说："算了，我先从那个幼师的人际关系网查起，看看谁有报复的作案动机。"

撤销通缉令的审批通过得很快，第二天网上就讨论起陈斌死亡的事情。各大贴吧甚至编起了故事，一度把凶手美化成了审判之神。

沈予昊在台式电脑前坐了一下午，周画明很少见他这样，跟发呆似的，走近了一看，却见他们大队长正一条一条翻看着各大贴吧的发言帖。

周画明调侃："怎么样，伤心了吧，咱们办过那么多案子，抓了那么多嫌犯，也没人给咱们歌功颂德，一个凶手杀了人，网上却把个杀人犯吹成了神。"

沈予昊瞥了周画明一眼，问："幼师查完了？"

周画明咧嘴假笑，跑了。

沈予昊对罗昭晴说："你带人去问问，最近有谁买过大冰柜，把名单列出来。"

“冬天买冰柜？”罗昭晴在笔记本上记下，“噢！队长你是觉得凶手不可能看了天气预报之后再去行凶，所以他是先行凶，把尸体在冰柜里保存住再等要结冰的时候搬出来。”

周画明在自己的座位上正查幼儿园伤人案的档案，听了这话，不由赞叹：“凶手挺懂行啊，抛尸抛到中心公园。去年开始全国各地都在大范围安装监控，中心公园是下一批，但凶手却刚好能在没监控的时候把事办了。”

沈予昊没搭腔，只是继续对罗昭晴交代：“二手市场也跑一跑。”

罗昭晴答应后带队离开，办公室里就剩下沈予昊和周画明两个人。

沈予昊忽然开口：“你收敛一点。”

周画明用鼻腔发出一声：“嗯？”

沈予昊说：“这么多双眼睛在盯着，别什么话都往外说。”

周画明笑了：“队长，因为你靠谱，还护短。”

沈予昊继续翻着帖子，周画明小声问：“队长，你是不是已经有想法了？”

“嗯。”沈予昊说，“但你别问，别先入为主。”

周画明问：“你是不是也觉得这案子特怪？”

沈予昊不说话，周画明知道他这是默认，于是小声吐槽着：“太专业了，不像是第一次干。”

沈予昊眸色沉了沉，却不动声色地继续翻看着贴吧的讨论。

3.

最快给出回应的线索竟然还是张栋梁提供的。

沈予昊对他的安慰让他查案的热情高涨，他带着派出所所有的兄弟采用了最笨的办法——筛监控。没日没夜盯着电脑看了好几天，他终于在一家连锁酒店的门口看到了疑似是陈斌的监控画面。

因为设备原因，监控画面并不清晰，但身形发型都很像。

张栋梁为了确认消息，先带派出所的同事去了解情况。

张栋梁给前台看了陈斌的照片，前台对其印象不深，对比了开房记录，并没有陈斌的登记信息，酒店登记的身份证照片也没有能对上的。

派出所同事叹气说：“看错了吧，监控里应该不是他。”

张栋梁却很坚持，像是不甘心，他把酒店每层都逛了一圈，虽然只是在走廊转转，但那架势跟能等到陈斌回房似的。

酒店的保洁阿姨正在整理烘干好的床单，张栋梁在储藏间门口转了三圈才走进去问：“你好，请问你见过这个人吗？”

保洁阿姨被吓了一跳，看到进门的人穿着警服第一反应还有点害怕，好在张栋梁面善，气场也随和。

保洁阿姨放下手里的活，接过张栋梁手里的照片仔细端详，说：“我有印象！”

张栋梁一听也很高兴，问：“真的？他住哪间？”

保洁阿姨拿着自己的备用房卡打开了 206 的房门，嘴里还絮絮叨叨地说：“这是个男的，但是是个长头发，老戴着口罩挡住脸，我对他印象可深了。”

张栋梁没有贸然进去，他没带检测设备，于是就给沈予昊打了电话。

沈予昊带人赶到后，开始做一系列检测工作。

张栋梁站在门口，眼睛亮晶晶的，一副等着被表扬的模样。

周画明看他那样就想笑，他把指纹搜集片装进物证袋里，密封好后冲着张栋梁比了个大拇指。张栋梁也回了一个，露出憨憨的笑容。

周画明走到沈予昊身边小声说：“那民警看起来快五十了吧，怎么跟刚毕业似的。”

沈予昊忙着检测，手没停：“他比你有用。”

周画明说：“那不是每个可能的线索都得筛查嘛。”

沈予昊从床和床头柜的夹缝里找到了一部手机，已经没电自动关机了，他把手机放在物证袋里交给周画明，自己走到门口摘了手套脚套，拍了拍张栋梁的肩膀，说：“有空没？陪我去前台再问问话。”

张栋梁自然答应。

前台和保洁人员都没注意到陈斌的离开，沈予昊只能让张栋梁继续去查监控。但他们问出了 206 房的住客叫李明，当天下午，沈予昊和罗昭晴就到了李明公司。

问到陈斌的时候，李明说自己不认识，表情真诚，不似作伪。

当罗昭晴问及开房的事情时，李明就支支吾吾地顾左右而言他。沈予昊拍了桌子佯装动怒，李明才吞吞吐吐地说：“房是我开的，我那是和……梁媛开的房，我俩一直在一起，也是一起走的，你可以问她。”

罗昭晴扫了他一眼，很直白地问：“婚内出轨？”

“不是！”李明下意识否定，然后又立刻软了语气，“你们千万别给我老婆说。”

罗昭晴问：“为什么没退房？”

李明又开始哼唧起来，沈予昊瞪了他一眼，李明才犹犹豫豫地开口：“我老婆出差去外地了，我开房和梁媛睡了一晚，谁知道第二天一大早我老婆就打电话过来查岗，我和梁媛急急忙忙地收拾东西走了。到下午的时候我一摸兜发现房卡还在，才想起来退房的事，我打电话过去，前台说过了下午一点，算续住，得补钱。但是那会儿我老婆打电话过来，我就没和酒店继续掰扯这事，我老婆说她回来了，让我赶紧去接她，之后就把退房的事忘了。谁知道酒店那边为什么一直在给我续房，要不是二位警官跟我说这个事我都不知道，他们就是要讹我钱。”

罗昭晴看了一眼沈予昊，后者点点头，罗昭晴说：“行，谢谢你的配合，你把梁媛的联系方式给我说一下。”

有了梁媛的联系方式，他们又马不停蹄地赶往梁媛的出租屋。

梁媛的证词和李明一致，唯一的区别是，他们离开酒店的时候，梁媛因为慌慌张张的，把房卡放在酒店前台就走了。

4.

他们回到队里的时候，接到两个好消息，第一个是张栋梁把筛好的酒店监控发给了他们。

李明和梁媛没有撒谎，在梁媛放下房卡匆忙离开后，一直位于监控盲区的陈斌出现，拿走了那张房卡。根据前后时间段的监控视频猜测，陈斌晚上一直在酒店大厅休息，第二天早上刚好碰见这对冤大头，就顺手牵羊拿走房卡，混进了 206 房，住了这么长时间。

第二段视频是陈斌独自离开酒店的影像，他步子很急，像是在赶时间。

监控视频上有时间显示，陈斌离开酒店的时间是 12 月 4 日下午 3:08，也就是说至少在 12 月 4 日前，陈斌还是活着的。

沈予昊看到手机被遗留在床和床头柜的夹缝中时就猜测，陈斌离开得很突然，连手机都没来得及取，他本以为陈斌是被人带走的，但看监控却不是这回事。这说明，被遗留下的手机并不重要，可能只是个备用机。

沈予昊立刻问：“手机里有什么发现吗？”

周画明说：“手机里没有任何联系人和通话记录，但是相册里有大量的照片，可以推测陈斌一直在跟踪尾随一个女人。”

沈予昊接过周画明打印出来的照片看了一遍，上百张图都是背影，连侧面都很少。

沈予昊眉头紧皱，一种不适的感觉从他心底涌出，倒不是因为陈斌偷拍的行为恶心到他了，而是因为那种觉得这个案子很怪的感觉又出现了。这么大量的偷拍，连张侧脸都没拍到，说明这个女人的反侦察能力很强，至少比陈斌强。

办公室里鸦雀无声，周画明突然出声：“陈斌的精神病是不是装的？”

沈予昊深吸了口气，回神道：“你查的幼师那边有什么情况吗？”

周画明摇头：“幼师不是本省的人，她的家人都在外地，案发前后他们一直没出过省，都有不在场证明。”

“不是复仇？”罗昭晴喃喃。

沈予昊忽然发问：“什么样的讯息能让你们连掉落的手机都来不及捡就要出门？”

罗昭晴说：“亲密的人出事了。”

周画明说：“仇人出现在国际机场准备出国。”

罗昭晴有些一言难尽地看了一眼周画明，好像他的脑回路很不像个正常人。

“或者，”沈予昊说，“有人用某个东西威胁了他。”

周画明立刻问：“队长，你有想法了？”

沈予昊摇了摇头，凝神看着照片里女人的背影。

见他沉默，罗昭晴开口说：“队长，今早关于冰柜的调查结果出来了。我们查了绿城市所有的销售渠道，二手市场也了解过，买卖数量很少，都是正常用途，没有异常。”

沈予昊神情如常，不显气馁，像是这样的结果都在他意料之中。他又问向周画明：“让你盯着网上的言论，这两天怎么样了？”

周画明说：“这两天网上的讨论热度降下来了。”

沈予昊说：“你想办法把热度再提上去。”

周画明指着自己，问：“我？”

沈予昊看着他表示默认。

周画明笑了一声，问：“那我能胡说八道吗？”

沈予昊说：“把握一下尺度，你的身份就是个好事网友。”

周画明笑了好一会儿，拍拍自己的胸脯，一脸“包在我身上”的表情。

交代完这边，沈予昊忽然开口问罗昭晴：“谁给陈斌做的精神病诊断？”

罗昭晴翻看了陈斌幼儿园案的记录，说：“吴越颖医生。”

听到这个名字，沈予昊竟然笑了一声。

周画明问：“认识？”

沈予昊摇头，说：“小罗，把吴医生的办公地址发我一份。”

罗昭晴发去信息，起身拿自己的外套。

沈予昊奇怪地看她，问：“你干吗？”

罗昭晴问：“不去录口供吗？”

沈予昊摇头：“我私人访问。”

罗昭晴有些不解，周画明却露出狡黠的笑容。等沈予昊离开，周画明敲了敲罗昭晴的桌面，说：“你真以为队长跟他表现出来的一样那么官方呢。”

罗昭晴疑惑地看着周画明。

周画明说：“队长没那么无趣，他挺难猜的。”

罗昭晴看着沈予昊离开的方向，心里想着，队长是想去求证什么呢？

5.

沈予昊独自开车前往吴越颖所在的医院。

2007 年，心理学科还未被大众熟知，因此心理科室门外等候的人非常少，沈予昊不用排号就能进入吴越颖的办公室。

吴越颖看了他一眼，就问：“警察？”

沈予昊笑笑，坐在她对面。

吴越颖四十来岁，看起来沉稳温柔，脸上总挂着淡淡的笑容。她看着沈予昊坐下，也没再开口，等着对方先说话。

静默了一小会儿，沈予昊说：“吴老师，以前我上警校的时候，听过你的讲座。”

吴越颖似乎没料到沈予昊开口的第一句话是客套话，她仔细看了看沈予昊的脸，说：“抱歉，我没能记住你。”

沈予昊继续说：“从那次讲座起，我就觉得吴老师是一个正义感十足的人。”

吴越颖没有接招，她仍是柔和地问：“你叫什么名字？”

沈予昊报出自己的名字，吴越颖问：“那沈警官觉得自己不是个正义的人吗？”

沈予昊沉默地看着吴越颖，眉头紧锁像是陷入思考。

吴越颖仍是温柔地看着他，静静等待着。

沈予昊苦笑一声，叹了口气道：“算了，关于我的事之后再说，我今天来是有正事。”吴越颖看了看沈予昊的周围，沈予昊立刻解释：“我这次来不算是正式调查，所以没有同事。没有笔录，也不会被记录在册。”

吴越颖忽然笑了，她说：“所以我有权利不回答你任何问题，或者，更加真诚地和你聊聊天？”

沈予昊也回以默契的笑容：“当时你来我们学校开讲座的时候，我就很想找你聊聊，但是当时找你讨论的同学太多了，我一直没找到机会。”

吴越颖问：“你想找我聊什么？”

沈予昊竟然露出了些羞赧的表情：“法律和正义。”

吴越颖了然，她温和地看着沈予昊，说：“每一个相关行业的人如果是真的热爱自己的行业，都会考虑这样的问题。这说明你是个好警察。”

沈予昊说：“去年夏天，幼儿园伤人案你知道吧？”

吴越颖神情变得严肃起来，点了点头。

沈予昊说：“就拿这个事举例，罪犯陈斌无差别攻击最没有能力保护自己的人群，但却因为他有精神疾病而无法判刑，那么那些受到惊吓的孩子、直到今日还在恐慌的父母，还有为了挡刀不幸丧命的幼师，谁来给他们一个说法和正义？”

沈予昊的语气里是暗含着愤怒的，但他忍得很好，以至于说出口时变成了无力和不解。

吴越颖说：“肯定会有很多人问你同样的问题，你是怎么回答他们的？”

沈予昊双手握拳，说：“以暴制暴是不对的，有精神疾病的患者也是弱势群体，而且，在监狱被长期监禁和在精神病院被长期看管本质上都是限制了他们的人身自由。”

吴越颖问：“但你说服不了自己吗？”

沈予昊忽然抬眼，盯着吴越颖看，十分严肃地问：“陈斌的精神状态诊断是你做的，他的诊断真的没有问题吗？”

“我知道你想问什么，你想知道为什么他是精神病人，却有能力闯入幼儿园、有能力从精神病院逃脱。我现在也明白了为什么你会选择一个人私下找我聊，你怕当你以警察身份对我录口供的时候，我会不愿意承认自己的诊断结果有问题。”吴越颖说，“但是，我非常真诚地告诉你，我可以给出我的承诺，我的诊断结果没有错，陈斌的确有精神病。可是人们对精神问题有误解，很多精神病是时好时坏的，也就是说，一个看起来正常甚至还有点聪明的人，会突然犯病。根据当时的案件资料，陈斌在幼儿园伤人时，他确实是在犯病的状态里。”

沈予昊皱着眉说：“他死了。”

吴越颖说：“我知道，我看到了官方通告。”

沈予昊说：“网上对这件事的讨论很激烈，他们都说杀了陈斌的凶手是代表正义，陈斌的死大快人心，以至于我们好像是正义的对立面，我们把陈斌送到精神病院和我们现在在调查杀害陈斌凶手的事情都变成了错误。”

吴越颖安慰道：“沈警官，你只是在完成自己的职责，你没有错，你们警方也没有错。”

沈予昊苦笑一声，起身告辞，他说：“谢谢你吴老师，我今天来只是想确认一下，陈斌的精神状态诊断是没问题的，不过我可能会带着同事再来一次，做正式笔录。”

吴越颖也起身送他：“放心，今天的事我知道该说什么，但是沈警官，人如果长期处于压抑自己的精神状态下，是很容易崩溃的。”

沈予昊看了她一眼，点了点头。

吴越颖笑着说：“照顾好自己，再会。”

沈予昊离开后，吴越颖站在窗边俯视着他走到车边，开车消失在茫茫夜色中。吴越颖的神情淡漠，完全没有谈话时的温和亲切，她拿出手机开始搜索网络上关于陈斌死亡事件的讨论……

6.

第二天沈予昊还是如常上班，罗昭晴好奇地抬了好几次头，想问却没敢开口。

周画明忽然在电脑前抬起头，招呼着沈予昊：“队长！你过来看！”

沈予昊走过去，就看到贴吧的言论走向已然被带到了将凶手神化的地步。还有偏激的人觉得用这种方式去惩治坏人是在匡扶正义。网络上形成了一片人人都可以成为正义之神的诙谐场面，甚至还有网友真的列举出了被通缉的在逃犯罪嫌疑人的名单。

沈予昊问：“这些都是你煽风点火引起的？”

周画明瞪大眼睛说：“怎么可能！我怎么可能给自己以后的工作增加难度，这都不知道从哪儿兴起的。网上嘛，好事的人比较多。”

沈予昊说：“有什么异常吗？”

周画明指了指一个名叫“路西法”的网友，说：“你看这个人发出来的帖子，每一篇都在苦口婆心地劝说网友不要模仿这种行为。”

沈予昊翻看了一遍这人的留言帖，正如周画明所说，这个网友的言论和那些理智劝说的言论还不一样，他话里话外都透露着，如果不是被逼到绝路上，没有人愿意冒着犯罪的危险去惩治坏人。

沈予昊说：“不错，查一下这个人的 IP 地址。”

周画明联系刑侦技术科的同事帮忙，很快就查出来，这个 IP 地址就在绿城市。只不过以当时的技术还无法准确定位，只能框选出一个大体位置——是个小区。

罗昭晴忽然说：“这个小区的名字好眼熟，我似乎在哪里见过。”

沈予昊和周画明都定定地看着她，希望这个记忆力很好的姑娘能想起什么可以继续追查下去的线索。罗昭晴翻着自己办公桌上的材料，好半天后，她恍然道：“我想起来了！李明住这个小区，当时查他身份证号的时候，瞥见过一眼他的资料。”

“李明？”周画明疑惑地问，“那个出轨被陈斌蹭住的？”

沈予昊当机立断道：“查！”

周画明拍了拍罗昭晴的肩膀：“你这脑子真好，看过一眼的东西都能记住。”

罗昭晴斜眼看他：“因为我经常用脑，不像你。”

周画明笑了一会儿，一转头却见沈予昊面色不豫地坐在办公桌前思考着什么，他小声对罗昭晴说：“你说队长这是在干什么，我有种直觉这个案子马上要破了，但他怎么看起来还不太高兴？”

罗昭晴摇头。

周画明小声说：“他是不是也在遗憾，天下无神？”

罗昭晴查资料的时候，发现了一个之前没注意到的线索，李明的妻子是法医。

沈予昊问：“法医？”

周画明高兴地说：“对上了！咱们不是一直觉得陈斌偷拍的那个人的反侦察能力很强吗？如果是法医的话就对上了啊！你们这次去问话的时候刚好可以对比一下背影的重合度！”

罗昭晴看他一眼，吐槽道：“哇，你这个诡异的脑回路，这都能被你联系起来。”

周画明笑了笑，却见沈予昊的表情仍然凝重，他走过去拍了拍沈予昊的肩膀：“队长，怎么了？”

沈予昊说："没什么，先去问话吧。"

周画明答应，沈予昊和罗昭晴出发到李明所在的小区，敲响了他们家的大门。

李明开门看到沈予昊和罗昭晴时，脸上的笑容凝结了一下，他有些尴尬地把两位刑警迎进家里，给他们倒了茶水。

罗昭晴问："你妻子呢？"

李明说："警官，不是说好了，我那件事不告诉我妻子吗？"

沈予昊深深地看着他，故意诈他说："别装了，你根本没出轨，梁媛不过是你们找来的帮手。你是故意设计陈斌的，对吧？"

李明脸上的表情一点一点冷却。

李明的妻子冯鑫苗从阳台走进来，看到沙发上坐着的两个陌生人，眼睛看向李明。

李明说："他们是刑侦大队的两位警官。"

冯鑫苗愣了一下，随即苦笑，坐在李明旁边，说："你们还是找上门来了。"

沈予昊故意说："李明出轨开房的事你知道吗？"

冯鑫苗看了一眼李明，眼神里完全没有责怪，只有深深的内疚，她说："我知道。"

罗昭晴适时补充："你们二人看起来很恩爱，不像是有第三者的样子。"

冯鑫苗说："既然你们找过来了，我也不想瞒了。这么长时间，我一直饱受良心的折磨，我睡也睡不着，吃也吃不好，如果你们不来找我，我也会去自首认罪。"

李明听完，很是心疼地握紧她的手。

罗昭晴拿出记录仪和记录本，沈予昊说："是你杀了陈斌？"

冯鑫苗点点头。

"为什么？"

冯鑫苗忽然问："你们见过那个被他刺杀身亡的幼师吗？"

沈予昊说："见过。"

“我长得和她很像。陈斌有精神病，这点你们都知道。他从精神病院逃出来后，无意中遇到了我，他把我认成了那个幼师，他觉得是我害他被抓起来的，就想着报复我。我是法医，见过他的通缉令，因此我在见到他的第一时间就选择打电话报警。他逃跑后我以为再也遇不到他了，但没想到很快我就发现，一直有个人在尾随我、偷拍我。”

罗昭晴问：“你没报警？”

冯鑫苗说：“我做过反侦察训练，因此他能跟着我是很难的，但我也无法确认他是谁。”

沈予昊说：“那你为什么又突然要杀他？”

这次，冯鑫苗沉默了。

李明看着她，起身给她倒了杯热茶，又抚摸了一下她的后背以示安慰。

冯鑫苗说：“后来，他堵在我下班的路上，我一时情急，就不小心杀了他。”

沈予昊和罗昭晴都觉得冯鑫苗话语间的遮掩很不对劲。

李明有些不悦地要说些什么，冯鑫苗却按住了他。

罗昭晴问：“那你是怎么处理尸体的？”

冯鑫苗叹了口气，说：“我是法医，我把他的尸体放进了冷冻柜里。”

罗昭晴和沈予昊对视一眼，这就是为什么市面上的冰柜没有异常的原因。

沈予昊问：“你一个人，处理了所有事情？”

冯鑫苗点点头。

沈予昊皱了皱眉，却没质疑什么，而是说：“方便去一趟你的单位吗？我们需要对存储过陈斌尸体的冰柜做取证。”

冯鑫苗点点头。

因为冯鑫苗十分配合，沈予昊和罗昭晴便没有给她戴上手铐，他们四人一同去往冯鑫苗工作的单位。当沈予昊开车抵达眼熟的地方时，他敏锐地发现，冯鑫苗的办公单位和吴越颖工作的地方在一栋楼里。

虽然也很好理解，冯鑫苗和吴越颖都是和执法部门有关联的岗位，在一栋楼办公也很正常，只不过沈予昊每次对于“巧合”都会格外关注一些。

他们到的时候，周画明带着勘测人员也抵达现场。

因为案发时间已经过去了很久，法医室每天也都会做清洁，因此能收集到的线索极其寥寥。他们很快就收了工，回到刑侦大队后，冯鑫苗被安排到审讯室，李明自愿在门口等她。

沈予昊没有第一时间安排审讯，而是让罗昭晴去对比陈斌偷拍的背影和冯鑫苗是不是一个人，同时让周画明去调查冯鑫苗和吴越颖的关系。

7.

冯鑫苗和吴越颖的关系很好调查，周画明打电话问了几个认识的朋友便能了解到。她们是来往密切的朋友，但不知为何，从12 月开始，她们走得就不那么近了。

沈予昊听到答案后沉默不语。

罗昭晴的对比也出结果了，陈斌偷拍的女人就是冯鑫苗。

周画明坐到沈予昊身边，问：“队长，你怎么了？感觉你这几天都心事重重的。”

沈予昊忽然问：“你觉不觉得，对于冯鑫苗而言，这一切都像是无妄之灾。她什么都没有做，只是因为长得像另一个人，就被精神病盯上，还背上了杀人的罪名。”

周画明盯着沈予昊看了好一会，说：“队长，你现在这个状态让我有点害怕了。”

沈予昊摇了摇头。

周画明说：“队长，我们一起办了那么多案子，无辜的人那么多，情有可原的罪犯那么多，我们没办法啊。所以像你一贯坚持的准则那样，按章程办事就好了。”

沈予昊说：“李明走了没？我和他先聊聊。”

周画明把李明叫到了办公室里，这个环境会比审讯室更让人放松。

沈予昊对李明说：“有一个事我很不理解，为什么陈斌只是尾随偷拍，但你的妻子，看起来她是一个很温柔理性的人，却要杀了他？”

“知道吴教授吗？”

沈予昊淡淡一笑：“知道，还和她聊过。”

李明皱了皱眉，问：“她怎么说？”

沈予昊看着李明：“她说她不知情。”

李明不悦地说：“她怎么可能不知情！梁媛就是她的学生，引陈斌入局就是她提出的法子。”

“什么？”罗昭晴诧异。

李明说：“我老婆被尾随后告诉了吴教授，她们两个人关系一直很好，而且吴教授还给陈斌做过精神鉴定，她说帮我老婆解决。吴教授一开始联系的是我，她说陈斌既然尾随冯鑫苗，就肯定会关注到我，于是我在发现陈斌尾随我的第一时间就联系了吴教授，她派了她的学生梁媛过来和我演了那出戏。果然，一直跟着我的陈斌守株待兔，他成功入住，我们拿到了他的一些随身物品，里面最重要的是一张手机内存卡。吴教授用他的精神病鉴定单和我老婆的下落要挟他出去见面，吴教授知道怎么拿捏他，陈斌和吴教授见面后，却没有如我们所料被制止。相反，他好像是进入了一种应激状态，开始更加疯狂地报复我老婆。”

周画明在一旁一字不差地记录着，沈予昊的眉头却越皱越紧。

李明有些难过地闭上眼：“从他和吴教授见完面后，他的行事就变得夸张。以前只是简单尾随，可那之后他开始堵在我老婆上班或回家的必经之路上发动攻击。我老婆那时很怕，我还接送她上下班好几次。可是没用，陈斌发起疯来十分吓人。”

说到这里，李明忽然变得情绪十分激动，他说：“我老婆杀人那天晚上，她给我打电话，她特别慌，是我陪她处理的尸体。你们也知道，陈斌那么大的体格，我老婆不可能一个人处理得了，所以我也参与了，你们把我也抓起来吧！”

李明说着说着，起身紧紧抓着沈予昊的胳膊，吓得周画明和罗昭晴都赶紧拦他。

沈予昊紧闭着眼睛，说：“逮捕起来吧。”

李明的状态不适合继续问话，因此被带到了另一间审讯室里让他平复情绪。

沈予昊忽然起身往外走，周画明问：“你干什么去？”

沈予昊说：“找吴越颖。”

周画明问：“你一个人？”

沈予昊点头，对他说：“做好准备，随时逮捕。”

周画明有点担心地看着沈予昊离开的背影。

沈予昊再次来到吴越颖办公室，气氛却全然不同。

这一次，吴越颖的脸上不再带有职业性的安抚笑容。

沈予昊坐到她对面的椅子上，开门见山地问：“你知道我这次来是要做什么吧。”

“知道。”吴越颖说，“但我没想到，你还是会选择一个人来。”

“因为很多疑惑，我觉得你不会公开去解答，所以先来找你问问。”

“疑惑？”吴越颖偏着头，“还是关于法律和正义的吗？”

“你现在的回答是什么？”

吴越颖不回答，仍然保持着警惕。

沈予昊说：“冯鑫苗认罪了。”

“我知道，你们带人去法医室搜集证据时我就知道。”吴越颖神色自若，“她又善良又软弱，她不是什么坚定的人，所以我早料到她会认罪。”

沈予昊说："李明供出了你，整个案件都有你的教唆。"

吴越颖忽然笑了，她说："我可以告他诽谤，或者说，他有任何证据吗？"

沈予昊皱眉看着眼前气质优雅的女人，忽然说："你当时来我们学校做讲座的时候我就感觉到了你的骄傲，那种从骨子里渗透出来的优越感。我当时还好奇地问同学，这种感受不会让患者反感吗？"

吴越颖收敛了笑容。

沈予昊继续说："这次不就是？你觉得自己对患者了如指掌，你去恐吓他威胁他，却没想到精神控制变成了激怒，让你最好的朋友成了杀人犯。"

吴越颖不说话。

沈予昊说："还是说，你是故意的？你故意把朋友推下水，只是为了满足自己的正义感？"

"沈警官，话可不能乱说。"

沈予昊见她油盐不进，沉默了好一会儿，突然问："你会有被职业素养困扰的道德感吗？"

"经过上次的聊天……"吴越颖肯定地说，"你是有这种困扰的。"

沈予昊耸了耸肩，继续说："是人就会有情绪，同情、愤怒……然后就想做点什么，我无数次幻想过，假如我丢掉一切，用以暴制暴的办法去惩治犯人，结果会如何？"

吴越颖看着他，示意他继续说。

沈予昊说："会痛快，但大平衡会被破坏，职业的公信力会减弱，世道就乱了。"

吴越颖问："你在暗示什么？"

"我恪守着职业准则，但不代表我没在内心演化过。所以当我频频感觉到这案件里的奇怪时，我就在想，这是自己人犯下的案子。"

“自己人？”

沈予昊说：“自己人，职业给予犯案优势的人。”

吴越颖笑了一声，反问：“所以你是觉得，自己人犯案是在欺负人？像是职业选手挑战爱好者？”

沈予昊忽然转移话题道：“你知道为什么当年听了你的讲座之后我一直想和你聊聊吗？因为我从你的言语中听出来了，我们是一类人。只是我一直恪守着自己的准则，我哪怕再纠结，也不会让自己的正义去干扰法律，但你……”

“一类人？”吴越颖打断他，笑了一声，“也许吧。你悟性很高，很适合当我学生。”

“但我不觉得你适合当我的老师。”沈予昊严肃地说，“我真正的老师教我，再骄傲自负的人也不能以自己的标准去判断正义，秩序是为了保证相对公平，人可以觉得秩序不够完善而去挑战它，但不能以私心去破坏。”

“你今天找我到底是想做什么？”吴越颖问，“不会是专门来给我上课的吧？”

沈予昊冷着脸说：“我实话说，我找不到证据。”

吴越颖平静地看着他。

“一个对自己要求极高的人，骄傲地审视着这个世界，因此当一个犯人从他手中逃脱成了危害和隐患，明明在职业要求上，犯人的逃跑和他毫无关系，他对犯人的诊断也都是正确的，但他还是觉得自己有责任解决这个问题。最干脆的方法，就是死亡。”沈予昊用一种讲故事的语气娓娓道来，“有些人，喜欢扮演上帝。”

吴越颖忽然打断道：“沈警官，你平时不常说话的吧？”

不知为何，沈予昊脑子里突兀地冒出周画明如果旁听了这场谈话，一定会故意做出夸张表情的画面，“队长！你竟然这么能讲，果然，你就是不愿意跟我们说话”。

“你在一开始讲话的时候，声音很紧，声调也有轻微的变调，到现在才完全放松下来。你觉得你对我有判断，先入为主地用你的思维对我定了刑，然后不断用语言诱导我，直到刚才，你说服了自己，完成了自己脑海里逻辑的闭环。”吴越颖说，“沈警官，是谁在给我定罪，又是谁喜欢扮演上帝？”

沈予昊突然觉得自己脑海里有一根线“啪”一下断掉，那股不舒服的感觉再次席卷。他一直在教导周画明和罗昭晴不要先入为主，可此刻他自己却陷入需要自证的动摇之中。

他说：“但是李明……”

吴越颖再次打断：“警方办案不是证词决定的，而是证据。你们行动很快，今天下午才来这里搜集完，我有理由相信，你们审问李明也是在今天，请问你有做过任何取证吗？你凭什么相信他说的就一定是真的？”

沈予昊听完却忽然笑了起来，他说：“你知道为什么冯鑫苗也是职业相关的人，甚至她还有很强的反侦察能力，我却从来不认为她是自己人吗？”

没等吴越颖反应，他就继续说：“因为她没有当‘上帝’的潜质，不像我们。我想过如果我是你的角色，面对此刻的场景，我会如何。很巧合，我猜想我的反应和你会很像，但这和你因骄傲而对自己的专业判断失误了一样，现在的你，只是处于应激的反抗状态。”

吴越颖皱眉，沈予昊更加放松地问：“吴老师，你担心过模仿犯吗？”

“什么？”吴越颖没反应上来这突兀的话题转折。

“上次我来找你聊完，你应该也看到了网上的讨论。”沈予昊笑了笑，“我就是在想，如果每个人都觉得自己可以模仿上帝，那应该还挺有意思的。”

他说完就走，不给吴越颖反应的机会，但他坐上车后，却迟迟没有离开。他坐在车里看着吴越颖办公室的窗户始终亮着灯，手指一下一下敲击在方向盘上，脑海里捋了一遍这场谈话中两个人的表现。他摸了摸自己已经汗湿的后背，终于是把所有提起来的劲放松下来。他神情黯然地抚摸着自己警官证上的标志，给周画明发了信息："收网。"

相关嫌疑人全都被关在了各自的审讯室里。

他们终于可以从头捋顺这个案子了，罗昭晴询问冯鑫苗："在陈斌因吴越颖的刺激后对你变本加厉进行骚扰和攻击，案发当晚都发生了什么？"

冯鑫苗说："我被他逼得有些精神恍惚，每天都下意识揣一把手术刀在兜里防身。一天晚上，来了个很着急的伤情鉴定，我下班已经晚上十二点多了。他却出现在我公司楼下的小草丛里，我本来精神压力就很大，看到他出现的那一刻，我实在是被逼疯了。我一直在后退，还试图大喊求救，可周围没有人，他一步一步朝我逼近，嘴里念念有词，眼睛里散放着神经质的呆板。我要跑进办公楼里，可他追得很快，很快就将我追上，就在他触碰到我手臂的那一刻，我一转身，用手术刀扎进他的心脏。他呆愣愣地看着我，发出恨恨的气声，然后捂着胸口倒地。我眼睁睁看着他倒在我面前，那之后我每次做噩梦都是他死前的脸。扎完我就蒙了，赶紧给李明打电话。"

另一个房间，由周画明主审的李明证词也十分吻合。

李明说："我赶到她单位时，看她惊慌失措的样子和陈斌的尸体就知道不对，然后我们两个人按照平时法医入检的方法把陈斌的尸体冻在了冰柜里。我还用他们现成的东西把外面的地板做了清洗。"

罗昭晴问冯鑫苗："他当时手上没有武器？"

冯鑫苗说："我当时太慌了，根本注意不到这个，后来他倒地之后我才意识到，他手里没有武器。"

罗昭晴继续问："没报警吗？"

冯鑫苗说："那种情况根本来不及，我连我有手机这件事都忘得差不多了。真等我报完警，我的命怕是都没了。"

罗昭晴点点头，情况描述得很合理。

冯鑫苗继续说："我当时太害怕了，我很慌，便给吴教授打去电话，她说她帮我处理尸体，不用我再管。我就交给她了，没想到现在闹得这么大，网上讨论得沸沸扬扬的。我每天都睡不好。”

另一个房间里，李明有些愤怒地说：“要不是她贸然找陈斌聊天，也不会把他激怒。我怀疑她就是故意的。”

周画明冷笑一声：“既然这么反对，当初还和梁媛一起作假证？”

李明垂下头：“我没办法，难不成要说我和陈斌有关系，让你们把注意力引到我老婆这里来吗？”

周画明静静看着他，问：“为什么处理完尸体后还要放到中心公园去？”

李明说：“法医室的冷冻柜不是长久之地，吴教授给的方法。梁媛除了是吴教授学生外，她还是气象专家。她算准了绿城降温结冰的时间，我们用坠了重物的竹匾将他的尸体抬着，往上面浇醋酸钠，因此那边一整片冰都会显得十分浑浊。由于醋酸钠连接冰冻气温能加速结冰，中心公园那一片的冰结得比别的公园都早。我们松手后，竹匾自然坠入湖底，吴教授再把陈斌的头发绑在岸边的植株上，布置出他被自然缠住的迹象。”

周画明问：“冯鑫苗没有参与吗？”

李明说：“没有，她害怕，我就没让她看到。”

周画明问：“那吴越颖用这种方法处理尸体时，你也没产生过怀疑？她这样明显是让我们注意到陈斌的尸体。”

李明摇头：“当时我很慌，也没想到这么多，而且湖水的确可以消磨掉大部分证据。”

罗昭晴问：“你甘愿认罪？”

冯鑫苗点点头：“甘愿，我实在受不了每晚都做噩梦的折磨了，我再也不想受到良心谴责，每晚都能看到陈斌死前的脸了。”

周画明问：“你甘愿认罪？”

李明叹了口气：“我询问过律师，按处理尸体的罪名不会坐很久的牢。出来后，我就去看她。”

沈予昊一直在监控室看着，罗昭晴和周画明先后结束审讯，一同进到监控室，整理着刚才的笔录，意外地说：“没想到这么顺利。”

沈予昊苦笑：“只有知道忏悔的人才会顺利，认为自己无罪的就难搞了。”

罗昭晴问：“有他们两个人的证词指证也不行吗？”

沈予昊叹了口气：“这个案子最大的难点在于没有证据，他们两个人愿意自首都还好说，但吴越颖若执意不认，我们也没办法。”

周画明说：“那吴越颖谁来审问？”

沈予昊笑了一声，打了个电话：“喂，张栋梁警官吗？请你帮个忙。”

8.

张栋梁进审讯室前再次询问：“真的让我审问嫌疑人吗？”

沈予昊点头。

张栋梁十分紧张地搓手：“我不需要准备什么吗？”

周画明笑了：“你别紧张，这嫌疑人很狡猾，我们容易被她套着走，但是你不一样，你很真诚。”

罗昭晴在旁边听得直皱眉头，不知道周画明这话是夸还是损，好在张栋梁并不介意，憨憨笑了两声，说：“能帮上忙就是最好了。”

张栋梁和罗昭晴进了审讯室，沈予昊在监控室内看着。

吴越颖看到他们，脸上仍挂着职业笑容：“沈警官今天不来吗？”

罗昭晴说：“队长今天有事，我们来审讯你。给你介绍一下，这位是派出所民警，张栋梁。”

吴越颖疑惑地问：“派出所民警？”

张栋梁嘿嘿一笑，说："你好。"

这些人都是第一次见到审讯前提审人和嫌疑人打招呼的，周画明在监控室内笑出了声。

吴越颖微微笑了一下，说："你好。"

张栋梁问："你是故意激怒陈斌的吗？"

张栋梁开门见山，没有绕弯子聊些别的，让罗昭晴都有些措手不及。吴越颖说："什么？"

张栋梁很认真地说："你约陈斌见面，激怒了他，让他对冯鑫苗产生过激举动，是你故意的吗？"

吴越颖皱了皱眉："你有什么证据说我约他出来见面了？"

张栋梁看向罗昭晴，后者对他摇了摇头。

张栋梁说："噢，没有证据。"

吴越颖平静地看着他，监控室内的周画明被气笑了，沈予昊笑了笑，说："别担心，老张有后手。"

果不其然，张栋梁说："如果你不是故意的，是不是代表你的心理咨询能力有问题？你的患者会对你的话术产生反感？"

这话如果让沈予昊说出口就是挑衅，但张栋梁憨憨的，好像是真的十分好奇。

吴越颖深吸了一口气，仍是坚持："我不知道你在说什么。"

张栋梁又问："扮演上帝的感觉爽吗？"

吴越颖看着他不语。

张栋梁说："这个问题是他们让我问的，其实我不太明白，人怎么可能扮演得了上帝呢？人是实实在在的，上帝不都是编出来的吗？"

吴越颖仍旧保持沉默，似乎是觉得自己说的话，面前这个人都不会懂。

张栋梁见她不说话，说："你知道吗？马上运动会就要开了，我们每个派出所都拿了指标，要保证环境卫生和交通顺畅。"

"运动会？"吴越颖不解这个话题是从哪来的。

“是啊，国际锦标运动会，每个中国人都很期待，我们都努力贡献着自己的那份力量，让外宾来的时候像回到了家里。”张栋梁说，“可是你，你干的这个事引起了民众恐慌和议论，你这就是在破坏安定。”

张栋梁越说越气愤：“你看你，本来人家陈斌尾随可以被我们民警抓捕归案，通缉令也能撤销，但你非要激怒他。激怒他就算了，冯鑫苗失手把人杀了，她自首认罪也行，可是你非要把尸体暴露出去，引起民众关注，你这不是为了出名而破坏社会治安吗？”

吴越颖说：“张警官，陈斌这种人能从精神病院逃出来本身就是你们协管部门出了差错，怎么最后能怪到我一个心理医生的头上呢？”

张栋梁问：“不是你把陈斌费尽九牛二虎之力冻到中心公园的吗？”

吴越颖不答。

张栋梁说：“你知不知道网上已经出现了多名模仿者，虽然目前只是口头上的，但是通缉犯名单已经出来了，谁也说不准哪个小年轻头脑一热，就学你当上帝，审判坏人去了。很多通缉犯可能只是犯了些小偷小摸、入室抢劫的罪，这种没杀过人的坐几年牢也就出来了，你这么把风气一引，这些通缉犯被杀了，那些小年轻也要进监狱，多少家庭都破碎了啊？”

吴越颖说：“我要见沈警官。”

沈予昊走到审讯室，把情绪逐渐激动的张栋梁换走，说：“你看到了吗，好警察每天的工作状态？”

吴越颖看着他，说：“为什么怀疑我？”

沈予昊说：“你最大的漏洞在于你们搜查那个酒店房间的时候遗漏了掉到床头柜夹缝里的备用手机。一个背影，成了认定冯鑫苗杀人动机的证据。”

吴越颖做出了回想思索的动作。

沈予昊说："还有他被补了一刀，是你用幼师的手段掩盖了冯鑫苗手术刀的痕迹。你在自责。你可能希望那时候自己开一个他没有精神疾病的证明书，也不愿意让他只是看到冯鑫苗长得像幼师就对她动手。"

吴越颖问："网上舆论闹到什么地步了？"

沈予昊说："你若不认罪，他们便会认为'神'不受法律约束，像张栋梁这样的警官维护正常秩序就会难上加难。"

"这就是你特意叫他来审问我的原因？"

沈予昊认真地说："只是让你看看，一个普通的好人想要维护这份正义需要多努力才行，而你这剑走偏锋的办法只会带来乱象。"

吴越颖说："我其实没能仔细去看到网上的言论。"

沈予昊对着监控摄像头说："周画明，抱一台笔记本电脑过来。"

周画明把一台笔记本电脑放在吴越颖面前，说："你自己看看吧。"

吴越颖越看越不吭声，她的眉头越皱越紧。

沈予昊说："这不是你想看到的吧？你这个上帝的权威被分散出去，全民都在模仿，真正的所谓'上帝'就会消失。所以你不如做最后一件好事，自首，让这场模仿秀有一个完美终结。"

吴越颖看着沈予昊，露出了一个复杂的笑容。

9.

吴越颖自首之后的定罪审判引起了巨大的关注。

网上的舆论说什么都有，有说英雄不该落幕的，有说这才是真正伟大归宿的，有说真正的正义方式该如何实现的，有开始扒吴越颖身份却越扒越叹为观止的……

陈斌的死亡以一种恐怖秀场的方式在网络上荡漾开来，四个人的定罪与宣判陆陆续续经过半年时间才敲定。吴越颖认罪时没有说任何煽动性的话，她十分沉默，沉默得像是众多基层民警的代表，普通但努力。

在吴越颖的罪行敲定、被送去监狱的那一天，沈予昊和张栋梁一起喝了酒。

张栋梁喝多了之后笑着说："沈队长，明天就是运动会的开幕式了！我很高兴，我真的很高兴！"

沈予昊笑了笑，说："嗯，喜气洋洋的，真好。"

平凡的生活在盛会的映照下也显出了喜色，每一个人都成了热情好客的东道主，那一年，全国的犯罪率很低，正如张栋梁说的，高兴，真的很高兴。

006
UNDER CONSTRUCTION
FERNANDO

重启调查

文/肖遥

Who is liar

NO.006

重启调查

供词风向模仿秀

入户指南

说谎游戏

朋友窃巢

谎言游戏

轮到你了

二月二十九日

HIC DESIGNER

REFERENCES: Chongqi

重启调查

NO.006

[redacted]

She's liar

1.

椰城飞往上京的航班延误了，起飞时间待定。

雨夜，我在候机大厅里抱着笔记本电脑枯坐了三个小时，本意是想利用这段时间写完这次出差的工作总结，可每每唤醒电脑屏幕，我的眼前就会立刻闪现出那些站在新闻发布会场外，高举横幅渴望得到真相的“罹难者”家属。

一个月前，椰国交通部宣布重新启动对 TL803 航班的失踪调查，希望一举找到失事客机的黑匣子，还世界一个迟到十年的答复。

观察员小组才在椰城聚齐不到一周，只开了五次座谈会，拍了三四张合影，重启调查就被该国政府莫名叫停了。

所以，下午的新闻发布会是观察员小组第一次面对媒体，只宣布了一件事：重启调查告一段落。

已经晚上九点，雨水渐小，可大部分航班的状态都是“延迟”。我的电脑也提示电量告急。就当我想要寻找一个插座之时，一位穿着椰城航空制服的年轻女士面带微笑站在了我旁边。

向我确认了身份之后，她说：“有一架飞往上京的外交包机将要起飞，刚刚交通部特意打来电话，提到您还在候机，所以让我前来征求意见，问您是否愿意同行？”

有什么理由拒绝呢？

我和这位自称是南希的美丽空姐乘坐摆渡小巴来到机场的私人停机区，登上了一架庞巴迪环球 7500 商务机。

上飞机后，先是穿过一间豪华的茶水间，才抵达座舱。座舱里仅有十个座位，前四后六，像是高档餐厅一样两两相对。舱内光线昏暗，已经坐上了七名乘客，有的看手机，有的已经在睡觉。

我见背靠茶水间的单人座还有空位，便征求南希的同意之后坐了下来。

刚刚系上安全带，飞机就开始滑行，原来我是这架包机的最后一位客人。

坐我对面的是个戴着棒球帽和口罩的亚洲男子，此时正透过舷窗看雨。

空姐南希为我送来一条毯子，顺便提醒坐在我斜对面的一位中年人将手机调成飞行模式。

忽然，我看见机舱最内部、正好和我坐对角线的一位白人老先生向我挥了挥手，然后指了指自己旁边座位上正在酣睡的男人，面带歉意地隔空和我无声地打了个招呼。

老人名叫莫罗，也是观察员小组的成员，是椰国政府请来的公共关系专家，不过我和他的关系仅仅停留在三天前会场外不到三分钟的交流。

他竟然也要去上京？之前却没听他提过。

飞机的引擎轰鸣声加大，我感受着身体的失重感从强烈到减弱，也闭上了眼睛，毕竟距离落地还要飞五个小时左右，如果能够入睡，足够把午夜这段最难熬的时光度过。

可是，一闭上眼，那些罹难者家属殷切的目光又闪现出来。

印象最深的是一位老人，他的儿子就在失踪的 TL803 上，他不接受椰城政府的任何赔偿，因为他坚定地认为，他的儿子没有死——其他八十多位不接受赔偿的家属也一样认为。

他们苦苦坚守了十年，有人飞来椰城的机票是靠捡饮料瓶子一分一分凑来的。

他们需要的真不多，只是一个真相，一个令人信服的结果。

关于航班的失踪，目前国际社会一致认可的结果是——TL803 航班的机长萨哈患有抑郁症，想要自杀，因此载着一飞机的人扎向大海，给自己作了陪葬。

虽然是个推测，却成了全球舆论和航空业界默认的“共识”，即便目前没有找到黑匣子，没有任何确切的证据证明这是机长的个人行为。

椰城军方声称，TL803 最后消失的位置位于椰城西部海域，于是全球的营救力量全都扑向了该海域，可十年来一片飞机残骸都没搜寻到。

于是，各种阴谋论便甚嚣尘上，有人认为 TL803 被外星人劫持了，还有人说这架飞机驶入了异度空间，说不定几十年后还会再次出现。

三百多名乘客、十名机组人员和一架大飞机凭空消失，成了近半个世纪最大的谜团。

2.

我被一阵轻微的英语对话声吵醒。

原来是斜对面的中年人按下了服务灯，要求南希给他提供一杯热咖啡。

“多长时间到 H 国？”中年人顺便问道。

“先生，真是抱歉，我也是第一次飞这个航班，我需要向机长确认一下具体时间。”

原来这飞机还要在 H 国停一下？那岂不要绕路一个多小时？带着对抵达时间的担忧，我拦住南希：“那么，到上京还要多久呢？”

南希露出她标志性的微笑，压低声音回答：“我需要向机长确认……”

“上京？这架飞机不是飞往狮城的吗？”

一个高亢的声音吼醒机舱内几乎所有人。

我也是一阵错愕，狮城和上京正好是相反的方向啊。

喊出那句话的，正是一开始睡在莫罗先生旁边的白人，他不知道何时来到南希身后，或者他只是去卫生间，偶然听到了我们的对话。

狮城大哥的质疑令我也很费解，正当我认为他是不是搭错飞机的时候，舱内其他人的声音也飘入了我的耳朵。

“我早就想问，已经一小时了，为什么还不降落？椰城飞星岛平常也就 40 分钟啊？”

“我更近，30 分钟应该就到了！”

“这不是 H 国军方的包机吗？”

“扯淡！谁的军方包机？这明明是狮城铁矿石协会的商务包机……”

大家乱哄哄地吵成一团，我通过他们的对话大致了解到，飞机上有三名椰城人，他们有人飞星岛，有人飞附近的城市，都是短途航程。

高嗓门的狮城大个子名叫爱德华，是个铁矿石公司的股东，参加完商业展会回国；那个飞 H 国的中年人叫吉瑞，是个公务员，可能是个习惯耀武扬威的小领导；而飞机里最安静的莫过于莫罗先生和我对面的口罩小伙子。

莫罗肯定是要去Y城的，他一脸的阴沉，和我一样观察着这群争吵的人。

而口罩小伙虽然没参与争辩，但看他眼神中流露出来的则是惊慌失措。

“我们被劫持了！你是恐怖分子？”爱德华怒吼一声。

此时的南希面无表情地堵在餐厅与驾驶舱的必经之路，见爱德华对她怒目而视，反倒轻松地把手一摊，不过右手已经多了一把左轮手枪。

“是的，你们被劫持了。”南希把手枪向着飞机机尾一指，诡异地一笑，“去后面的会客室坐好吧，几位先生。”

大家愣在原地，随即，黑暗之中一只大手接过南希的手枪，一个低沉的男声说道：“南希，去帮我泡一壶咖啡，谢谢。”

黑暗中走出来一个高大的白人，棕红色的头发梳成油光发亮的偏分，他穿着机长标准的制服套装：白色半袖上衣和黑色西裤，看起来四十来岁，叫克鲁尼。

克鲁尼机长努了努下巴，没人敢争辩，所有人全乖乖地排着队走进了座舱后方的会客室。

会客室里，有三张品字形排列的长沙发，中间则是一张圆形的白色茶几。

我们八个人坐进了沙发里，克鲁尼则拉了一个矮凳，坐在我们的对面。

面对着众人的愤怒和质疑，他只是优雅地笑了笑。

“我这个人，不仅有抑郁症，而且道德品行败坏，虽然有美丽的妻子和聪明的儿子，却还和空姐不清不楚，现在呢，我不想活了，死前也想拉着几个垫背的！”

吉瑞带着哭音哀求道：“机长先生，生命多美好啊，我不知道你是否遭遇了不公，但是你相信我，只要来H国，我能让你过上天堂一样的生活，千万别想不开……”

坐在吉瑞一旁的四十来岁的椰城壮汉却冷静得多：“为什么是我们？这群人里，我可大部分都不认识！”

“为什么是你们？哈米德警长——不，这时候应该叫哈米德局长，我想听到‘抑郁症机长’这几个字，你应该比任何人都清楚！”克鲁尼一边说着，一边掰开了左轮手枪的弹匣，他笑了笑，“我虽然想死，可不想带着疑问死去！所以，我散尽家财，请来诸位，只为了和你们做一个‘说真话’的游戏。”

克鲁尼把手枪中的六颗子弹全都倒了出来，只选了其中一颗塞了进去，合上手枪，转动轮盘。

在轮盘滴溜溜的声音中，克鲁尼开始介绍游戏规则：“公平起见，我用这条命来换你们的问题，也就是说，我提出一个问题，就朝自己脑袋开一枪。如果我没死，被我问问题的那个人，就要回答，而且不许说假话！当然，你们也可以拒绝回答，那就要像我一样，朝着自己的脑袋，砰，开上一枪！”

此言一出，所有人都紧张起来，这位机长一定是个疯子！

子弹经过转动，已经不知到了哪个弹仓，可能是这一枪，更可能是下一枪！

他完全可以把枪抵在对方的脑袋上，逼问答案。

可这么玩下去，对他自己有什么好处？

难道，他真的不想活了？

我正胡思乱想的时候，机长用枪口挑掉了离他最近的那个口罩小哥的帽子和口罩，一张瘦削、疲惫的椰城男子脸显露出来。

“就从你开始吧，端古。”

端古三十出头，皮肤黝黑，眼窝深深地凹进去，就像半个月没睡过一次好觉似的。

“政府一说要重启 TL803 的调查，你立马偷渡去东南亚——当然，如果你今天解答了我的疑问，我倒是可以奖赏你一个降落伞包，等飞到东南亚上空让你跳下去。”

端古显然被吓得不轻，他战栗着说不出一句话。

没等端古点头，克鲁尼提起手枪，已经对准自己的右侧太阳穴，手指扣住了扳机。

“第一个问题——TL803 失踪之后，你曾向全球的媒体说，你爸爸萨哈机长有抑郁症……”

此言一出，机舱内好几个人都惊呼了一声，我也为之惊讶，原来这个叫端古的年轻人，竟然是失事机长的儿子。

“从此之后，全球的媒体都报道萨哈有抑郁症，而且品行败坏，和飞机上的空姐不清不楚，而且多次飞行那条飞机失踪的航线，所以一定是萨哈劫持了飞机！呵，可我作为一个资深的抑郁症患者，当然知道一个得了这种病的人，是没法对任何人和任何事产生兴趣的，包括美丽的空姐。所以，我推测，你对全世界撒了谎，你的父亲其实并没有抑郁症，对吗？”

啪！扳机撞针击空了。

所有人都为之惊呼，离机长比较近的几人，还下意识地用手挡了一下可能会飞出的脑浆。

“哇噢，”机长露出自信的微笑说道，“让你们失望了，不是吗？”

他随后将手枪的手柄递向了端古，狡黠的目光扫向所有人。

“最好别打什么鬼主意——不要以为拿到手枪，就能要挟我，我早说过不想活了！你们就算杀了我，也只能眼看着飞机燃油耗尽，做自由落体运动了，你们想死在哪片海呢，现在说还来得及，椰城西边的海还是东边的海？”

吉瑞急了：“可你如果自杀了？我们岂不全要给你陪葬！”

“这不正是人生无常的最佳诠释吗？”

克鲁尼笑得坦然，就好像他是来拯救我们的，可吉瑞的脸吓得都白了。

端古犹豫了十几秒，紧张地喘了几口粗气，我仿佛都听见了他的心跳。

可是，他却哆嗦着双手，接过了手枪，然后颤颤巍巍地抵向太阳穴。

“哦？不选真心话？选了大冒险？”克鲁尼饶有兴致地盯着端古，显然后者的行为出乎他的意料，“承认你父亲没有抑郁症，很难吗？”

啪！撞针落空。

端古剧烈地喘息着，大滴汗水滚下额头。他眼神充满畏惧，像只做殊死一搏的野兔。

克鲁尼接过手枪，再次抵住太阳穴。

“还剩三个空弹孔，下一个问题，端古……”

“不！”吉瑞忽然抓住端古的双肩，“他想知道什么，你就告诉他呀！我不想因为这个愚蠢的游戏白白送死！”

端古却不为所动。

克鲁尼接着问道：“十年前你还是个大学生，凭你的胆量和魄力，怕是还不敢欺骗全世界——所以，是有人指使你对媒体撒谎，对吗？”

啪！

我快被这个游戏吓得心脏跳出来了，其他人也好不到哪儿去。

每一次扳机撞击，仿佛都发射出了一颗无形的子弹，打穿了我们的胸膛。

克鲁尼掉转枪口，端古又接过了手枪。

吉瑞咒骂道：“该死的，我希望下一枪就能打爆你的头！”

端古的手抖得像筛糠一样。

克鲁尼追问：“你隐瞒的意义何在呢？十年了，所有人都认为你的父亲是杀人凶手，这个世界只要你的一句实话。那些无辜的死难者，他们的灵魂就能得到安息！一句话而已，端古……”

啪！克鲁尼的话还没说完，端古就扣响了第四枪，又是空枪！

许多人差点吓晕过去。

克鲁尼接过手枪的时候，脸色显然也不正常了，他嘟嘟囔囔地似乎咒骂了一句，然后将枪口第三次抵在了太阳穴——手枪中只有最后两个弹孔，他只有 50% 的生存概率了。

这时候连爱德华也不淡定了。

“端古，你能不能承认这个疯子说的都是实话，让这一切结束，好吗？”

端古就像是哑巴一样，似乎牙齿都快咬出血来，就是不说一个字。

爱德华四下问道：“你们这里有没有谁会驾驶这架该死的飞机？”

没有人回答。

克鲁尼的话音又响起：“我知道，你这十年来一直备受折磨，可你连去死的勇气都没有！因为，你怕真的有个亡灵世界，你怕你父亲指责你！所以，他们到底给了你多少好处，值得你用一生去为这个谎言殉葬呢？”

啪！

又是空枪，五枪已过，那么最后一枪，必然是有子弹的了。

克鲁尼松了一口气：“你瞧，上天又给了你第三次机会，这不是神迹吗？说不定萨哈机长就在这里，说不定是他一直在保佑着你，一直在给你机会——孩子，你还要隐瞒吗？我们现在飞行的这条航线，就是萨哈机长重复了 1800 多次的航线！他如果真的因为抑郁症不想活了，何必又飞去西海？为什么不在这里一头扎下去呢——孩子，你还要朝着自己的头颅开这最后一枪吗？”

克鲁尼依然将枪口掉转，递了过去。

端古触摸着手枪的红木手柄，还是握了上去。

这下吉瑞反倒不怕了。

“快开枪啊，下地狱去吧！怎么还不动，要不要我帮你啊？”

枪口再次对准了端古的太阳穴，不过此时他手软，终于，经过了几番调整，手枪从他手中滑落到地毯上，端古瘫在了沙发之下，歇斯底里地吼道——

“我不想撒谎，可我不按照他们的话说，我就拿不到那笔钱！爸爸下落不明，妈妈又突发急症住院，我需要那笔钱救命、救我的家啊……你们都骂我、恨我，说我是杀人犯的儿子！可你们不要忘了，我也是受害者啊，我失去了我的爸爸啊！爸爸他没有抑郁症，爸爸没有私生活混乱，他是个顾家爱家的好爸爸，他不是杀人凶手……永远不是……绝对不是……”

涕泪纵横地吼完这一切，端古像是一摊烂泥，缩在了沙发和茶几之间，只露出一个颤抖的后背。

克鲁尼机长捡起手枪，在手中摩挲着，我很担心他再次将枪口对准太阳穴，不过他此时却抬起头，似笑非笑的目光扫过了我们。

“那么，端古，是谁指使你撒的谎呢？”

端古无力地哭泣，抬起手指，指向了异常冷静的哈米德局长。

克鲁尼将左轮手枪的转盘拨得滴溜溜作响。

“局长先生，看来下一个游戏参赛者，就是你了……”

“不用你问，我自己说！”

哈米德猛地坐直，如同要向上司汇报工作的实习生，嘴巴像是倒豆子一样狂飙椰城口音的英语：“十年前，我只是一个普通的警察，我从没想到 TL803 的失踪能与我扯上关系，直到我当时的局长带着一个人找到我！”

哈米德停顿了一下，我明显感觉到坐在他旁边的那个五十来岁的胖子不自然地低下了头。

“他们交给我的任务，就是找到萨哈的儿子端古，无论用什么手段，一定要让端古说出他们早就设计好的台词……萨哈人品败坏，萨哈私生活不检点，萨哈还有抑郁症——最重要的，萨哈曾经多次模拟过飞向西海的那条航线……” 他右手举到齐耳处，“我发誓，我说的都是真话！我也只是个传话筒，如果我不这么做，我会被他们找个理由送进监狱，我的老婆孩子也会遭到他们的报复……为了家人，我别无选择！”

克鲁尼意犹未尽地抿了抿嘴唇：“据我了解，机场让你给端古家人的第一笔抚慰金，有二百万吧？”

哈米德神色一紧，结结巴巴地说：“哦……这件事啊……是……是二百万……”

“可你转交给端古多少？”

“八……八十万……吧……”

此时的端古缓缓抬起头，难以置信地看着哈米德。

哈米德回避着端古的眼神。

“我……我没有独吞……”他用手肘僵硬地撞了撞旁边的胖子，“达特也分到了！”

克鲁尼审讯似的目光又看向达特。

达特抹了一把额头的汗水，也举起右手。

“我发誓……我只收到了四十万。哈米德说，他给了端古一百二十万，剩下的八十万我们才平分的。”

克鲁尼笑了：“端古，听到了吗？你替他们践踏了萨哈的灵魂，可他们却借此事大发其财。”

端古像是一只豹子一样猛地扑向哈米德，还未好好教训他，却被周围数人分开。毕竟生死关头，谁也没心思看一个疯了的青年揍当年的骗子。

“那么如今已经成为 TL 航空副总经理的达特先生，在十年前的这场骗局当中，你又扮演了什么角色呢？”

达特用来发誓的右手又举了起来："机长先生，我只是个跑腿的！那时候我只是 TL 航空一个小小的公关经理，是首相的人找到我，让我把抹黑萨哈的话，通过媒体和端古的嘴传出去……"

"哦？萨哈机长是你们 TL 航空的人，他们教你们诬陷自己的机长，岂不是抹黑你们航空公司？这种事你都不拒绝吗？"

"当然拒绝了！可军方的雷达报告确实显示 TL803 绕过整个椰城半岛，飞往了西海……

"而且，在当时的舆论压力下，我们权衡再三，认为把责任暂时推给萨哈，说是萨哈的个人原因导致的飞机失踪，总比让所有人都指着我们 TL 航空的鼻子骂要好多了……

"关键是飞机上的应答机被关闭了，这只能是机长个人行为，所以，怀疑萨哈劫持了飞机，我认为也是合理的……毕竟，他为什么要这么做呢？所以，我不认为我做错了什么……除了……除了那四十万——当然，这也是哈米德主动给我的！"

"哇噢，"克鲁尼爽朗地笑了起来，"看来你还挺高尚呢！你顾全大局，不仅为航空公司解忧，更心安理得地收钱，不主动，不拒绝，错的全是别人……"

达特有点心虚地低下头，咽了口唾沫。

"机长先生，希望你换位思考，如果你面临我那样的处境，你可能也会做出与我相同的选择——毕竟，萨哈的行为很可疑，虽然我们没有确切证据，但是，如果一句话能挽救一个市值数千亿的航空公司，挽救一个国家上万亿的旅游市场……那么，就算它是一句谎言，为什么不能说呢？"

克鲁尼冷笑一声："你再说下去，我都想替椰城政府和 TL 航空给你颁个奖了！"

我渐渐看明白了，机上的大部分人都和十年前 TL803 失联这件事多少有点关联。

这个机长费尽心力地把这些人聚在一起，只是为了给当年的萨哈机长平反吗?

可是，我和莫罗先生显然都是事外之人，我们又为什么会在这架飞机上呢?

达特似乎觉得眼前这位帅哥机长是个可以沟通之人，反倒平静地说了起来：“当然，人心都是肉长的，其实每次去与那些围在机场的罹难者家属沟通的时候，我的心情也很痛苦——但是，也请您换位思考，为我们航司设身处地地想一下——航班消失了，我们找了十年，始终找不到！赔偿我们也赔了，三百多个家庭，有二百多个接受了赔偿，只剩下八十个家庭，他们无论如何都要最后的真相——这可难为我们了不是？飞机残骸找不到，黑匣子找不到，我们上哪儿给他们找真相去?

“十年前，我同情这些人，可是十年了，他们还是不依不饶地找真相，每年都要来机场大闹一次，也给我航司带来了很大损失不是？！他们有亲人，可我们航司几万员工，也都有家庭，有亲人等着吃饭不是？何必呢……对吧？关键他们要真相，我们也不知道真相，又怎么告诉他们呢？”

“达特先生，你用‘换位思考’来推卸责任的本事，令人叹为观止！”一直缩在沙发角落的莫罗先生此时忽然插了一句话，“‘你们很无奈，所以你们也无辜’，这本来就是一个悖论——难道因为无奈就可以当杀人犯的帮凶？难道因为无奈就可以理所当然地伤害别人？难道因为无奈就在可以讲真话的时候，偏要掩饰已知的真相？”

“这位‘道德制高点先生’，你不是当事人，即便你说的话全是对的，也无法解决现实的问题！”达特毫不客气地反驳。

当当当!

克鲁尼机长用枪口敲了三下桌子，说：“如果我说，飞机的燃油只够飞最后 40 分钟，我想应该没人要继续浪费口水了吧？”

果然，这句话就像给每个人打了镇静剂，机舱重归安静。

哈米德真诚地说："机长先生，我想您一定是萨哈机长的好友，我向您诚挚地致歉！如果时光能够重来，我一定会选择一个更好的方式来处理这件事，虽然我可能表面上配合航司说谎，但我私下里一定会把真相传递出去！

"当然，时光无法重来，我希望您可以给我一个机会，我一定用余生好好地弥补罪孽，我……选择将我账户上的所有存款全都捐给社会，捐给那些罹难者的家属……我……希望您能奖赏我一个降落伞包！"

达特接着说："机长先生，如果您能放了我，我落地之后，第一件事，就是把我已知的真相公之于众！放心，我不会提这架飞机上的人和事，我以我的信仰发誓！"

克鲁尼笑道："我说过，我要的是真相！要的是 TL803 消失的真相——你们两个若能给我，我立刻送你们降落伞。"

达特像个小学生一样举手抢答："虽然我不知道飞机掉进了哪片海，但我知道，首相的人一直在背后推动谎言滋生。因为十年前，那几个首相办公室的人，他们刻意提醒我们——萨哈是反对党的支持者！"

达特像是卖关子似的故意停顿，见所有人的注意力全都被他吸引了，才继续说："为什么他们非要强调萨哈的这个身份呢？因为，飞机失事的那段时间，正是首相竞选的关键时期，而且反对党的支持率明显高于哀努首相代表的执政党，获胜概率很大！恰好此时，航班失事了，因此，首相为了保证选举胜利，就授意我们先给萨哈泼脏水，抹黑他的人品，将飞机失事的责任推给他；第二步则曝光萨哈曾发帖支持反对党的网络帖子，坐实他反对党的身份；第三步自然是让媒体造势，把萨哈犯下的'罪行'，说成是反对党的'罪行'！

"哦，可怜的萨哈，我最亲爱的朋友，他就这样成了党派选举斗争的工具！"说到最后，达特竟然真的抹了抹眼泪，还展开掌心，让我们看到他手中晶晶亮亮的泪水。

3.

这番话之后，机舱内陷入了很久的宁静。

之后，克鲁尼机长才缓缓点了点头：“你这个信息，算是意外收获——最近交通部本来重新启动了对飞机失踪的调查，其实幕后的推动者正是新任首相，也就是当年反对党的领袖。”

达特兴奋地一拍巴掌：“我就说，没错吧！”

“但这也不是真相！”克鲁尼的目光反复扫视了在场所有人，像是要随机抽取一个幸运观众似的。

除了我和莫罗先生在内的其他六人，端古、哈米德、达特的身份已经曝光，剩下的还有狮城的铁矿石商人爱德华，去 H 国的吉瑞，以及另一位不知名的椰城人，三十五六岁的高个子。

但是克鲁尼却没有点名，倒是自己说了起来：“先生们，我们现在飞临的这片空域，就是 TL803 信号最终消失的地方。那天的凌晨 1:22，椰城航管单位发现 TL803 应答机关闭，飞机位置消失。航管单位无法与航班取得联系，便委托在这片空域的其他航班帮忙联系。1:30，一位飞往西半球的航班机长可能是最后听到 TL803 声音的人，经过频繁呼叫，他听到了航班的回应，但当时有强烈的无线电干扰，很快联络便中断了。早上 6 点，椰城军方向外公布一则信息，据他们获得的雷达数据显示，TL803 失联后迅速拉升高度，最高达 1.3 万米，超过该型号客机大约 1.1 万米的飞行高度限制，而后掉头，沿着椰城的海岸线飞行，信号最终消失在西海，后面的事，想必大家都知道了。”

克鲁尼既像个导游，又像个新闻主播，他以主播的口吻说道：“很荣幸，我也请到了曾经提供雷达数据，让全世界知道航班消失在西海的那位军方负责人——丁希上尉，不，那是十年前的称呼，现在应该称呼他为首相办公室的丁希副主任。”

克鲁尼的目光看向了一直沉默寡言的椰城高个子，这人梳着偏分，戴着眼镜，一副政客的标准装扮，文质彬彬的倒是看不出军人的影子。

丁希阴沉着脸问道："你到底是什么人？"

"我是一个想要知道真相的人。"

丁希嘴角抽了抽："骗我上来想问什么？十年前我不过把雷达监测到的飞机飞行数据全都如实呈现给了全球媒体。人可以说谎，但数据没法说谎。但我也秉持客观态度，在没有任何证据之前，我从未支持过'机长自杀论'，十年来我一直如此。所以，你还要我怎样呢？"

听完丁希的回复，克鲁尼的面部表情停滞了十几秒，然后他缓缓站起来，在沙发之间的狭小空地上踱起了步子。

"我确实没有搜集到证据来反驳你，相比于其他人，十年来你隐藏得非常好，除了你从一个无神论者变成了一个坚定的宗教信徒之外，你没有留下任何蛛丝马迹。"克鲁尼用枪口敲击着自己的掌心，"但是，我举个例子，假如你杀了人，警察找到你，你坚决否认，这显然是无力的。可你如果能举出例子，在杀人案发生的时候，你在何处与何人在一起，并且有证人证明你的话，那你则可以摆脱嫌疑。"

克鲁尼忽然停住，眼睛盯着丁希："毕竟，'孤证不立'呀，丁希先生！自从航班消失之后，全世界唯一的证据，只有你们椰城军方提供的。所以，你们就像一个犯罪嫌疑人，只自己举出例证来证明自己没杀人，而警方因为没有找到其他证人，竟然宣布免除你的嫌疑——你不觉得，这本就很可疑吗？"

丁希摇了摇头："那你想说什么？数据是白纸黑字，如果你怀疑，尽可研究数据，你找我做什么呢？"

"虽然你们椰城军方和政府举出了'孤证'，但我帮你们请来了其他证人。"克鲁尼又坐回座位，声音恢复了自信，"据你们雷达观测到的航班最后飞行直至消失前的轨迹，航班似乎巧妙地绕过了H国领土，有没有一种可能，你们知道H国有西海周边国家最高级的军用雷达才故意回避呢？因为你们害怕H国军方否认你们的数据！”

听完了克鲁尼的推测，丁希冷笑了一声：“幼稚，我看你不是抑郁症，你这是妄想症。”

克鲁尼继续道：“或许，你们真的回避开了H国空域的雷达，但是，你们没法回避南洋国布置在西海的军用雷达阵列，要知道，他们的雷达搜索范围可以覆盖半个地球，而TL803的雷达数据如果你们能收到，那么南洋国100%也能收到。不过有意思的是，无论是H国还是南洋国，在你们公布数据之后，都变成了哑巴。他们没有附和你们的‘孤证’，也没有否认你们的‘孤证’。”

“哼，那你应该找南洋国和H国政府要数据去，何必在我们身上浪费时间呢？”

克鲁尼用枪口点了两个人：“爱德华、吉瑞，要不要交流交流行业经验呢？”

来自南洋国首都狮城的爱德华，和H国吉瑞同时低下了头。

“机长大哥，军人以服从命令为天职呀……”吉瑞叹息了一声，“这件事，根本不是我这种小卒子能够左右的……”

克鲁尼追问：“所以呢？你知道的真相是什么？”

“你也知道，南洋国的雷达比我们更好，爱德华，你说吧……”

爱德华一脸愤愤道：“有什么可说的呢？虽然我们什么也没说，可我们也没欺骗全世界啊！沉默错了吗？这是国家和国家之间的事情，我又做错了什么？”

莫罗先生接话道：“十分理解，国家和国家之间有什么利益关系我不管，但现在机舱内只有我们几个人，为了救你自己，也为了救我们，你可以说了吗？你们的雷达，到底收到了什么？”

所有人的目光全都集中在爱德华的脸上。

被盯了半分钟，爱德华最终像是泄了气的皮球一样：“好，好吧！有一些涉密的信息，我作为一名退伍军人纵然是死也不能公布的，希望你们能够理解——我只能说，椰城军方公布的飞机消失之前的飞行轨迹，我们的雷达并没有捕捉到。”

除了爱德华和丁希，所有人的目光又集中到了吉瑞的脸上，似乎是寻求一个佐证。

吉瑞咬了咬牙：“我不能泄密，但我不否认爱德华刚说的话。我们的雷达扫描的范围与椰城提供的航班飞行轨迹有一部分重合，可我们没有观测到这架航班。”

这一回，克鲁尼的目光重回了丁希的脸上。

“嫌疑人先生，你又作何解释呢？”

丁希的眼神变得冰冷且凌厉：“你到底是谁？”

“我是审判你的法官。”

“你根本不是开飞机的，一个机长绝对没有这么大的能力能把这群人聚在这里。”丁希顿了顿，“而且，打电话让我来这里登机的，是首相本人。你们竟然能让首相配合你们的计划，所以，你到底是谁派来的？”

克鲁尼笑了笑，没说话。

“肮脏的政治！”丁希冷笑了一声，“你们已经赢了啊，收手吧，可以吗？哀努首相已经下台了，你们又何必赶尽杀绝！他对我有知遇之恩，你们想要利用我打击哀努首相，做梦！而且，我必须警告你和你后面的人——这件事根本不是你们想的那么简单！我就算告诉你们真相，下了飞机之后，不仅我活不成！而且，你们一个一个的，会死得更惨——与其如此，我们还不如和这飞机一头扎进海里，倒也痛快！”

“哀努不过是给你一颗甜枣，拉你进入他的阵营也不是什么知遇之恩，只不过是看紧你，控制你！你为了保护他把自己的命搭上，不值吧！”

“别再蛊惑我了，我再强调一次，就算死，我也不会背叛首相！”

忽然，端古扑了上来，把丁希按在沙发靠背上：“爸爸他到底怎么了？你们到底隐瞒了什么，你倒是说呀！说呀！”

丁希一脚踹开端古：“不要问了！”

一番混乱之后，丁希手中却多了一把手枪，正是那支左轮手枪。

“快把这疯子机长杀了！”吉瑞跳脚道。

谁料，丁希没有把枪对准克鲁尼机长，反倒抵住了自己的下颌。

他歪着嘴，留下一个惨笑：“那天，根本没开雷达！”

“砰！”

枪响了！

在众人的惊呼中，丁希仰面朝天地倒向沙发。

不过，很快他又坐了起来，摸着微微渗出血的下巴。

“空包弹！是空包弹！”他一把将手枪摔在地上，“我们被他耍了！”

这时候，爱德华已经率先扑向了克鲁尼，紧接着，吉瑞、警长哈米德一拥而上，咒骂着似乎想要撕碎克鲁尼机长。本来隐身在茶水间的空姐南希也跳了出来，和克鲁尼一左一右，和对面四人混战一团。

忽然，机身猛地一震，仿佛接触到了什么。

“燃油耗尽了？”

“要坠机了！”

所有人立刻吓得趴在地面上。

一股冲击力和摩擦力传来，渐渐地，冲击力渐渐消散，飞机好像停了下来。

随后，一阵脚步声从前舱传了过来，声音越来越近。

一位穿着机长制服的中年人走了进来，望着趴在地上的人们，惊呼道："你们没系安全带吗？"

"你是谁？"

"我是本次私人夜航旅游包机的机长啊？这次玩得愉快吗？"

"那他是……"

"这位不是你们的导游吗？"

4.

我和莫罗先生是最后离开飞机的。

克鲁尼将一个文件袋交到莫罗手中，便与南希驾车离去。

其他人早就乘坐摆渡车离开，莫罗有意邀请我留了下来。

我们驻足在私人停机坪上，望着远处航班的起起落落。

"所以，这到底是怎么回事？莫罗先生，您和他们……设计了这次所谓的劫机骗局？"

莫罗爽朗地笑了笑，扬了扬手中的文件袋："重启调查嘛，小组虽然解散了，但并不代表工作结束了。一直没跟你介绍我的专业吧，其实我应该算是搞刑侦的。"

"可是，您到底为谁工作呢？椰城的现任首相？"

"孩子，你如果只从表面信息上来解读世界，你就永远看不到真相。"

"哦？那我更不明白了，难道您搜集这些证据是自己的行为，目的是让全世界知道真相？"

莫罗又笑了，无奈地摆了摆手："显然，这次只取得了 70% 的效果，还有 30% 的关键信息，丁希没有说。"

我心中凛然："丁希的那个威胁，是真的吗？他若说了，非但他活不成，咱们也得一个个地死去？"

"他说得没错。"

"为什么？到底是谁在隐藏真相，真相到底是什么？您早就知道，对吗？"

“我给你讲个故事吧……”莫罗先生用低沉的声音说道，“十年前，塔国和几个小国家在椰城海域举行军事演习，一名军人下达了朝着经过领空的飞机发射 EMP 弹的命令，虽然他们猜到那可能是一架客机，但命令还是下达了。EMP 弹攻击导致航班信号消失，飞机内部有关高度、气压和方向的所有仪表全都失灵，此次攻击还导致飞机尾部起火，曾经有钻井平台上的人看到飞机掠过上空，但很快这个人也消失了……

“事发之后，椰城军方却公布雷达信息，说这架航班消失在了数千公里外的西海大洋之中，将全球的注意力吸引了过去……”

我脑海中连续巨震：“所以，丁希死也要隐瞒的，是这件事？”

“丁希这个层级能够了解到的，也不完全是真相。那天晚上，椰城的军用雷达其实并没有工作，但哀努首相的一个电话打来，要他们立刻伪造数据。”

“可是，哀努首相为什么要这么做？椰城也参与了军演？”

“并没有。但是，一个大人物下达的命令，却让哀努不得不执行。那个人，十年前，就是塔国的副总统……”

十年前的副总统？

是他？

他已经在四年前通过选举成了塔国的总统。

“知道为什么要重启调查了吗？”莫罗面色严峻起来，“今年，又是大选年。”

忽然，一个模糊的逻辑链在我脑袋里形成，如果莫罗先生搜集的证据全都是为了揪出十年前那位权倾世界的副总统……那么……

他自顾自地说道：“如果你是这位总统先生的政敌，你打算如何扳倒他呢？”

我的逻辑链条也越来越清晰："当然是搜集他的罪恶证据，将这一切公之于众，彻底打击对手！"

莫罗第三次笑了："你还是年轻啊，搜集证据是为了打击对手，但不一定要公之于众。能让新闻媒体报道出来的，一定只是些边角料，真正要人命的猛料，暗中亮出来就好，毕竟斗争不是目的，你想要什么才是重点。"

我愣住了，莫罗先生究竟为谁工作我猜到了，但我还是不死心地追问："难道……你不打算把这一切曝光出去吗？"

"哦，孩子，不要当真，以上也只是我的猜测！可世界上已经有那么多猜测了，应该不介意再多一个吧？"

莫罗先生拍了拍我的肩膀，转身走向了另外一辆车。

"最后一个问题。"我喊住他。

"你问！"

"那我又是怎么回事？我是唯一与这件事没有关系的人，为什么你把我也扯了进来？"

"当然与你有关！"莫罗站住，转身说，"一次庭审，最重要的不是那群罪犯，而是受害者。而你，代表的是受害者。邀请你出席，是我力所能及的善意，再见。"

007
UNDER CONSTRUCTION
FERNANDO

UNDER CONS

轮到你了

文/蓝筝

Who is liar

轮到你了

说谎/游戏

供词风向模仿秀

入户指南 重启调查

朋友 窃巢 谎言游戏

三月二十九日

NO.007

IC DESIGNER

REFERENCES Lun dao

轮到你了

NO.007

[redacted]

She's liar

1.

滴答滴答的水声在夜里过于清晰。

我拖着疲惫的身躯走进卧室，卧室外面是那种半开放的阳台。我以为是自己忙忘了，洗的衣服没来得及拧干就挂了上去。

可是，不太对劲，水似乎是从楼上渗下来的。

我走进阳台，抹了一把护栏上的液体，是深色的。

不是漏水？

我疑惑，打开了手机自带的手电筒，仰起头往上看。

入眼是一截女人苍白垂落的手臂，鲜血如扭曲的蚯蚓蜿蜒下来，汇聚到指尖，不断地往下流。

再往上，是女邻居惊恐绝望的脸。她没有挣扎，没有呼救。乱发的间隙里，那双眼睛直勾勾地与我对上。

她已经死了！

意识到这一点，我不受控制地尖叫：“啊！”

但几乎是立刻，我后悔了。因为，女邻居尸体被挪开，我看到了一个强壮的陌生男人，他站在阳台边缘的位置俯瞰下来，正对上了我的眼睛。

一秒。

两秒。

他的脸上血迹斑斑，却慢慢咧开嘴，朝我露出笑容。

男人说了句什么，离开了阳台。

他在说什么？他要干什么？

我忍不住浑身发抖，牙齿在咯咯打战，但四肢却像被钉死在了原地无法动弹。

等我努力拼凑出那几个字，寒意直冲向天灵盖。

他说的是——

轮到你了哦。

2.

我只是一个普通的独居女性，租了个老破小的公寓，每天朝九晚五，上班下班。

嫌犯、凶杀、鲜血淋漓的尸体……这些根本是我过往二十多年里从未经历过，甚至想都不敢想的事情。

可今夜，此刻，我不得不强逼着自己的大脑运转起来。

凶杀案发生在六楼，我住五楼走廊最里面，上下楼梯的位置在每一层的中间。

如果那个杀人犯真的顺着楼梯下来找我的话——大门，对，至少先把大门反锁！

我冲出带阳台的卧室，老式公寓的走廊外果然响起由远及近的脚步声。

杀人犯距离家门口只有几米的距离，但我才刚刚跑到客厅。

忽然间，眼前陷入一片漆黑。

被我一脚踹翻了的垃圾桶在地上滚了半圈，没喝完的可乐咕嘟咕嘟从易拉罐里流了出来。

我蒙了片刻，忽然意识到，杀人犯已经来到了我家门口，并且拉掉了我家的总电闸。

紧随其后想到的事情，让我接近绝望——

我们这种老式公寓，一到了夏天就闷热潮湿，尤其是两边的住户，所以很多人家为了节省电费，会留一扇铁栅栏纱窗门通风透气。

包括我。

我家的防盗门此刻就是虚掩的，而纱窗门在大门里面。

我跌跌撞撞地扑到门前，借着走廊里亮起的声控灯，我看清了站在纱窗门外的男人。

那人一米八左右的身高，约一百六七十斤的体重，光是站在那里，阴影就能将我完全笼罩。

他的T恤、裸露在外的脖子、手臂上全都是血，手里拎着那把行凶杀人的刀！

“开门。”低哑的声音。

我连连摇头，手足无措地后退了两步。

“开门！”他的大手掌一把撕开纱窗，越过铁栅栏狂舞着，嘴里越来越快、越来越癫狂地念叨：“敢骗我，她该死，你也该死！”

我努力让自己喊出声：“你是谁！我根本不认识你！再不走我要报警了！”

男人却像是被刺激到某根神经，更加暴怒：“我就是死也要拉你们一起死！一群不要脸的骗子！”

看那副样子，根本毫无理智可言。

铁栅栏门被他疯狂地撼动，发出巨响。

内心的恐惧几乎要将我完全淹没，我哆哆嗦嗦拿出手机想找住得近的朋友，一个没拿稳，手机摔到地上，再手忙脚乱地捡起来，我发现这台用了不知道多久的老手机突然没了信号。

那边撞门的声音忽然停了下来，走廊的声控灯也熄灭了。

他……走了吗?

我不敢靠近查看。黑暗中，我只能暂时关了手机屏幕，不让他察觉到我的位置，慢慢地、尽量悄无声息地往后撤。

浴室那里是我家信号最好的地方，只要走到浴室，我就能报警。

忽然，那扇老旧的铁皮栅栏门被锤子重击，发出“咣”的巨响，一排声控灯全部亮起。

我忽然明白过来，他不是走了，也不是暗中窥探我，而是在走廊尽头拐角处的杂物堆里找了个铁锤。

这个杀人犯要破门进来!

3.

我家的格局非常简单。

进门右手边是几乎一览无余的客厅，再往前就是一居室连阳台，左手边则分别是厨房、浴室和卫生间。

加上公寓所在的地理位置很偏僻，即便现在报警，警方立刻出警，他们至少也需要二十分钟才能前来。

我需要让自己在这个变态杀人狂的手下活过这段时间。

许慧，冷静，要活下来必须冷静。

我走到浴室内，拿下花洒放在地上，打开水龙头，哗啦啦的水声尤为清晰。

浴室门没有关，只是虚掩着。

我在赌，因为我就躲在角落。

手机屏幕上显示电量不足，我飞快地发送了报警短信过去。本来想再打个电话的，可是来不及了。

那扇不算坚固的铁门发出“嘎吱——”的响声，我听见了男人沉重的脚步。

“啪嗒”“啪嗒”，还有什么钝器被拖行在地上的声音。

我一米六的身高，不到一百斤。

就算我的职业是瑜伽教练，也只是动作比寻常人灵活，真和凶手迎面对上，根本没有丝毫胜算。

他也必然听见了浴室传来的水声，却没有寻找过来。

透过虚掩着的门缝，我看到男人在客厅里转了个圈。

“我看到你了。”他的声音还是沙哑的，回荡在空空的客厅里，带着虐杀猎物前的兴奋。

不，不可能。我死死捂住自己的口鼻，没有泄露一星半点的声响。

“三！”

“二！”

“一！”

下一秒，他蹲下身，猛地将刀捅进沙发底的间隙。

什么都没有。

那男人似乎有点失望，“啊”了一声，又站了起来，目光四下睃巡，然后，抬脚朝卧室走去。

我甚至还没来得及松一口气，忽然间，手机铃声毫无预兆地响起——这个位置连上信号，刚刚的求救消息不知何时发出去了，朋友给我回拨过来了！

心跳骤停，我飞快地挂断电话，可是，来不及了。

杀人犯停下脚步，缓缓转过头，喉咙里响起嘶哑的笑声，随后朝着声源的方向一步一步走来。

“终于找到你了啊。”

人恐惧绝望到极致，原来是无法发出声音的。我眼睁睁看着那道高大壮硕的黑影穿过客厅，距离我越来越近。

“还挺聪明，也真敢赌。

“越危险的地方越安全？你是这么想的吗？

“你们这些女人，总是一个两个地自作聪明，好像能把男人玩得团团转似的。

“可惜，游戏结束了。”

他一把撞开浴室的门朝我扑来，但并没有成功。

一声沉重的闷响。即便在伸手不见五指的黑暗里我也知道，那是男人一脚踩在我刚刚涂满沐浴露的地砖上，滑倒在地的声音。

一百七十斤肉重重砸下，大概是会疼上一阵子的。

水声在此刻停止，下一秒，我举着铁质花洒照着男人的头部狠狠砸了下去！

但，他远比我想象中的反应要快，就像是比我更加习惯黑暗。

原本预料中的致命打击被躲开了。

我说过，我是个瑜伽教练，动作灵活几乎是我唯一的优势。

在他撑着起身的瞬间，我双手撑住洗手池的台子旋身跃起，使出全身力气重重地踢在他身上。

男人痛到在地上打滚抽搐，放声大叫：“啊啊啊啊——”

大概是彻底被我激怒了，他攥紧手中的尖刀照着我的方向刺来。

黑暗中隐隐可见雪亮的刀刃，闪烁着冰冷的光泽。一刀，两刀，疯了一样地胡乱捅着。

“去死！去死！”

即便我已经把能预判到的全部算在计划之内，右脚脚踝还是被刀锋擦过。

我不知道这一刀深不深，伤没伤到筋骨，但伤口处火烧火燎地疼。

也许是肾上腺素在此刻飞快飙升的缘故，那种尖锐的刺痛只出现了片刻，很快我就麻木了。可男人被我一脚踹到要害，恐怕没那么快能缓过来。

来不及回头多看一眼，我猛地甩上卫生间的门，一股脑儿地把所有挂在门口的拖把笤帚全推倒，然后跌跌撞撞地往卧室跑去。

如果我没有记错……但愿我没有记错。

我最后反击的希望，就在那间卧室里。

4.

借着窗外不算明亮的月光，我能看到一路上滴滴答答流下的血迹和凌乱的脚印。

他刚刚就在客厅疯狂地寻找我，如果刚刚我真的下意识藏到沙发底下，此刻，大概已经成为一具尸体了。

可我做错了什么？我甚至根本不认识这个人，就算他和楼上邻居有任何恩怨情仇，我都是被无辜牵连进来的可怜女人。

恐惧、愤怒，以及前所未有对生的渴望占据了脑海。

我跑进卧室里，卧室只有一张大床，一排衣柜，一个小小的梳妆台。

幸好我整体骨架小，否则连衣柜都钻不进去。

身后的脚步声像是夺命的鼓点，我来不及过多思考，直接拉开了衣柜的门。手忙脚乱间，那些塑料衣架碰撞出响声。

我将自己完全藏匿好，屏住呼吸。

杀人犯似乎觉得我再无退路，想要像猫捉弄耗子一样，一点点摧垮我的精神。又或者是刚刚被我踢了一脚，疼痛还没完全退去。

他的脚步并不算快，但还是走进了卧室里，反锁了房门。

我心里蓦然一沉，这下彻底成了封锁的密室了。

那把染血的刀先是扫过了床底下，随后慢慢地贴着床沿朝我这边逼近。

“哈哈哈哈，你觉得你跑得掉吗？现在滚出来求饶，我让你死得稍微痛快点。

“让你们欺骗我，你们都该死。”

口口声声的“欺骗”。我想，他可能是楼上女邻居众多追求者中的一个，爱而不得，就成了极端的恨，甚至不惜追过来杀人灭口。

那种语气里透出的咬牙切齿的憎恨与厌恶太过浓烈。我毫不怀疑，如果真的落在他手里，我会被活活折磨致死。

男人离我越来越近，近到我甚至能嗅到他身上的汗味、烟酒味，以及扑鼻的血腥气息。

“不识好歹啊……”

他粗大的手掌抓住了衣柜的门把手，狞笑在脸上越来越大。

衣柜门被猛地拉开，男人愣住了。衣柜里除了衣服，空空如也。

刚刚分明听见了开关衣柜门的声音，衣架碰撞的声音，而且除了这里，刚刚所有能藏人的地方全被搜过一遍。

他将大半个身体探入衣柜里，搅弄着那些衣服。而我，等待的就是这一刻。

刚回到出租屋的时候，我想起自己早上洗完的衣裳，其中有一件白衬衫是什么绸的材质，因为贵，需要熨烫平整。

我插上电熨斗之后，在等它加热的过程中，后知后觉地察觉到了阳台上诡异的滴水声。

而此刻，我从窗帘后的缝隙里闪出，将已经滚烫的电熨斗直直照着男人的脖颈砸下去！

可是，命运不肯给我丝毫生机，这本该是我最后致命一击的。

男人却听到了耳后的风声，头一偏，电熨斗擦着他的眉骨划过。空气里传来皮肉被灼烧的声音，他尖叫嘶吼着往后退了两步。而我的手臂因为举了太久酸麻不堪，电熨斗掉落在地，发出“咣当”巨响。

又没成功，又没成功！我几乎绝望地后退到阳台上。

余光中偶然一瞥，我忽然看到了嵌入墙壁的空调外机。

脑海中忽然闪过零星片段，我想起之前有小孩儿在一楼二楼攀爬上下，他们抓着栏杆，一只脚先迈出去，踩在空调外机上，双手抓住那根管道，只要核心力量足够的话，是能爬到楼上一层的阳台的。

只是毕竟阳台是悬空的，谁也不知道那些老化的物件承重量有多少，那些危险行为很快就被家长们呵止了。

可我已经没有其他选择了，不是吗？

在男人踉跄着后退，捂着自己的脸时，我强忍脚踝的阵阵疼痛，小心地翻出铁栏杆。

这里是五楼，稍微踩空，摔下去非死即残。

一只脚颤巍巍地踩在空调外机的那一刻，我看了一眼楼下，只觉得头晕目眩，冷汗几乎打湿了脊背。

可他已经冲了过来，我没有时间给自己鼓气了。

我现在支撑身体的最大力量，就来自人类求生的本能。我还年轻，我不想死。

双手抓住管道，我另一只脚也踩在空调外机上，随后纵身用力一跃，双臂抓住了六楼的铁栏杆。

但是我忽略了，因为尸体曾经在栏杆上拖动过，上面留下了黏滑未干的血迹。

我的双手虽然死死抓住了护栏，却因为打滑根本用不上力，身体就像是枝头摇摇欲坠的叶子，在半空中来回荡着。

而男人已经跑到了阳台边，那张脸被电熨斗烫到了左眼和额头，生出一片坑坑洼洼的血泡，他的脸看上去更加狰狞。

这次，换成了他在楼下恶狠狠地环伺，我在上面面临生死一线。

大风吹过，好像随时都能将我吹落，我的力气在一分一秒的对峙中耗尽。

救救我，谁来救救我，我真的不想死！

男人仰头看着我，看着看着，忽然又笑了。

他走到阳台边沿，一把抓住了我的右脚——受伤的那只右脚，狠狠攥紧了伤口处。

我痛到胳膊上青筋毕露，浑身都在颤抖。

连我自己都难以想象，人在危急关头可以爆发出这样大的力量。我居然抽出了脚踝，用力踹向他那张皮肉外翻的可怖的脸。

一只脚重新回到了空调外机上，我的身体拉伸到了极限。

死去不久的女邻居的尸体就在我咫尺之外，我看到了她那双眼睛，绝望的、死不瞑目的眼睛，以及……

呼吸忽然一窒，下一秒，我腾出手抓住她悬空在外的长发，用尽最后的力气将人拽了下去。

她娇弱瘦小的身躯飞快地擦过男人，直直地朝着黑暗里坠落下去，在沥青地上发出闷响，绽开血花。

与此同时，尖锐的警笛声撕裂了寂静。

红蓝交织的灯光出现在视野里，我如释重负，放声痛哭起来。

5.

近日，吉安街光明公寓发生一起轰动全市的命案，受害者是某社交平台拥有二十万粉丝的女网红博主璐璐，而嫌疑人则当场被逮捕。

因为嫌疑人激情杀人后并没立刻逃跑，还打算把看见他行凶的楼下邻居也灭口，幸好警方及时接到报案，这才阻止了第二场悲剧的发生。

由于该网红本身就有不小的知名度，所以该案一度引发热议。

上级给专案组下了死命令，一周内必须侦破案情。

小陈不理解地问我："方队，这不是很明显吗？聊天记录技术科都调出来了，女网红和粉丝搞暧昧，以结婚为诱饵骗得人倾家荡产，被找上门要说法。女主播屋内存在争执打斗痕迹，就是俩人没谈拢，然后嫌疑人暴怒杀人。"

我揉了揉眉心："总觉得没那么简单，尸检结果什么时候出来？"

小陈耸肩："咱不巧赶上人家公休了，得再等等。"

我翻阅现场的照片，忽然想到了什么，问道："对了，报案的是谁？"

"不止一个，陆陆续续的，都是那栋楼的住户，最早报案的肯定是住在楼下那小姑娘，叫许慧。该说不说，摊上这种杀人犯也是够倒霉的，恐怕得做一段时间的噩梦。"

另外一个警员也发出感慨："一整栋楼的人啊，都是邻居，都这么冷漠，就看着凶手入室。”

“话也不能这么说，有家有口的，谁敢跟疯子拼命啊？”

“那倒也是。”

专案组的警员们议论纷纷。

我又看起同事们汇总的走访记录，再次问道：“许慧的记录呢？”

“哦，她受伤了，左臂筋腱拉伤，右腿缝了几针，好像还有点轻微脑震荡，没出院呢。”

我点了点头，将卷宗理好收进袋子里：“等她出院了，请到局里问两句话。”

令我意外的是，许慧隔天就来了。

她走路还一瘸一拐的，上来就说：“你们是怀疑我吗？行，你们把我抓起来。”

她语气很是委屈，女警员连忙上前扶住她安抚，说并没有怀疑她的意思，只是按照办案流程，所有相关人员都需要接受调查问话。

这些当然都是表面说辞。

实际上，我的确在怀疑她，这个看起来清秀干练、目光平静的女生。

“姓名？”

“许慧。”

“年龄？”

“二十五岁。”

“职业？”

“尚美韵动中心的瑜伽教练。”

方方正正的房间里，我和许慧面对面坐着，旁边记录员飞快记录。

“许小姐，很抱歉影响到你休养了，”我朝她点头致意，“案件性质恶劣，影响又大，请你多多包涵。”

她不置可否，只用目光示意我问下去。

“你和邻里关系如何？”

许慧一愣。

“大部分人都不熟，我工作很忙。”

“哦，那么你楼上，也就是612号房的住户程璐璐呢？”

她深吸一口气，闭了闭眼睛，但还是开口道：“关系不好，我很讨厌她。”

她出乎意料地坦诚。

“具体原因方便告知我们吗？”

“她是干什么的，你们都调查过了吧？”许慧说，“网红女主播，二十多岁了，还不做点正经工作。”

她咬重“正经”两个字，看得出对此很在意。

我点了点头，等她继续。

“那些粉丝观众肯定都想加她联系方式，然后千方百计打听她住哪儿，为了追求她给她送过花，送过蛋糕，还送过进口水果。”

“许小姐好像和程璐璐很熟悉？”

许慧大概忍了忍，实在没忍住飙了句脏话：“她又想要礼物，又怕人真的找上门，填的都是我的地址！我那段时间老是接到莫名其妙的电话，门口放了各种东西，一次两次的我就觉得奇怪，我就查过快递公司，电话、住址是我的没错，可备注那些什么亲亲、宝贝，我根本不认识！”

“后来，程璐璐下来取走快递，打着哈哈说她填错了。”许慧身体微微前倾，有点激动，“可能吗？你们觉得可能吗？次次都填错！”

“我想，大家都是在外面讨生活的女生，都不容易呢。我就好声好气跟她说，别泄露地址，对谁都不安全，她表面答应了，实际上照做不误。

“直到有天我晚上加班回来，一个醉汉在我们那层游荡，扑过来就要抓我！要不是我锁门快，我都不敢想会发生什么，他在我家门口骂了一个多小时，骂我骗他感情骗他钱，可我做错什么了啊？我压根不认识他！”

许慧往椅背上一靠，像是独自承受了太久，有点崩溃地捂住脸，乱发垂下，我看见她好像哭了。

“这已经威胁到你的人身安全了，没想过报警处理吗？”旁边负责记录的警员没忍住问道。

“怎么没有？”许慧吸了吸鼻子，“当天我就报警了，醉汉被拘留，可是又没有更多证据，程璐璐只是被批评教育一顿，罚了点钱就放回来了。从此，她开始在邻居面前造我的谣，说那个男人就是来找我的。”

她将自己的工作牌、工资条等一大堆零零碎碎的东西往外掏给我们看，一个劲儿说着：“我赚的钱是干净的，每一分钱都是干净的。”

那拼命自证清白的模样看着让人心酸，大家几乎被她的一整套声情并茂的叙述彻底说服，看向了我。

“方队，如果没什么别的要问，先让她回去养着吧？毕竟是证人，又受了伤。有突破性进展了再传讯也不迟。”

就这样，一个警员送走了许慧。

小陈却过来告诉我，他们审了嫌疑人孙国强，他的供词几乎和许慧最初所说的版本完全相反！

6.

孙国强看上去只是一个高大的、长相普通的中年男人。

不过，毕竟是激情杀人而非预谋，之前资料库里对于犯罪嫌疑人的侧写资料并不能派上多大用场。

在看到我来的一瞬间，他就激动地想要扑上来，不过被座位上的手铐束缚住。

他痛苦地拧着脸皱起眉，眼泪不断流出来。

“警察同志，我发誓我没有杀人！”这是他第一句话。

“那个女人她在骗你们！”这是第二句。

我拿着记事簿在他面前坐下，示意打开记录仪。

“平复一下情绪，我们现在尚在调查阶段。不过我需要提醒你，孙国强，接下来你说的每句话都要负法律责任的。”

他似乎被我震慑住了，连连点头。

我看着之前小陈他们组提审的笔录，问道：“你和受害人程璐璐在直播平台认识，相处了两个月，你给她先后打赏送礼将近二十万元，目的是什么？”

“她说了，她会跟我结婚的！”孙国强叫道，“她是我喜欢的类型，我看她第一眼就喜欢！平时她只要问我要的，我全都给她，上千块的花束眼睛都不眨一下！”

我打断道：“你当时是否知道程璐璐给你的地址是假的？其实是她楼下邻居许慧的地址？”

孙国强摇头，随后意识到什么，补充道：“后……后来，有个账号在她直播间里说，她用别人的地址骗感情，有本事别推邻居出来挡枪……对！那个人一定就是许慧！是她引导我去找程璐璐的！一定是！”

我用指节叩了叩桌面，示意他安静。

小陈敏锐地提醒道：“方队，关于这条消息许慧之前可没说啊。”

“让技术科同事查一下这个账号。”

“是。”

我转向孙国强，语气转冷：“就算你从许慧那里得知了主播家地址信息，上门行凶总没人怂恿吧？”

“是她逼我的！”孙国强又激动起来，甚至连手腕上被勒出血痕也不在意，那双整宿没睡导致浑浊泛红的眼睛直勾勾看向我。

“我找她，只是因为她把我拉黑了。我给她跪下来，求求她不要甩了我，我是真心奔着结婚去的，可她说她根本就没喜欢过我。

“她还指着我的鼻子骂我是个废物，说我也不看看自己什么身份，一个修理工，癞蛤蟆想吃天鹅肉，活该当光棍，我气疯了，我只是想让她闭嘴……”

他声泪俱下地陈述，将自己说成是一个完全无辜可怜、被骗光家底的老实男人。

我冷冷地看着他，将调查结果摊在他的面前，说道：“你撒谎。程璐璐家中枕头和床单上都提取到了你的皮肤组织，你做过什么？”

孙国强大概没想到现场的所有蛛丝马迹都被逐一记录，他心虚地转着眼珠，哽了一会儿：“我给她花了快二十万，我就想和她更亲近一下，这有什么问题？”

我身边的女警员眼神中不自觉流露出厌恶之色。其实这种因爱而不得而行凶作案的例子，我们这里见多了。

这根本不能说是“爱”。“爱”只是犯罪的人给自己找了个听上去合理的借口，试图用感情来模糊罪行的边界。

“所以你承认自己对程璐璐是犯罪未遂，受害人激烈反抗，你恼怒之下抓起她桌上的水果刀，一连捅了六刀，对不对？”

孙国强喃喃道：“我只是，只是当时气昏头了，想给她一点教训，吓唬吓唬她的。”

随后，他像是忽然想到了什么，眼神一亮。

“但我没杀人！当时程璐璐还活着！她发出动静才把楼下那个许慧招来的！”

我和小陈同时一怔。

“你是说，当时她在阳台上求救了？”

“对！她一直大喊大叫，我第一次遇到这种事，我就很慌，我是捅了她好几下，但她当时绝对没死啊！然后……然后许慧就看见她了，也看见我了。

“她大喊着自己要报警，我实在怕，我只是想要挟她不要闹出去……我没想杀人……”

孙国强说着说着，又流下悔恨的泪水，十指插入发间，痛苦地抱头哭诉道：“我糊涂，我犯糊涂了，可我没杀人！”

他对于自己和程璐璐的感情纠葛，以及自己行凶的事实供认不讳，却反复提及自己并没有杀人。

就在我们对着两份供词陷入沉思的时候，又一重磅消息砸了过来。

程璐璐尸检报告出来了。

法医明确指出，她并非死于一开始我们推断的那样，身中数刀然后流血过多导致身亡，她的致命伤是高层坠落导致颈椎断裂。

也就是说……许慧最后推的那一把，才是导致程璐璐死亡的根本原因。

尸检报告出来后，我们几个相继陷入沉默，大家都知道这意味着什么。

气氛很凝重。

“许慧也太冤枉了，她当时肯定以为人死了，实在走投无路才推了一把去自保，这下要算防卫过当了吧？”

“具体怎么判还得看公检法那边。太便宜这个孙国强了。”

“就是，他这种人，差点害死人无辜小姑娘，到头来还要拖累许慧。”

“方队，你怎么不说话？”

我摇了摇头，走出去点了一根烟。

那种隐隐觉得不对，但又说不上来的感觉一直萦绕在心。

一切都太巧合了。

许慧在三番两次受骚扰之下，“无意中”在直播间透露程璐璐家的地址……孙国强真的上套前往……程璐璐没来得及报警求救就被连刺数刀，失去反抗能力……

7.

下午，负责走访的警员回来了。

“孙国强在小区里风评很好。街坊邻居说他平时很老实本分，他前妻走得早，这些年也一直没有续弦，都说他疼女儿疼得不得了……哦，这里还有他去福利院做义工的记录。

“倒是许慧……那栋公寓的人说她睚眦必报，之前有个小孩摘她种在楼后面的菜，因为那块地本来就是公共区域，她不依不饶找上门让人家赔钱。可能是真的经济比较拮据，和楼里邻居因为水电费、楼梯间杂物的归属也吵过很多次。”

一个警员冷不丁开口：“可许慧是个孤儿啊。如果她不争，谁还能帮她争呢？”

孙国强的人缘真的不错，在我们走访调查的取证环节中，有不少邻居、同事都愿意为他做证。他们都说绝对是程璐璐蛊惑他不断地砸钱，砸光了家里仅有的积蓄之后，又残忍地踩灭了他唯一的希望，所以才将人逼至绝路。

可是，程璐璐的直播行为的确处在一种微妙的灰色地带，就算在直播间索要巨额打赏，那属于你情我愿，别说警察了，就是律师也无法追回。

我忽然想到一句话——她那时还年轻，不知道一切命运的馈赠，早在暗中标好了价码。

已经到了初秋，外面刚刚下过一场雨，空气里带着潮湿的气息。

我看着天空，灰蒙蒙的，被一层又一层乌云覆盖着，就像这起看起来简单的案件，背后却并不是善恶泾渭分明。

我换上了便装，沿着街边走，走到了许慧上班的那家健身房。前台小妹热情地招待了我，问我要办卡还是体验，我说考虑考虑，然后透过一扇玻璃门看见了许慧。

这么快就上班了吗？

她穿着紧身运动衣，身材玲珑有致。

一个男学员不断地往她身上凑，抓着她的手要求指导动作。许慧的脸紧绷，笑容僵硬，眼神里明摆着拒绝，但她又不敢和客户撕破脸。

我准备离开。

她却被主管叫了出去，我赶紧躲在了饮料柜的侧后方，那里是片视野盲区。主管在走廊上破口大骂："许慧，你对客人什么态度？你爱答不理端着的那个样子，谁能找你办卡？你活该赚不到钱！再接到客户投诉一次，你就给我滚蛋！"

从许慧的声音里，听得出她在竭力保持平静："主管，可是，我认真备课了，我……是那个人一直在骚扰我。"

"你还清高上了！我还是那句话，能干就干，不能干收拾东西走人！"

许慧那边陷入了很久的沉默。

"听懂没？"

"我知道了。"

我脑海中又想起许慧急急忙忙往外拿工资条和身份证的样子。

她个子小小的，瘦瘦的，看上去并没多大力气，却拼了命想要活下去。在那一刻，我承认心脏某个地方被隐秘地刺痛了。

也许我对于"完美受害者身份"的质疑，本身就是错误的。

许慧下班后换掉衣服走出健身房。鬼使神差地，我跟了上去。

只见许慧深吸一口气，然后揉了揉自己脸，挤出一个笑容，走进面包店和老板熟络地寒暄。

"老板，今天打折的小蛋糕还有吗？面包我也要了，再便宜一点嘛。"

马路上疾驰而过的车轧过泥坑带起泥水，在她洗得发白的帆布鞋上溅上了几个泥点子。但她却不在意，拎着一袋面包哼着歌，看上去心情很放松愉悦。

许慧去了福利院。

她话不多，只是将那些打折买来的蛋糕和面包分给孩子们，甚至没接受院长的邀请留下来吃个饭，就匆匆离开了。

我等了一会儿之后才造访，院长下意识地露出警惕的神情，我出示了相关证件，她这才放我进去。

里面有一个彩色拼图的游乐区，几个男孩女孩正在打闹嬉戏。

“这个是警察叔叔，”院长向孩子们介绍我，“专门抓坏人的哦。”

我其实很不擅长和小孩子们打交道，因为太多次审讯经历，总觉得自己脸上带着一股子凶劲儿。但一群五六岁的小女孩叽叽喳喳地围着我说话。

“叔叔，你为什么不穿警察叔叔的衣服呢？”

“因为现在没在上班。”

“那，警察叔叔，没上班的时候就不用抓坏人了吗？”

“也要抓的，抓坏人不论时间。”

忽然有一个扎着双马尾的小女孩怯生生地扯了扯我的衣角。

“叔叔，什么是坏人呢？院长妈妈说，给我们好吃的，教我们读书的是好人。打我们的，训我们的是坏人。”

我点点头，对五六岁尚且纯真的孩子来说，似乎这么概括也没错。

“那如果有叔叔在别人面前给我好吃的，背后总是打我呢？”

我瞳孔骤缩，几乎是下意识地抓住了小女孩的胳膊：“哪个叔叔？哪个叔叔这么对你了？”

小女孩有点茫然，但还是凭借着回忆拼凑出了那个男人的模样。

很高大，身上带着烟味，虽然笑眯眯的，但是她不喜欢，因为那个叔叔在人后总是寻着她的“错处”，说要处罚她、体罚她。

有几个较大点的女孩也附和。

我的心如坠冰窟，几乎是奔向院长办公室，告诉了她一部分案件细节，院长听后倏然变色：“那个男人狡猾得很！一开始我真的以为他是个老好人，他说想给自家女儿找个伴，收养一个女孩。他吃准了我们福利院的孩子胆小、自卑，而且做的那些肮脏事又在暗处，孩子们害怕自己真做错了事，都不敢向我告状，过了好久才发现！”

院长气得脸色铁青，嘴唇颤抖，几乎说不下去。

我再三向院长保证，一定会严查孙国强。

这种上门行凶、死不悔改，连孩子们都不放过的暴力犯，法律必须制裁！

做错事的人，无论是谁，一个都跑不了。

8.

跟在我身后的影子终于消失了。

该看到的都看到了吧，该听到的也听到了。

方警官需要一个合理的、能说服他自己的真相，我就给他一个真相。

实际上，这个世界本来就不是非黑即白的啊。

我晃着钥匙回到公寓。这里已经有不少人因为凶杀案的缘故搬了出去，急租的小广告贴了满墙，可我觉得没什么。清静点好，最好将整个公寓的住户都彻底换一遍，就好像是连带着某些不愉快的经历一并翻了篇。

回到家里之后，我将阳台晾晒的干花取了下来，剪掉多余的枝叶，然后仔细插入瓶中。如果不是那群被程璐璐哄骗的愚蠢的男人，我大概这辈子都不会见过上千元的花束长什么样。

我从冰箱里取出冰镇的车厘子，连礼盒都这么精美，连水果都比我高贵。我慢慢咀嚼着，暗红浓稠的果汁溢出，在口腔里弥漫出甜丝丝的味道。

好吧，我的确讨厌程璐璐，我讨厌她顶着精致漂亮的脸，却说着最恶毒诛心的话。

“许慧你装什么清高？穷是原罪。你不知道谁寄的东西，不还是觍着脸收下了吗？”

“那是我保留的证据！你别欺人太甚！”

“随便你怎么说，东西呢，算我赏你了。对了，今天投诉你的那个人啊，在我直播间随随便便就给我打赏了五千块，够你一个月工资了吧？”

“你，你怎么知道？”

“笑死了，同城里面有点钱的我谁不知道？你那份工作，我随便说两句话就能给你搞黄你信不信？”

我知道，可我就是不明白，努力地活下去，有错吗？

我颤抖着忍住自己将要溢出眼眶的泪水，低声下气地求程璐璐放过我。

可我，真的好恨她啊。

在那个晚上，我一夜未眠。我知道忍让是没有尽头的，所以，我开始着手选择一个合适的棋子，比如我们俩都有过接触的那个，猥琐又虚伪的男人，孙国强。

我在直播间潜伏了一个月，终于在合适的时机发出了那句看似抱怨的话，虽然很快就被网管踢出去了，也不知道孙国强看到没有。

幸好，不负我所望。

他怒气冲冲上楼砸门的时候，我就躲在黑暗里凝视着。

无数种可能发生的情况，在我脑海里排演了无数次。

孙国强，程璐璐，直面我的恨吧，一个被你们欺负的普通底层人浓烈的仇恨。

当我仰起头接住那带着余温的血液，一滴，两滴，心头的血也在飞快地沸腾。

今夜注定不死不休，对吗？那就来吧。

要么杀死你们，要么杀死我平庸到毫无希望的生活。

唯一错算的一步是，我没料到自己过于紧张，电熨斗脱手了。但阴差阳错，我爬上了阳台，看到了还在微微喘息、往外吐着血沫的程璐璐。

对上那双求助的眼睛，我温柔地呢喃：“你不能活下来。”

然后我一把扯住她的衣服，碎花裙在眼前飞快地绽放，又急速地凋零。

我看着满手的血，短发在空中随风狂舞，远处是由远及近的警笛声，像是为死亡适时奏起的悲歌。

眼泪接二连三地涌出，有的濡湿了碎发，有的汇聚在下巴上一滴滴坠落。

我好开心。

多谢你们用生命让我知道，我真的很想好好活下去呢。

我打开手机，随便创建了一个账号，开启了同城直播。这时的我还不知，网络那头不仅仅有无知的网友，还有即将让我美梦破灭的那位宿敌。

“大家好，这是我第一次直播……是的，我是当事人，谢谢大家的关心。”

FERNANDO

FORERO

UNDER CONS

文/空集

Who is liar

NO.008

入户指南 重启调查

供词风向 模仿秀

说谎者游戏

朋友 窃巢 谎言游戏

轮到你了

二月二十九日

IC DESIGNER

REFERENCES:

三月二十九日

NO.008

[redacted]

She's liar

1.

尽管年已经过完了，但商业区的人流依旧那么多。我站在路口呵出一口白气，百无聊赖地在心中数着红灯的秒数。

数到十的时候，身边一个小姑娘低声打电话的声音吸引了我的注意力。

“为什么我没过试用期啊……主管你之前不是说我可以转正了吗？”

冬日的寒风中，她的脸通红，不知道是被冻的还是被气的。过完年再辞退，也不知道这个老板心肠是好还是坏。

不过我这个可怜虫也没什么资本去同情她。

是谁刚过完年就被迫拎着全部家当，穿梭在大街小巷找住处？是我呀。

眨眼间红灯变为绿灯，我拉着行李箱跟随人群穿过这条嘈杂的马路，接着转身拐入了人迹罕至的小巷中。

沿着那些废弃却无法拆除的电线径直向前，甩开繁华街区的喧嚣，再绕过一根又一根电线杆，我在一栋与这片老城区格格不入的房子面前停下脚步。

“临安之家”，我盯着那擦得一尘不染的浮雕牌子看了一会儿，然后再抬头打量这栋位于城中村中央的老楼。

与其说这里是合租社区，不如说这里是网红建筑打卡点。

虽然不大，但这里竟然还有一个小院！

或许是因为我的目光太过炽热，坐在院子里玩手机的男人猛地抬头，与我对视后，很有礼貌地和我打招呼。

“美女你好？请问你找谁呀？”

“我是新搬来的住户，昨天跟房东打过招呼。”我抓着行李箱眨眨眼睛。

面前的男人听我这么说，明显地愣了一下，然后像是想到了什么似的一拍脑袋。

“哎哟，妹妹你来得有点不是时候，房东回家过年还没回呢。不过他把钥匙都扔我这里了，现在有空房间，要不大哥带你去看看？等老李回来再签合同？”

“……也行？”我迟疑地回答，“不用跟房东说一声吗？”

“没事，老李不会在乎这些，我要把你赶走了，他倒是会说我两句。”

热心大哥转身进了一楼门口的屋子，从里面拿出来一个钥匙盘。

“我姓常，你叫我常大哥就行，我跟我老婆和闺女住这边二楼。”

“我姓臧，叫臧沧。大哥你可以叫我小沧。”我快步跟在他身后，“我在网上看到招合租室友的信息过来的，来看房的人很多吗？”

“啊，那应该是 402 的江小姐发的吧？除了那个屋还空着，现在都住满了。”常大哥笑着回答。

“那我确实够幸运。”我点点头。

"先看看屋子吧，妹妹你能接受就今天住进来，省得到处跑。"

"这边老楼基本是厢房，不过这屋采光什么都挺好的，"大哥尴尬地搓了搓手，"就是编号有点不吉利。"

我看了一眼门牌号上的 404，摇了摇头，苦笑道："没事，现在有住的地方就不错啦。"

"那你先收拾一下，一会儿下来吃饭。"大哥把钥匙盘上的钥匙解下来递给我，"我先下去帮我老婆做饭！"

我站在门口无言地打量了一会儿房间。这里似乎和我最初预想的不太一样。

收拾完我那可怜的行李后，我下了楼。一个看起来八九岁的小女孩手里拿着书正在跟另外一个和我年龄相仿的女孩说话。

"小枣姐姐今天回来得好晚。"

"我快要转正了，在公司多待了一会儿。"

女孩子脱下外套放在沙发上笑着回答，她转过头来，我发现那是我等红灯时遇到的女生。

"那是好事啊，等你转正，哥请你吃饭。"常大哥端着菜出来笑着招呼，"开饭了。"

"301 号房的那两个人呢？"

"小情侣今天去约会啦。"

从厨房里走出来一位姐姐，她解下围裙左右看看。

"刘姨呢？"

"刘姨昨天把脚崴了，待会儿我给她端上去。"常大哥转头看到了站在楼梯上的我，介绍道，"这位是今天搬进来的臧小姐。"

"我叫臧沧，叫我小沧就行。"

"很好，人齐了，我们吃饭吧！"

我顺着气氛坐在桌旁，跟着他们一起举杯，将眼睛笑成一道月牙，掩盖住下面的情绪。

无论怎么看这都是一个和网上宣传一致的幸福合租社区。

于是那天晚上，我打开了我的计划本，在“入住”这一栏后打上了勾。

2.

早上我刚到局里，就看见赵彤抱着一摞材料委屈巴巴地凑了上来。

“余姐……”

“一大早上撒什么娇……”我伸手把他推远，“站直了说话。”

被我推了一把，赵彤总算不装成没骨头的虫子，但声音依旧可怜兮兮。

“我遇到了棘手难题。”

“什么棘手难题？”我漫不经心地拿着杯子去饮水机那里准备接点水。

“有人报了个失踪案件，那片的派出所去调查的时候发现他们的房东死了有一个月了，被那群住户集体冻在冰柜里，到现在才被发现。”

“啊？”我顿时被这信息量极大的话震慑在原地，“尸体呢？”

“送林叔那边去了，关键这人户籍上就他自己一个人，我们联系不到死者家属。余姐你救救我吧，我这社会关系还没查完呢，来不及了……”

“不是，你等一会儿，”我赶紧打断他的连珠炮，“你的意思是一群人合伙杀了房东，然后不处理尸体，报案说其中一名合租人失踪了？”

“不知道。”赵彤回答得斩钉截铁，“昨晚林叔初步看了一下说可能是自然死亡，但他也不敢肯定。”

“……这世界还真是魔幻。”我拍了拍脑门，接过他手里的材料，“人都带回来了？”

“咱哪有地方，昨天彭哥为了节省空间把那伙打架的都关一起了……因为林叔说可能是自然死亡，他就没把人带回来，直接派人在那里看着。”说到这里，小赵突然兴奋了起来，“我今早去那边看了一眼，一人一个单间，跟电视剧里一样。”

“别惦记你那些电视剧了，这都一个月了，他们如果都知情且参与其中，想串供台词早背熟了。”我叹了一口气，“算了，我去现场，你先查查死者除了这些住客以外的社会关系，打听一下线索。”

“好嘞，余姐你真是我的救星！”

“别忘了再查一下那个失踪的租客，查到了之后给我发消息！”

我按照小赵给的地址，七拐八拐找到了“临安之家”。

“临安之家”藏在繁华商业区背后的旧城区，这些年虽然吵着要旧城改造，但这片地寸土寸金，根本拆不起。配套设施无法落地，社区无人维护，于是许多人都选择了搬离这里，除了一些老人不想离开老城区外，这里几乎成了一个“空城”。

而“临安之家”与那些外皮发霉、斑驳掉漆的老房子都不太一样。房子外面漆着温馨的嫩黄色涂料，从天台到地面的引水管被修缮房屋的工匠用水泥巧妙地藏了起来。

尽管现在春日未至，但那些仅剩树枝的灌木依旧被精心修剪，哪怕外面挂着的那个“临安之家”的牌子很像小学生的手工制品，也能看出这房子的主人是一个很有情调的人。

“有什么感想？”彭晋玉打了个哈欠走到我面前。

“这要是房东自己出的钱，那他是真的很喜欢这里。”我由衷地感慨。

“我也有同感，昨天晚上跟住户聊了聊，就觉得这个事很蹊跷。”

“你先把昨天发生了什么讲给我听。”

“小赵没说明白吗？”

“没有，我被他的描述震慑了一下，最终决定来现场找你听听实际情况。”

听我这么说，彭晋玉十分无奈地摇了摇头。

“今天凌晨，这边辖区派出所接到报案，说这里 404 住户失踪了。他们过来调查的时候希望房东提供一下失踪人的信息，结果报案人支支吾吾说房东不在，他就能提供住户信息。老警察觉得奇怪，但没有多问，不想打草惊蛇，结果另外一个新人到处闲逛，还手欠掀开了人家冰箱，就看见了尸体。派出所怀疑这事有刑事案件的可能，就转交给我们了。”

“虽然立功了，但是回去也得好好教育一顿。”

“是啊，也不怕被投诉。”

提到这个，我们不约而同地住了嘴，上班不能说这些不吉利的事情。

彭晋玉挠了挠头，生硬地转移话题。

“那边跟我说这事的时候，我看了一眼日历，确认了两遍他们不是开玩笑。”

“谁也不会在愚人节开这么大的玩笑，比起这个，你们查失踪了吗？”我指出了可能被忽视的点，“如果他们是遭人胁迫不能说实话的话，那个失踪案也有可能是突破点。”

“昨晚他们录了个笔录，我丢给小赵了。”彭晋玉摇了摇头，“一个月的时间，全住户知情，谁能胁迫他们一个月？ 404 住户？”

“确实……而且这么长的时间，他们无论是想弃尸还是想毁尸灭迹时间都绰绰有余，为什么要把房东塞进冰箱里？”

“无论是什么理由，这都行不通啊。”

我抬头看向这栋东西朝向的厢房老楼，每一个单独住户都抱着手臂，站在窗前看向我们。

刺眼的阳光让我们无法看清他们的表情，但我知道，在我们猜测他们行为动机的同时，他们也在观察着我们。

3.

老式公寓的屋内格局与现代的住宅有相当大的差别。

比起现在的住宅建筑，这里更像是学生宿舍楼。

每个房间内都没有独立卫浴，也没有厨房，每层只有两间分男女的厕所，房间似乎只承担了睡觉的作用。

交接完警情后熬了一夜的彭晋玉就回局里补觉去了，由于每一层都有一位警察负责监管，我也不担忧一个人控制不住局面。

我在整栋楼里转了一圈，发现所有的生活设施都集中在一楼，餐厅和会客厅也仅仅用磨砂玻璃隔断挡了一下。

以现在通行的观念来看，这栋房子里的住户距离有些过于亲近了……不像是什么合租的人，反而像是住在一个屋檐下的亲戚。

真的会有人能够忍受这种“陌生的一家人”的生活吗？但按照这些人入住时间来看，最早的住户已经住了五年了……而且这期间根本没有人搬走。

我站在会客厅里皱着眉头看着小赵提供的居民资料，迷惑了好一阵。

“警察姐姐……”

小孩子特有的声音打断了我的思考，我转过头去，一个小女孩正不安地搓着手。

“怎么了？”

“警察姐姐是来查李爷爷的事情的吗？”

我本以为彭晋玉说的全住户都清楚是单指大人，没想到连小孩子都参与其中。不过也许这是一个突破口，毕竟小孩子很容易向大人炫耀他们的小聪明。

想到这里，我拍了拍身边的座位，示意她过来坐，然后避重就轻地询问：“警察叔叔有没有告诉你不要随便出来？”

“我是来上厕所的。”她眨巴着眼睛，露出一副无辜的表情，“姐姐，我叫常久，住在202，你有什么不知道的可以问我哦。”

“真的吗？”我故意做出一副不相信的表情。

“嗯。”常久点了点头，“爸爸去找李爷爷的时候，李爷爷已经去世了。”

“那为什么不报警？”

“因为我们大家一起开了会。”

“开了会？”

“李爷爷说过，无论发生了什么事情，大家都要一起解决。”

“田姐姐说，这里的秩序是由李爷爷建立起来的，她无法接受这里没有李爷爷，所以爸爸他们决定把爷爷藏起来，要是有人问就说他出远门了。”

“你们开会的时候，失踪的那位姐姐有说什么吗？她住在404 号房间。”

“小沧姐姐吗？小沧姐姐是之后才来的，爸爸拿了李爷爷的钥匙给她开门。爸爸和妈妈说她看这里的时候有一种对家的渴望，和我们是一样的，所以爸爸认为李爷爷在，也会同意的。”

“你爸爸自己就决定了？”

“唔……反正没有人反对。大家都很欢迎小沧姐姐，虽然她很喜欢揭穿别人的秘密，但是她很温柔，没有人会生气……”

我有意地引导着她，从只言片语中逐渐了解到一个事实。

最开始提出要藏匿房东尸体的是住在 301 号房的一个女生，并且得到了所有住户的认可。现在公寓主要的话事人可能是住在202 号房的常久的父亲常毅。

而那个失踪的臧沧是在这之后搬来的，而且还是一个不安分的住客。

稍微联系一下就能得出后来者发现了前人秘密被灭口这种结论。然而警察不能凭借主观臆断提前下结论，一切都要看证据。

我的沉默让坐在一边的常久有些不知所措，不知道她在心中做了怎样一番斗争后，突然摆出一副视死如归的表情，向我坦白。

“警察姐姐，我之前去网上查了，我们这样做是错的，会被判刑。可是我是未成年，我没办法被判刑。

“那我会被送去孤儿院吗？还是会有一个新的收养我的家

庭？我知道我是爸爸妈妈收养的孩子，换了家庭之后还可以回来看爸爸妈妈吗？我可以和爸爸妈妈一起坐牢吗？”

拿上厕所当借口来到我这里并不是为了炫耀小聪明，让我解答这些令她困惑的问题才是她的目的。

然而我此刻一个问题也答不上来。

“姐姐现在没办法回答，能先去问问你爸爸妈妈吗？”

“嗯……姐姐你能不能答应我一件事。”

“你不要告诉他们，我知道我是被收养的。”

“为什么？”

“他们不想让我知道。”常久抬起头看着我，“我听他们谈论过，他们认为如果我知道我是被收养的，就是他们没保护好我，他们会痛苦的。”

“李爷爷不是说有事情大家要一起解决吗？”

“是呀，但这不是事情，是秘密。我们每个人都有秘密，不想说的事情可以不说出口，这不算说谎哦。”常久眨眨眼，相当认真地解释道。

每个人都有秘密……果然这里不是乌托邦。我点了点头，示意自己理解了她的话，然后牵起了她的手，领着她上楼。

我将常久交到在二楼守着的同事手里，接着打开了 202 号房的房门。202 号房相较于其他房间稍微大一些，可也难以容纳下三人生活。房间被收拾得井井有条，显得宽敞不少，却仍然能看出来其中的窘迫和拥挤。

窗帘半开半合，夫妻一站一坐，他们的表情隐藏在阴影中，肢体语言中透露出了浓重的不安。我走到窗边拉开窗帘，希望光线能够让我更清晰地看到他们的表情变化。

“警察同志……”

“不必担心，常久在那边玩。”

我转过身去，阳光越过我的肩膀，落在摆在书桌上的多肉叶子上，给这个屋子添了些生气。

我明显察觉到常毅松了一口气，而妻子陈兆琪依旧戒备着我。

常毅三十八岁，本市人。

陈兆琪三十二岁，本市人。

“昨晚的情况我已经听我同事转述了，我现在来调查房东死亡的案件，你们有什么想要坦白的吗？事先说明，尸检报告出来还需要一段时间，提前坦白会考虑酌情处理。”我拉开椅子坐下，打开手中的笔记本。

常毅点了点头说：“好的……请问警官怎么称呼？”

“我姓余。”

“余警官，我想先问问小沧失踪这件事你们会处理吗？”

“有人失踪了，我们自然会去找的。辖区派出所的人已经根据你们昨天提供的线索去调监控排查了，再等等会有消息的。”

“好的，非常感谢。”

“你们不先担忧一下自己的处境吗？”我疑惑地问道。

常毅默不作声。

见常毅沉默，陈兆琪开口说道：“余警官，我们也没什么文化，要不是之前来的警官跟我们说我们可能触犯了法律，我们都不知道将尸体冻起来有这么严重，我们只是舍不得李哥而已。”

“舍不得也没有这样做的，你们就没有通知他的家属？”我追问。

常毅张了张嘴想要插话，陈兆琪拽了一下他的衣服，抢在前面回答我。

“他没有子女。”

“有些东西隐瞒也没有用，是或者不是，一查就知道了。”我扫了一眼他们的表情。

“我们也没必要隐瞒啊，警察同志，李哥他确实是自然死亡。”

见我依旧怀疑他们，常毅开口向我说明了当天的情况。

房东兼公寓管理员李阳的作息一直都很稳定，由于他起得早，如果住户有需要，他都会看着时间去敲门提醒起床。

那天住在401号房的佟楠枣要去打工的店里提前做准备，于是和李阳约了早上要叫醒她。而常毅因为要送孩子上学，也早早地起来了，他没听到李阳上楼的声音，下楼也没在会客厅见到李阳，等到李阳的屋里查看情况的时候发现对方已经去世了。

“余警官，我就实话实说吧。”常毅苦笑了一下。

“这种合租的房子论谁都不愿意和有小孩的家庭同住。尽管小久很乖，但我们换位思考一下也能理解其他租客的想法，但小久的学校在商业区，附近房子的租金实在是太贵，我们家只能从这种老楼里挑。

“李哥是我们的恩人，在这里住着的其他人也都是这么想的，我们谁都不会伤害他的。

“藏匿遗体或者什么知情不报之类的罪不论哪个我们都认，我们现在只希望你们能够早点找到小沧……就是臧沧小姐。”

“所以404住户失踪，你们决定报警是所有人的决定？”

“对。”他点点头。

“那将李阳的遗体放在冰柜里的提议究竟是谁提的？”

“302的刘姨，冰柜也是她提供的。”常毅低下头，声音有些沉闷，“说实话她在房间里放了一个冰柜也是挺出乎我们意料的，不过每个人都有不想说的秘密，我们也没多问。”

“……原来如此。”

我合上笔记本站起来，准备去302号房，结果就在出门的时候，陈兆琪突然开口询问：“余警官，我想问最后一个问题，小久她跟你说了什么吗？”

我停顿了一下，然后关上202号房的房门。

“她只是去上个厕所。”

门在落锁前，我听到里面传来一声长长的叹息。

孩子说是田小姐，然而夫妻二人却指认住在这里的一个老人。因为不想让孩子参与而隐瞒了部分事实，这反而成为漏洞……我站在走廊里，从心底生出了些许无力感。

在询问夫妻二人的中途，我收到了小赵发来的验尸报告。

常毅没有撒谎，房东李阳的确是自然死亡，但痕检人员在那个冰柜里，发现了其他人的血液样本，经检测发现并不属于公寓的任何一个人。

就像网络上流传的一个藏尸段子。

要想真正地藏匿一具尸体，就要在上面再埋一只兔子的尸体。

4.

我刚踏上三楼就听见了开门的声音，以及同事略显慌乱的脚步声。

“阿姨，你慢点啊，你要去哪儿我带你去！”

“你说话又不算数，你们到底谁管事，都是我干的，把我抓起来就得了。”

看来三楼这位七十多岁的奶奶精神状态很不错。

我从楼梯间探头，示意同事不必阻拦，上前两步控制住轮椅。

“刘奶奶你好，我是负责调查房东死亡案的警察，我姓余，有什么事可以跟我说。”

“哦哦，你是管事的，那我希望你们不要把时间和精力浪费在这上面，尽快去找到小沧。什么都是我干的，你把我抓去就行了。”

老太太一巴掌用力地拍上我的手臂，似乎是在证明她力大无穷。

“奶奶，我们只是了解一下情况，我们法医已经确认了房东李阳是正常死亡，失踪的臧沧您也不用担心，我们同事已经在调查了。”

我这一番话明显打乱了她的节奏，她可能没想到事情正按着她的想法在进行，气势便弱了下来，半天只喃喃了一句。

“是这样吗？”

“您先回房间等一会儿，可以吗？”

“小沧有消息就告诉我啊。”

“好的好的。”

我示意站在一旁的同事把这位刘奶奶推到 302 号房屋里，转身敲响了 301 号房的门。

一开门，我就嗅到了一股浓浓的线香香味，原本以为是这里住着的田舞桐有熏香的习惯，然而屋内角落供着的灵堂直接否决了我这个猜测。

那里的遗像不止一张。

田舞桐注意到了我的目光，她笑了笑，伸手指着屋里的椅子示意我坐下。

“余警官……啊，我刚刚听到了你的自我介绍，这里隔音不好。你想了解什么就问吧，我不会隐瞒的。”

“那我开门见山，存放李阳遗体的冰柜究竟是谁的？”

“我的。”田舞桐点点头，双手交握，“虽然大家开会的时候，刘奶奶一直说让大家指认她，但我没有同意，毕竟这件事本就是我提议的。”

“为什么要留下李阳的遗体？”

“余警官，当你掉下悬崖的时候，无论抓到了什么，都不会松手的。”说完这句话，田舞桐沉默了一会儿，然后叹了口气接着说道，“去年，我的父母去世了，接着男朋友也去世了。”

“……节哀。”

“对现在的我来说这不是什么难以接受的事实，但对那个时候的我来说就是天塌了。

“他身体本来就不好，还冲在一线。我以为我做好了准备，但真等到了那个时候，我发现我根本无法接受这件事。于是那天我买了一个巨大的冰柜，把他的遗体装了进去。

“结果因为冰柜功率过大，过量用电，被李叔察觉了。我本以为他会觉得我的行为非常可怕，把我从公寓里赶出去。然而他并没有说什么，而是同我聊了一晚上，然后给我介绍了一位心理医生。最后我决定尊重我男朋友的遗愿，将他的遗体捐给他的母校。

“我本来对这种合租社交不感兴趣，但逐渐参与了合租公寓里的各种活动后，我发现我在这里找到了另外一个家的感觉，他们填补了我心中的缺憾。

“余警官，对我来说，李叔就像我第二个父亲一样。”

“所以当李阳去世，你重现了你对你男朋友做的事情？”我问道。

“是的，我以为我的心结已经解开了，但其实并没有，我终究是一个可怕又自私的人。”田舞桐点头，“我好不容易找到了一个可以寄托的地方，不能因为他的死亡就这么毁了。”

“为什么会认为李阳去世这里就会毁了？”我有些疑惑。

田舞桐笑了一下，表情有些无奈。

“这个公寓是他的房子，他无儿无女，如果其他亲戚想要来抢夺遗产，我们要去哪里呢？我们要在哪里再重新建立这样的家呢？”

我听了沉默不语。

“但事实证明我错了，只是我自己心思阴暗而已。”田舞桐摇了摇头，“余警官，今年是无春年……就是立春不在年内，被许多人称为寡妇年。虽然说这是迷信，但我真的以为春天不会来了。”

“结果二月二十九号那天，常大哥领回来一个小姑娘，她说和房东打过招呼。怎么可能呢？李叔二月二十七号就去世了。

“我们都知道那是一句谎言，我们也很害怕她会触碰到我们隐藏的秘密，但我们也曾是无家可归之人……这里不会有人因为她发现了公寓的秘密而去伤害她，如果她害怕会报警而不是这样突然失踪。

“虽然我们相处只有一个月的时间，但她……她就像一直住在这里一样。可是三天前她早上和我说出门找工作，接着就不见了。就算她发现了李叔的遗体，她也可以找借口搬走啊。她什么东西都没带走，这几天你说她是怎么过的。”

说到这里，田舞桐止不住地哭了起来。

“余警官，就算我求你，你不要把精力浪费在这件事上了，李叔的事情怎么处罚我，我都接受。藏匿遗体归根结底是我的问题，我们不能再失去另外一个家人了。”

关上 301 号房的房门，我接到了小赵的电话。

“怎么样，余姐，他们交代了吗？”

“我还差两个人没见，其他人交代是交代了，如果这件事和失踪案没有直接关系，他们做的事最多也就批评教育一顿，接下来就看李阳的家属要不要民事诉讼了。”

我翻看着本子上记录的关系图，询问小赵：“你那边有臧沧的消息了吗？”

“那边还在查，感觉她有意在躲着摄像头。余姐我给你打电话是因为我手里有一个惊天大瓜。”

“严肃点，到底怎么回事？”

“住户那边给我提供的那个身份证复印件，信息是假的，我在户籍库里没找到臧沧这个人。然后我给李阳的一个老同学打电话，对方说李阳有一个收养的女儿。”

“我拿照片对比了一下，余姐你猜怎么着？”

“是臧沧？”

“对，她真名叫李临安。”

5.

我神情恍惚地从四楼下来，感觉一个头两个大。

住在 402 号房的前网红比我想象的还要狡猾，见威逼利诱不成，还想要炮制一番警察不作为的舆论来逼我去找人。

在再三保证已经有人在调查臧沧失踪的事情后，她才让那个藏在她房间柜子里的“证人”——401 号房的小姑娘，把我与她谈话的录像删掉。

四楼的住户不仅没有跟新住户有冲突，反而受了臧沧许多恩惠。

住在 401 号房的女孩子被老板非法雇用，还是臧沧带她去办的劳动仲裁。

而 402 号房的前网红在被网红公司骗走账号后，曾受到李阳的接济。

上个月她想要重新做账号的时候，臧沧通宵陪她做了几个方案，还负责了一部分剪辑的工作。

“李叔去世我们都很遗憾，但我们不会因为死去的人而为难活着的人。大不了被曝光，没准我还能趁机火一把呢。”

尽管江盈盈挑着眉毛对我摆出了一副天不怕地不怕的无赖模样，但坐在她旁边的秦小枣一直握着她的手。

站在一楼大厅，我拿着记录信息的笔记本长叹一口气。

这公寓里的住户是真的很异常，明明都有隐藏的秘密却又互相包庇，团结得像是一块铁板。在现在这个邻里亲戚皆是陌生人的时代，着实罕见。

一个无儿无女的退休老人将自己拥有的公寓改造成了合租房，因为他擅长调节邻里关系，获得了住户们的信任。在他死后，住户为了让公寓保持现状，隐瞒了他的死亡。一个月后，新搬进来的住户失踪了。

尽管我已将这个公寓发生的事情理了个七七八八，可我总觉得他们有些人还在隐瞒着一些事情。

比如这个时间点怎么这么巧，如果臧沧是李阳的女儿，为什么住户会说李阳无儿无女呢？

臧沧发现自己父亲的公寓住着一些陌生人，怎么就能……不动声色地住进去呢？

“余姐！”

小赵的声音打断了我的思考，我一抬头，就看见他拎着公文包站在二楼喊我。

“什么时候来的？资料都查完了？”

“我刚刚来的，查了一下李阳住的屋子。其他的我已经确认过了，臧沧就是李临安。李阳遗体该如何处理也得通知她，局里在排查监控找人呢。不过我挺纳闷，她在这里住了一个月了还没发现？”

“我怀疑入住当天就已经发现了。”我站在会客厅指着角落留下来的印记，“那个冰柜就放在一楼，无论是有意还是无意，只要像咱们那个新人一样手欠翻开，就能看见。”

“那她为什么没有报警？”

“不清楚，你在李阳屋里有什么发现吗？”

听我这么说，小赵点了点头，从公文包里掏出来两本“工作日志”。

“李阳有写日记的习惯，他没退休之前是在附近电力厂做安全管理的。我推测他退休之后就把这种习惯带到了日常生活中。我刚刚去书架翻了翻，这些日记记录着他与住户之间的相处，以及住户们的秘密。”

“我按照日期排了一下，发现这里面缺了几本。”小赵指着日期给我看，“余姐你说，这是不是李临安带走的？”

“也不排除公寓中有人看了他的日记……”

我一页一页地翻着，突然意识到之前与我交流的一位住户言语中透露出一些信息。

“301号房的住户可能知道臧沧是李阳的女儿。”

“是的，我知道臧沧是李叔的女儿，不光是我，常大哥大概也知道。”见我和小赵两个人冲进来直奔主题，田舞桐的表情有些慌张，“抱歉，因为我不觉得这里会有人伤害她，所以我没有主动说。”

“今年元宵节的时候，常大哥怀疑小久知道她是被收养的了，他不知道该怎么和小久开口表达他和陈姐永远爱她，就找了李叔谈心。

“我当时在楼下加班，听到李叔说他在电力厂工作的时候曾经也收养了一个女儿，某天晚上他听到女儿在梦里哭着说要爸爸妈妈，就把这件事放在了心上。他女儿成年之后，他把女儿的收养证明给了她，然后说让她自己选择。结果李叔的女儿以为李叔不要她了，就直接离家出走了。每天除了在微信上问好外，两个人都没有交流。李叔特别后悔自己当初的举动，但也不知道该怎么和女儿开口，他怕女儿恨他，所以他劝常大哥要趁早和常久说清楚。

“李叔后来还给常大哥看了他女儿大学毕业时候的照片，但我没有看到……常大哥认人其实挺厉害的。所以常大哥让臧沧住进来之后，我就觉得她可能是李叔的女儿。”

“李阳有没有说过之前都和他女儿去了什么地方，或者以前他们住在哪儿？”我觉得我摸到了真相之门的边缘，“我们刚刚发现李阳的日记丢了几本，如果你们是元宵节谈的话，那本日记里可能会记下他心中的悔意。”

“你是说臧沧带走了日记吗……”田舞桐的表情顿时紧张起来，她咬着嘴唇努力回忆着那天晚上听到的内容，“李叔说他一直住在这里，但是他说他经常带着他女儿到附近玩。”

听到这里，我掏出手机打开 GPS，查看附近的地标。

“小赵，这片老城区是不是一直没有进行开发改造？我记得这附近过去有个公园？”

6.

每天早上都会被刺眼的阳光叫醒，因为这里是厢房楼。

这感觉真的好熟悉，以前我也是住这个屋子，被这样的阳光叫醒。

本来爸爸不想贴 404 的标签，说不吉利，但当时我特别喜欢看恐怖片，所以总想着一定要见到鬼！

结果长这么大也没见过一次鬼……好希望在这里能见到。

不能赖床了，早点起来也好，可以帮楼下的陈姐姐做早餐。

尽管常久妹妹因为要上学吃不上这顿，陈姐姐也会变着花样给我们这群起得晚的懒虫做早饭。

三楼的奶奶前段时间崴了脚，只能坐轮椅，最近有些消沉。

不过没关系，前段时间帮小枣妹妹打赢了劳动仲裁，她最近找到了在花店的工作，昨天还给奶奶带回了花，奶奶心情会好起来的。

啊，对了，一会儿我要记得去给它们换点水。

这个时间盈盈姐应该还没起床，她昨天写方案写得有些太晚了，我能理解她的焦虑和恐惧，不过有些事情是急不来的呀。

田姐姐今天是不是预约了心理咨询？我得提醒她，不然又因为工作太过专注错过了时间。

不过她最近的状态好了不少。

唉，今天想吃鱼，一会儿去市场看看有没有卖的，不能总让常大哥买菜！

“一开始我还真没有想过她也有日记，毕竟这年头谁写日记？可现在我只能说不愧是父女，都有写日记的习惯。”我翻看着李临安的日记，由衷地感慨，“只不过她还知道藏得隐蔽一点。”

“只是给床头的抽屉上了个锁，也没隐蔽到哪去。”小赵凑在我身边。

二月二十八号李临安发现父亲没有回她消息，上网的时候发现了江盈盈在网上发的“临安之家”的照片。

她以为父亲抛弃了她，找到了新的家人，想要跟她彻底断绝关系了。内心产生的愤怒使她当场拉着行李箱回来质问李阳为什么抛弃她。

然而到这里后，她就发现事实情况与她想的不一样。

常毅当时说李阳回老家过年去了，她就知道这个人在说谎。

她怀疑这伙人控制了父亲想要霸占房子，所以她半夜溜出门偷偷调查，还真发现了父亲的遗体。

她本想报警，然而看了父亲的日记后，她意识到这个地方对于父亲来说很重要，对于住户们也很重要。

究竟有多重要才会让父亲不对这些住户设防？究竟有多重要才会让这些住户拼命隐瞒父亲的死亡呢？

于是她每天都会偷偷拿走一本日记，回到房间里去读，想要看看父亲这些年过得究竟如何。

直到那天，她读到了元宵节发生的事情。

在我与小赵为这段故事感到唏嘘的时候，辖区派出所也排查完了监控录像，在确认了李临安这几日是一个人在小旅馆开房，没有被绑架或被控制的情况后，他们将今天最后拍到她的位置发给了我。

我与小赵步行至此，果然不出我所料，这附近以前是个公园，设施基本被拆得七七八八。

李临安，也就是失踪的臧沧一个人坐在坏掉的跷跷板上，对着旁边已无人居住的旧楼发呆。

我和小赵对视了一眼，我从口袋里掏出警察证，走上前去。

"李临安吗？我们是 X 分局的警察。"

"啊……"李临安看着我们先是有些茫然地眨眨眼睛，接着似乎想到了什么，脸上露出抱歉的表情，"是我合租的人报警的吧？对不起给你们添麻烦了。"

"这是我们的工作，不过以后可不能这样不打招呼就突然消失，会让很多人担心的。"

"对不起，我只是不知道该怎么面对……"李临安叹了一口气，"我猜你们应该已经知道那个公寓里发生什么事了。说实话，这段时间就像梦一样，我从他们的身上找寻爸爸的痕迹，他们也从我身上找爸爸的影子。"

"我本来以为可以就这样互相隐瞒下去，大家心照不宣就很好了，结果爸爸的日记里……

“警察同志，我当时心中生出了一种恨意，我以为他们不知道我爸爸有个女儿，我以为他们认为我爸爸就是无子女的老人，他们只是不想让那个房子被充公收走。

“然而他们知道的，他们知道为什么不通知我？为什么不让我见他最后一面？

“可是，我心中又生出了一些悲哀，在我爸爸活着的时候我又做了什么呢？归根结底，造成这种遗憾的不是我自己吗？这个房子门口挂着的‘临安之家’小门牌是我小学时候做的手工作业，是我不肯回来，和那些住户又有什么关系呢？

“我不知道我该怎么面对他们，我也不知道我该怎么面对愚蠢的我。

“我好后悔……那天和爸爸打招呼的时候，我为什么不多说两句呢？我为什么那么倔，怎么都不肯回来呢？至少还能再见一面。”

李临安坐在冰冷的跷跷板上号啕大哭。老旧的电线将夕阳的光分割成斑驳的光影，倾泻在这个年轻女孩的身上。

“回去吧，李临安。”我从口袋里掏出备好的纸巾递过去，拍了拍她的肩膀，“至少……那些人，你现在的家人们很担心你。”

7.

周五对于部分人来说是即将从工作中解脱的好日子，然而对我们这些警察来说，它和其他工作日没什么区别。

搞定了最近的几个案件报告后，小赵歪着酸痛的脖子凑了过来。

“余姐，之前那个事，报告你写了吗？”

“什么事？公寓那个？”

“对啊，我还很好奇应该怎么结案呢。”

“最后打回辖区派出所了，没有咱们什么事。”

"啊？那咱们业绩不是少一笔？"

我一听这话，从文书工作中抬起头，冷笑一声。

"你应该庆幸没有归我们，李临安去投诉了。"

"嗯？怎么回事？"小赵目瞪口呆。

"她要撤案，但派出所那边认为浪费了那么多警力，这事不能就这么撤案。于是这个聪明的小姑娘，就想到了最开始手欠的那个新手警察。"

"哎呀，咱俩这个嘴……"

"更有意思的是，那群住户在李阳死亡后联系了医院开了死亡证明，小姑娘不知道从哪儿搞到了原件，瞒着其他住户已经把各类手续办齐全了。人家硬说这是他们家的规矩，派出所那边也只能吃个哑巴亏。"

"对哦，我们还做尸检了……"

"是啊，自然死亡，还有正确日期的死亡证明，家属其实可以起诉的，你懂吧？"我瞥了一眼小赵，摇了摇头，"当然，她只有一个撤诉的要求，这事就不了了之了。"

"感觉那个新人可能要有心理阴影了，不会辞职吧？"

"那就不是我们能管的了。"我将注意力重新转回电脑打开的文档中，"都过去挺久了，你怎么突然想起了这件事？"

"我昨天不是跟着宣教中心去了附近的那个小学做安全宣教嘛，正好他们学校在上公开课，我就站在门口听了一会儿。"

"嗯，然后呢？"

"三年级的一个学生写出了一篇让语文组全打满分的作文。"

"《我的家人》，作者常久。"

"……哈。"

我发自内心地笑了一下，看向旁边的日历。

雨润万物百谷生，谷雨来了，春天也要到了。

009

UNDER CONSTRUCTION

FERNANDO

FORERO

UNDER CONS

入户指南

文/尚不趣

Who is liar

NO.009

入户指南

重启调查

供词风向模仿秀

谎言游戏

朋友、窃巢

谎言游戏

轮到你了

二月二十九日

HIC DESIGNER

REFERENCES: Linan

入户指南

NO.009

[redacted]

She's liar

1.

刚干中介那年，我遇到过一个女人，叫曹菁菁，她从我手里租过几次房子，我赚了她不少中介费。

曹菁菁是个美人，蹬上高跟鞋比我还高，标准模特身材。

那时候她才二十出头，但已经离了婚，我们接触了好一阵，可中间因为一些事情，我彻底断了念想。

再有她的消息已经是两个月后，两个警察进了我的店，直接亮了证件。

他们问我认不认识一个叫曹菁菁的女人，我点点头，说从我这儿租过房子，然后把当时门店系统里的交易记录给他们看。他俩又问了我一些无关痛痒的问题，在我的电脑和手机上拍了几张照片，没告诉我发生什么就走了。

我不知道曹菁菁惹上什么事儿，也没敢给她发信息，但心里还是犯嘀咕，就拨通了王凯的电话。

王凯以前是个记者，几年前离职了，现在自称自媒体人，虽然各个平台粉丝不多，但因为之前的关系，消息不少。

我跟他说了被调查的事情，不到半天，他就回电话了。

他跟我说，曹菁菁五天前死在了出租房里，被判定为安眠药服药过量，初步怀疑是自杀，不过现场有点儿奇怪。

我听闻一愣，一时不敢相信这是真的。

王凯接着跟我说："你名片在她包里，所以有人去问问情况，没啥大事儿。不过这妹子还真是漂亮。"

我听见电话那头王凯在噼里啪啦敲键盘，显然是看见曹菁菁照片了，一边翻一边念，静海花园 1 期 5 号楼 2 单元 1202。

我知道了原委，本想挂电话，一听这地址发现事情不太对劲，她在我这儿租的确实是静海花园 1 期 5 号楼，不过不是 1202，是 1304，租期还没到。

我问他："地址没错？"

他说："没错，她在静海花园一共租了四套房子。"

我愣住了，追问道："四套？"

我和曹菁菁算熟的，她一个人生活，手里也没什么钱，何苦租四套房子？

王凯又说："自杀基本确定了，就是那现场，有点儿迷信。"

我没接话，等他接着说。

他说："这女人在家里画了不少符，行里人看过，是专门给人下咒的。"

2.

后来王凯因为这事儿烦了我好几天，打听我和曹菁菁的关系。王凯告诉我，报案的是曹菁菁一个男朋友，叫蒋兴，说是好久联系不上她，去家里敲门也没人回应，打电话还能听见屋里手机响，就报了警，开门之后连警察都傻眼了。

曹菁菁躺在床上，尸斑已经出来了，身边放着一个空了的安眠药瓶子，几件日常的衣服整整齐齐叠好摆在床边，墙上全是用红漆画的各种鬼符。

蒋兴当时就扑通跪地上，哇哇开始大哭，边哭边扇自己嘴巴，说是他害死了曹菁菁。

后来警察查了曹菁菁手机，才知道曹菁菁和蒋兴谈了挺久，她一直缠着蒋兴让他离婚，后来蒋兴实在是熬不住，拿马上出生的孩子当借口提了分手。

那之后，曹菁菁就给蒋兴发了一次信息。

她说：你等着。

听到这儿，我突然有点儿迷茫，这案子中的两个人我都算认识，曹菁菁和我有过暧昧，蒋兴我也知道，就是因为他，我才决定和曹菁菁断了关系。

可整件事情却和我想的不大一样。

我问："确定是自杀？"

王凯一边撸串一边点点头说："基本确定了，没有暴力痕迹，屋内东西没人动过，死前有遗言。"

我又问："查没查出来为什么她租四套房子？"

王凯摇摇头，说："那我不知道，就这些消息我还是花钱从房东那儿买来的，他开始死活也不说，我告诉他房子肯定租不出去了，把消息卖出来还能收回点儿本钱，虽然确定是自杀没什么保密的东西，可从警察那儿，什么都别想打听到。"

他这么说我就不再多问，可心里还是堵着，这里有什么不对劲。

作为女人，曹菁菁只有一个优点，漂亮。

她是那种走到哪里都能成为男人视线中心的女人，大学时做过模特，有一个从高中便在一起的男朋友。

这个男朋友总是出现在她对我的倾诉之中，曹菁菁每天都在找不同的人倾诉，而她的话题中心，绝对是那个在青春回忆里眼睛闪着光的小男生。

她和我说过，还想把那个男孩儿找回来，她相信当时分手是出于无奈，现今两人过尽千帆，总应该走回到一起。

他们从高中到大学一共谈了六年恋爱，直到大四临毕业才分手，那时两人都已经工作，男人进了一家小企业做文职，她则是各种赶场子当起了车模。

男生家穷，刚毕业本就自顾不暇，被社会“稍稍毒打”就心力交瘁，根本顾及不了曹菁菁物质和感情上的需求。

男人和女人的成长是有偏差的，女人最光鲜亮丽的年纪里，男人一般刚刚起步，无论是为人处世上的稚嫩还是干瘪的钱包，都让男生自觉低人一等。

而这时的曹菁菁早已见惯了大场面，因为青春靓丽，不乏追随者。

结果他们最终没熬过毕业季，和平分手，随后曹菁菁闪电结婚。

曹菁菁老公大她八岁，是下面市镇一个放高利贷的混混。曹菁菁给我讲过最多的是恋爱初期这个男人有多痴心，鲜花、钻石、旋转餐厅一样不落，前后不到仨月就抱得美人归。

至于为什么离婚，她只字不提。

曹菁菁从这次婚姻中什么都没得到，她来我这儿租房子时经济状况一塌糊涂，显然从前夫那里没分到什么钱。

那时候她在一家经营土特产品的公司工作，在我们这儿这种公司一般都是挂羊头卖狗肉，注册个商标，支一个店铺，找几家代工厂走一遍流水线，把样品往店面一摆，然后就想等着拿上面的专项补助。

曹菁菁就在这么一个公司工作，她每天待在无人到访的门店，一个人和手机里无数个我这样的男人倾诉苦闷。

蒋兴算是她的上司，据说是他们公司重金招聘的网络运营人才，给公司带去了一套成熟的电商平台框架。后来谁都知道，那套框架是他从上一家公司偷的，研发和他也没什么关系。

工作第一个月他就跟老板借了两万块钱，后来因为还不上，把自己的车押给了公司。

我第一次和蒋兴见面是在他们门店，曹菁菁叫我去拿她新烤的蛋糕，这个瘦小的男人见我进来便夹着包从柜台里站起来，眯着小眼睛笑笑，说有事儿先走。

我看见他临走前摸了摸曹菁菁的手，曹菁菁皱着眉但没说什么。

后来直到我陪着曹菁菁去蒋兴老家要账，才知道他也是曹菁菁的倾诉对象之一，我们之间没什么区别，关于曹菁菁的事情，他知道的甚至比我还多。

3.

曹菁菁租的那四套房子清空之后又开始了新一轮的出租，发现尸体的 1202 因为死了个人，价格被压得很低，好多中介已经不接了。

我认为价格低一定有市场，找到房东讨价还价几回，把租金压到几乎只有市场价的一半，我告诉他们只要一两个租期，人们把事情淡忘，房租我再给调回来。

事情是没错，低价总有人买单，但我没想到的是，这房子的麻烦事在租出去之后。

那房子 45 平米，是个一居室，开放式厨房加大阳台，单向朝南，装修简单，但该有的都有。

第一个租客是一个单身女白领，来门店看房子也一身套裙配高跟鞋。听她高跟鞋嗒嗒嗒的声音，我都分不清我俩谁是中介。

她问完价格很爽快地就付了定金，我告诉她这房子之前出过事儿，她听完摆摆手，告诉我她已经忙得见鬼了，不怕多见一个。

她住了两周，然后直接来门店退房，都没提前打个电话，我告诉她租期没到，押金不退，她跟我磨叽了三天，到底要走了一半押金。

第二次出租，租客是两个大学情侣，手头钱不多，一眼就相中了这个低价的房子，年轻人与众不同，我大概跟他们讲了曹菁菁的事儿，两人眼里放光，说非要体验一下。

他们坚持了三周，再穷的学生也比社会人士怕麻烦，退房的时候押金也没要。

这两波租客的说法一致，半夜有鬼叫，不开灯有鬼影，墙壁有声音，楼下还天天来投诉他们晚上唱歌。

一个女人的声音，歌声凄厉。可他们真没唱过歌。

我心里琢磨这“鬼”也闹得太常见了。

房东先遭不住了，说即便低价也不租，想转手把这麻烦房子卖掉。我回家琢磨了一宿，啤酒喝掉半打，第二天跟房东说再匀几天时间，我想想办法。

我得知道到底是不是真有鬼，一是为了这房子以后好出手，二也算是为了死去的曹菁菁。

和房东商量了之后，我自己搬进了 1202，搬进去之前我先给王凯通了电话，跟他说我把他设成了紧急联系人，半夜手机千万别调成静音。

王凯问我，你不是不信这些吗?

我告诉他以防万一。

这屋子和我做中介验过的其他房子没什么不同，除了墙上某些犄角旮旯还能隐约看到红漆印记。

床上用品都换了，但床没换，房东想着本来也不是自己住，便让我们对外说换了床。

我现在躺的这张床就是曹菁菁死时躺的那一张。

这一夜我失眠了，屋里一片漆黑，只有外面的月光照进来，我盯着天花板，等待着曹菁菁的幽灵出现，但什么都没发生。

第二天早上我顶着黑眼圈上班，正巧碰上了隔壁的男人，我们一同坐电梯下楼，在电梯里他总是偷偷看我，我一宿没睡，脑子里一片糨糊，就直勾勾地盯着他。

直到我们出了电梯，走出了公寓大堂，马上要分开左右时，他才跟我打了声招呼。

他问我：“你，现在住 1202？”

我点点头，说是邻居。

他说：“那屋子没什么事儿吧？”

我摇摇头，问：“你遇到过什么事儿？”

他有点儿尴尬地笑了，也摇摇头，然后转身走了。

早晨有风，吹得我打了个冷战，也许等有空可以找他聊聊，至少打听下曹菁菁住 1202 这几个月里，他有没有发现什么。

当天夜里，我依然早早关上了灯，熬了一天的困倦打败了我，我一沾枕头就睡着了。

半夜我被异响惊醒，有“鬼”造访。

吵醒我的先是咔啦咔啦的响声，像是小时候的玻璃弹珠，一串一串地滚落在地板上。

然后是呜呜的风声，我被不停歇的细碎声音弄醒，爬起来感觉有一阵冷风吹过，我起身去开灯，灯没亮。

月光和对面楼顶的霓虹灯把光映进屋里，冷冷的月光和霓虹的虹光夹杂在一起，让惊醒的我产生了一种置身梦中的错觉。

那细碎声还没停歇，另一种声音就包围过来，和风声混在一起，像极了一个哀怨女人的哭声。

我浑身汗毛竖立，站在门边噼噼啪啪地按动电灯的开关。

午夜时分，那灯也像是睡着了。

不知什么时候，声音平息了，我才发现自己已经一身冷汗。

果然最简单的最有效，这种三流港产片里才会有的闹鬼情节真遇到了才知道有多瘆人。

就在我以为一切都结束的时候，安静的屋子里突然响起了咚咚咚三声叩门声。我刚刚松懈的神经又绷了起来。

我鼓足勇气透过猫眼往外看，什么都看不见，走廊里灯没亮，一片漆黑。

我深吸一口气，问：“谁？”

外面一个声音响起来，听着像是掐住了嗓子的男人：“你听没听见有个女人在哭？”

我吓得后退几步，就这么和门外未知的东西僵持着。

我的房间仿佛和整个世界分隔开来，静得只能听见我自己的心跳。

直到窗外一辆货车哐啷啷驶过，我才仿佛回到了现实。

门外那个人再没发出过声音。

我试着开灯，咔嚓一声，灯亮了，我一把打开房门，走廊里的声控灯也亮了，门外空空如也。

我不打算在这儿住下去了，不过保险起见，我还是找来了王凯。

王凯听我讲完乐了，他拉长了语调：“下——咒——作——法——”

我知道他想吓我，连连摆手让他闭嘴。

他哈哈大笑，拍拍我肩膀，点一根烟递到我嘴边，说：“我以前做调查记者，走访过好多危险的地方，见过不少装神弄鬼的人，真正的鬼一个也没有。”

我猛嘬一口烟，不搭理他。

他又说：“咱先从容易解释的开始说起吧。”

然后，他扒拉了几下电灯开灯，开关顺畅，没出现任何问题。

他在屋里找了一圈，在衣橱旁边找到了电闸，然后挨个开关了一遍电闸，开关顺畅，没出现任何问题。

他跟我摆摆头，示意我和他一起出去，我巴不得离开这屋子，紧跟其后。

他带着我拐进了大楼的步梯，大概走了三层，找到了电箱。这栋楼每三层一个电箱，管这三层的供电，里面有这三层里每个住户的总闸和电表，电箱本来应该是锁着的，只有物业的电工才有钥匙打开。

王凯用手摸了一圈，轻轻一推，电箱的铁门吱嘎一声开了。

他用眼神示意我，好像在说瞅瞅。

我一下清醒了大半，电箱门推开之后，里面是一排一排的电表，我从上往下数，数到第四排，找到了 1202 的电表。

那个电表读数正常，下面是一个闸门，王凯过去轻轻一推。

他说："就这么简单，你家灯就不能再亮了，声控灯同理。"

我问："就这么简单？"

他说："就这么简单。"

我又问："那其他事情怎么解释？"

王凯摇摇头，说："我不知道，但肯定能解释。"

我深吸一口气，王凯说得对，肯定可以解释，这房子不是闹鬼，而是有人不想让人住。

4.

为什么会有人借"鬼"闹事，这事儿还得从动机上找原因。

借"鬼"闹事是不想有人住在这里，不想有人住在这里最直接的动机就是房间里有某样东西，始作俑者不想别人发现。

而闹"鬼"这件事发生在曹菁菁出事儿之后，我思来想去都和曹菁菁自杀脱不了干系。

当然第一要务是找到房间里隐藏的某样东西，这样比去找犯人来得快。

我俩把房子彻彻底底地翻了一遍，连床板都拆开了，可连张碎纸片都没有。

可当天晚上什么都没发生，接下来也是，闹"鬼"事件再也没有出现过。

王凯跟我说不用担心，他晚上陪我住下，我连连点头，有个人在身边能舒坦不少。

一周之后，我从房子里搬了出去，跟房东说应该暂时没事了，不过房子还是得晾一晾再往外租，房东执意脱手，我没再劝。

王凯那边根本没当回事，也没准备当他自媒体的素材，用他的说法，没财务损失，没人身伤害，没人报案，虽然事情看起来很炸裂，但限制级内容太多，发到网上的内容可能会迅速消失。

我同意他的说法，但还是想搞清楚，就托他多查一些信息，房东、邻居、同时或者周边一些有关系的人，总能打听出来点儿什么。

他还是那副腔调揶揄我，我只说等事情完了请他喝酒。

他冷了语气，说："事情早就完了，自杀，没疑义，你别陷太深。"

王凯还是够朋友的，他消失了几天，给我弄来不少资料。

"我把用合法手段能收集到的证据都发你邮箱了，你看看就好，这东西跟你没关系。"

他说得没错，确实跟我没关系，可我还是想弄清楚到底发生了什么。

我花了一个晚上把所有东西通读了一遍，包括两个当事人蒋兴与曹菁菁的个人资料，两人的关系调查记录，还有两人的聊天记录截图。

剩下的就是现场和证物的照片，但没有曹菁菁尸体的照片，王凯纵使再神通广大，也肯定是弄不到警方卷宗的，我看房间的样子，应该是警察调查完之后他去现场拍的，说不定给了房东多少钱，而聊天记录，他告诉我是直接拿曹菁菁手机截的图。

我问他怎么搞到曹菁菁手机的，他说因为不是谋杀案，警方并没有封存个人物品，那个手机调查完就送到了曹菁菁的家人手中，他去找了曹菁菁的家人。

"她家人怎么样？"我下意识地问。

"不太好。"王凯回答得很官方，"他们以为我是曹菁菁的朋友，我拿到手机截了些图，给他们封了个红包。"

王凯抓重点的能力很强，我相信他截图的聊天记录一定能有所捕获。

王凯最后跟我说："花的钱之后给我报销，这事我就能帮到这儿了。”

我好久没读过这么多字，读完脑袋发涨，只有一个念头挥之不去，我知道蒋兴和曹菁菁也有暧昧，但却不知道他俩已经走得这么近了。

而在我最后和曹菁菁的几次聊天里，曹菁菁还跟我夸夸其谈，说她终于联系上了前男友，虽然前男友已经结了婚，但他已经决定离婚，和她复合。

曹菁菁没有骗我的理由，我不太相信短短几个月时间，她就投入了另一个已婚男人蒋兴的怀抱。

更何况蒋兴根本不是她喜欢的类型，她和我聊天的时候也从来没提到过蒋兴。

蒋兴只是个替代品，曹菁菁一直以来都认为真命天子是她前男友，我断定她的自杀一定与此有关。

卷宗里没有关于曹菁菁前男友的任何资料，我连他名字都不知道，想来想去，我只有一个人可以问——蒋兴。

我连夜翻出了一部淘汰掉的旧手机，充上电后它很久都没反应，幸好最后开了机，那手机上有蒋兴的联系方式。

我给他打电话，电话里我直截了当进了主题，说想聊聊曹菁菁的事儿。

他先是犹豫了一下，然后答应和我见面，我俩约在了市中心的一家咖啡厅。

其实我和蒋兴真没什么好谈的，可以说是互相仇视，原因与曹菁菁有关，但并不是争风吃醋。

我们交恶是因为一次讨债，债主是曹菁菁。

那时候我和曹菁菁经常见面，有时候也会像情侣一样牵着手，我曾经短暂地把这段关系误解为恋爱，最后发现只是自作多情。

有一次她给我打电话哭诉，让我陪她去要债，我问去哪儿？找谁？

她简短地告诉我，蒋兴。

蒋兴欠了曹菁菁三万块钱，欠了三个月，这钱是曹菁菁从信用卡里透支出来的，要不是手头紧到连最低还款额都还不上，曹菁菁也拉不下脸去敲人家门。

我开车载她去蒋兴家，她在车上和我说，我就剩你这么一个能相信的人了。

这话要是以前说，我八成就信了，可那时候我知道她能透支信用卡借钱给蒋兴，心里就不太舒服。

我问她："蒋兴要钱干吗？你俩不刚认识没几天吗，怎么就借到你这儿了？"

曹菁菁摇摇头，说："我也不知道他用钱干吗，就借了呗，他是我上司，谁想三万都拿不出来。"

我说："能问你一个小姑娘借钱，那就是身边没人可借了，就你大方。"

曹菁菁摇摇头，不再说话。

我反应过来事情不太对，又问："就借三万？"

她说："没有，还有点儿。"

"有点儿是多少？"

"来来回回加起来还有几千，都是我自己的钱，不着急，这三万是透支的。"

我服了气，也不再说话，一路开到蒋兴家。

蒋兴住在一个回迁小区的高层，单元楼大门没关，我们直接上楼，可敲门没人开。

我让曹菁菁给他打电话，蒋兴在电话那头暴跳如雷："我在顶楼呢！再逼我跳楼了！你们上来吧！"

曹菁菁真急了，她怕蒋兴跳下去，我安慰她，这人把你扔下去都不会自己跳。曹菁菁没理我。

我们上了天台，蒋兴一个人蹲在墙边，见我们上来就开始抹眼泪。

他说是之前创业赔了钱，现在借贷利滚利，实在还不上了，再逼就跳楼。

我这回终于能仔仔细细地打量这个男人，他身材瘦小，但不至于弱不禁风，能这么从同事手里骗钱赖账的，我猜他是个赌徒。

赌徒说的话我连一个标点符号都不信。

曹菁菁看蒋兴这个样子，也发了疯，她拽着蒋兴往天台边沿扯，一边扯一边喊："你跳！你跳！你跳下去今天我一分钱都不要！"

我心里琢磨，这和她上楼前跟我说的也不一样啊。

最后这场闹剧以一种我完全想象不到的结尾收场，蒋兴带着我和曹菁菁回了老家，他老家是我们市辖区下面的一个城镇，那个镇上民间贷款成风，他们叫"抬钱"。

蒋兴的父母表示他们也拿不出三万块，但可以找人"抬"，最后等到天黑，蒋兴又用不知道多少利息"抬"了两万块。

还剩一万，蒋兴信誓旦旦地说，发了工资就还上。

我开车送他们回来，到曹菁菁家楼下的时候，蒋兴也一起下了车，他说因为这事儿老婆不让他回家。

曹菁菁犹豫了一会儿，说："那你来我家住吧，什么时候还钱什么时候走。"

我握着方向盘，跟吃了苍蝇一样恶心。

那之后，我就再没主动联系过曹菁菁。

5.

我比蒋兴先到的咖啡馆，我选了个僻静的角落坐下，点了杯咖啡，咖啡还没上来，蒋兴就到了。

他还是夹着一个包，比我认识他时还多戴了一副金丝边眼镜，看起来更像人渣了。

他自顾自坐下，叫来服务员要了杯喝的。

他给我递烟，我没接，他自己点上，说："曹菁菁的事儿你知道了？"

我说："知道了。"

他点点头："知道多少？"

我盯着他，满脑袋问号，他怎么能这么置身事外。

我说："你俩的事儿我都知道了。"

他笑："知道了还找我来干吗？"

我忍着厌恶说："不废话，你知不知道她有个前男友？"

他点点头："你知道的挺多，问这个干吗？"

我彻底不耐烦了，说："你不想好好聊天，你还来干吗？"

他笑了，摆摆手说："好了好了，小伙子这么大脾气。她前男友姓赵，叫赵建伟，具体做什么、住哪儿我也不知道。"

我问："你知不知道前段日子他俩要复合了？"

蒋兴脸色一下变了，他吸了口烟，把烟灰弹进了桌上的水杯里。"还有这事儿呢？她没和我说过。"

我已经知道了曹菁菁前男友的名字，多一句话都不想和他说，起身就要走。

他问："你找我到底想要干吗？曹菁菁因为我自杀，你还想讨个公道不成。"

我冷哼一声，这时服务员把我的咖啡端了过来。

我扔下钱就走，说："各付各的。"

王凯很快就替我找到了赵建伟的电话，他这就是极限了，这电话他辗转了好多人才要到，为了这事他还冒充成了家具销售员。

我应承下来，这天周末，店里只有我一个人值班，走不开。

百无聊赖的我又翻了一遍王凯发给我的材料，因为刚和蒋兴见过面，我便立刻翻看着他们的聊天记录。

聊天记录有很多页，大部分是曹菁菁单方面倾诉自己这些年的苦闷，和跟我聊天时别无二致。

而蒋兴的回复大多简短。

“我也想你了。可是我有老婆。

“我的孩子马上出生了，但我依然想你。

“虽然你不和我说话，但你看着我，我看着你，我知道咱们心有灵犀。

“记住，即使咱们看见彼此，也不要和我说话，等我解决家庭问题，等我。

“我的孩子马上出生了，我觉得对不起她们母子。

“咱们分开一段吧。我也是为了孩子。”

我想象不出蒋兴当面说这些话的样子，那副油腻的中年男人的嘴脸，也想象不出曹菁菁为了他自杀的样子。

因为就在他俩聊天的日子里，曹菁菁还在不停给我发信息，告诉我她还爱着那个占据她整个青春的男生。

我突然感到脱力，不想再查下去了。或许就像王凯说的，这事儿早就完了。

周末我可以提前一点儿走，我开车直接去了王凯办公室，他在本地最大的写字楼给自己租了个单间，外面合租的是一对做美甲的姐妹。我到的时候他在玩游戏，看我到了，他关掉游戏，切回桌面。

我说：“你说得对，这事儿早完了，我不管了，那房子有人闹，只要没出事儿，跟我也没关系。”

他说这就对了。

“我给你看看我新查到的东西。”王凯点开电脑上的一个文件夹。

上次给我材料时候他虽然说能查的已经查完了，但还是在跟进，毕竟多年老友，他一定看出我一直魂不守舍。

文件打开，上面是赵建伟的个人信息。

王凯跟我解释：“都是合法途经拿到的，也没什么隐私，就是照片电话和住址，他在招聘网站发过。”

在赵建伟照片出来的那一刻，我整个人都愣住了。

我问王凯："你那儿还有记录吗？曹菁菁在静海花园租了哪几套房子？"

王凯打开另一个文件。

"1104，1202，1206，1304。"他边翻边说，"这是公开信息，警方蓝底通报上就有。"

我拍拍王凯肩膀，说谢了。

然后不等他问话，我头也不回地冲出了办公室，开车往静海花园驶去。

赵建伟的照片我认得，前几天我们刚刚见过面，他就是 1202 隔壁房间的男人，我们一起搭过一部电梯。

我敲开 1203 室房门的时候，开门的是一个女人，还有两个小孩从后面探头看我。

我说我找赵建伟。

女人朝屋里喊："老公，有人找你。"

赵建伟穿着居家服，看见是我，也愣了一下。

我说我想聊聊曹菁菁的事儿，他抿着嘴，琢磨了一会儿，回头跟妻子说要出去一下。

他没换衣服，就趿拉了一双拖鞋跟我下了电梯，我们找了小区的一个亭子坐下，他点了根烟，问我："你到底是谁啊？"

"我是曹菁菁一朋友，她死你隔壁了，你知道吗？"

他挠挠头："怎么能不知道？闹多大啊，自杀还带着怨气，你知道吧，我跟她的关系……以前谈过一段恋爱。"

我说："我知道，所以我才来找你，我就想知道曹菁菁自杀是怎么回事。警察说她自杀是因为一个已婚的男人，那男人我认识，曹菁菁不会喜欢他到那个地步。"

"你觉得是因为我啊？我跟她一点儿联系都没有了。"

"她死之前没多久还跟我说过，说你们马上要复合了。"

赵建伟显出不可置信的表情，说："没有的事儿，我躲她还来不及，她这里有问题。”说着赵建伟指了指自己的脑袋。

按赵建伟的说法，曹菁菁脑袋有问题，她只相信自己想相信的事情。

高中时候两人确实谈了恋爱，不过是曹菁菁热烈追求赵建伟。那时候的赵建伟是校篮球队的明星球员，曹菁菁是声名在外的校花，他俩郎才女貌，加上女方热烈追求，自然而然就走到一块了。

赵建伟表示在一起之后他才发现曹菁菁的一些问题，她会严查赵建伟所有的社交软件，每天无时无刻不跟在赵建伟身后。

开始是感到厌烦，后来是觉得恐惧。这是赵建伟对这段关系的评价。

高中毕业之后，两人上了不同的大学，赵建伟以为这段关系会自然而然地冷却，可曹菁菁总是突然地出现在他身边，辱骂他身边的每一个异性。

不过在大学里，赵建伟高中时的优势荡然无存，身边的女生也都不如曹菁菁漂亮，赵建伟索性接受了这段不太健康的关系，两个人又一直谈到了大学毕业。

大学毕业后，他们真正地分手了，然后两人再无交集。

前段日子，不知曹菁菁从哪里找到了赵建伟的电话，她给他打了一次电话，只是简单寒暄了几句。

赵建伟听出了曹菁菁想复合的意思，他明确表示自己已经结了婚，不想再和她扯上关系。

说到这里，赵建伟掐了烟。

“我本以为事情到这儿就完了，结果有一天发现她搬到了我家隔壁。我想跟她说清楚，她却躲着我，躲着我还好，可每次我们在楼道里相遇，她那眼神绝对不正常。”

我问：“怎么不正常？”

“就像……就像是我们有了某种默契，她看着我笑，不和我说话，我更觉得害怕。”

听到这里，我长出一口气，某些东西在这一刻连接到了一起。

“她从来没和你说过话？”

他摇摇头：“我都想和我妻子坦白了，曹菁菁每天压得我喘不过气来，可我又不知道坦白什么，我明明什么都没做，直到……直到她在我家隔壁自杀。”

我再一次向他确认：“你们真的除了那一次通话，再也没有过联系？”

赵建伟摇摇头，说：“没有，绝对没有。”

我大概已经知道了事情的全貌，便起身要走，这时候激动的反而是赵建伟了。

“你告诉我，到底这是怎么回事儿？她为什么要死在我家隔壁！”

我拍拍他的肩膀：“她死在你家隔壁只是偶然，也可能死在你家上面，还可能死在你家下面。她死之前把你们单元 1104、1202、1206、1304 四套房子全租下来了，正好把你家围在中间。”

赵建伟蒙了，一时说不出话来，我叹了口气告诉他：“不过有一点我可以向你保证，她确实是为你死的。”

6.

再回到 1202 的时候，房间里还是我和王凯翻找过的样子，房东和我们都没来得及收拾。

我坐在房间里给王凯打了一个很长的电话，关于证据、刑事责任的划分和追究，最后他从专业调查的角度得出结论，我毫无办法。

但我还是把蒋兴约到这个房间来了，我想至少我要把事情问清楚。

蒋兴还是和上次一样，夹着个包欣然赴约。

进屋时他看见屋里乱糟糟的样子，也没怎么惊讶。

我翻着手机上王凯发给我的表格，见蒋兴来了，便一条一条地念给他听。

“各种信用卡，加到一起十二万；网贷，加到一起八万；还有给朋友打的欠条，三万多，这些钱是曹菁菁生前欠下的，没人知道这些钱用在哪儿了，我猜都在你那儿吧。”

蒋兴撇撇嘴没说话，我又问：“你到底是下了什么迷魂药，能让她借你这么多钱？”

他脸色不好了，说没事儿他就要走了，不想听我在这儿扯淡。

我拦住他：“听我说完，听我说完我对这事儿的猜测，这里最最关键的一点，曹菁菁不是为你自杀的，她是为赵建伟死的，只是她一直不知道，和她聊天的赵建伟是谁。”

曹菁菁不缺男人，或者说她不能缺男人，无论是我，还是蒋兴，都是她倾诉苦闷的对象。

她事无巨细地把自己的感情经历告诉了蒋兴，而作为知心陪聊，蒋兴一次一次地从她手里榨取钱财。

这笔钱财最后终于让蒋兴无法负担，曹菁菁几次追债追上了门，让蒋兴苦不堪言。

巧的是这个时候，曹菁菁找到了失联多年的前男友赵建伟，她和赵建伟通了一次电话，可没有进展。

这让蒋兴找到了机会。

趁寄住在曹菁菁家的时候，蒋兴把曹菁菁通讯录里赵建伟的电话号码换成了自己的另一个号码，继而加了其他各种社交软件的联系方式。

蒋兴一人分饰两角，一边利用赵建伟的身份对曹菁菁进行感情欺诈，另一边则用自己的身份作为知心朋友给曹菁菁提供各种建议。

扮演赵建伟的蒋兴不断地释放信号，让曹菁菁以为自己要抛妻弃子回到她身边，同时因为财产、家庭等原因，让曹菁菁在他离婚之前不能在公共场合与其交流，以免曹菁菁和赵建伟见面时露出马脚。

蒋兴没想到的是，曹菁菁是个天生的偏执狂加跟踪狂，她偷偷调查到了赵建伟家的住址，并在赵建伟家上下左右各租了一套房子。

曹菁菁和真的赵建伟频繁见面，让蒋兴不得不加快自己的计划。

他当机立断表示自己还是决定回归家庭，随后便割断了“赵建伟”对曹菁菁的回应。

然后他以蒋兴的身份给出建议，他对曹菁菁说：“赵建伟还是爱你的，只不过还是无法斩断世俗偏见，只要你表现出决心，他会回头。”

他给曹菁菁安排了一场自杀的戏码。他告诉曹菁菁：“在你吞下安眠药之前，给赵建伟发一条信息，他就住在你隔壁，一定会破门来救你。即使他不出现，我也会来救你，万无一失。”

当然，蒋兴只在见面时给曹菁菁建议，这样不会留下任何通话或聊天记录作为证据。

曹菁菁听从了这个建议，她在吞药之前发出了最后一条信息：“你等着，我现在就去死。”

她在昏睡前一定在幻想赵建伟能撞开她的房门，可她不知道，那条信息根本没发到赵建伟手上。

蒋兴就这么看着那条信息，看着曹菁菁死去。

之后蒋兴要做的就是，在曹菁菁死后回到 1202，将曹菁菁手机上赵建伟的联系人名片改成蒋兴。

他知道如果被怀疑是谋杀，警察可以调取通话记录和聊天记录，所以删除是没有意义的。

相比谋杀，他给自己选择了一个仅仅是违背道德底线的罪行。

替换完联系人名片后，他成了只能在道德上被谴责的、曹菁菁自杀案的罪魁祸首。

而之后那套房子数次闹鬼，自然也是蒋兴所为。

他半夜弄出异响，伪装女人的哭声，上门敲门，就是为了吓走一波一波的房客。

“接下来就是我的猜测了，你不知从什么地方得知，曹菁菁还有其他的积蓄，为了这些钱，你才想逼走房客，翻找屋里。可事实上曹菁菁已经被你榨干了。”

蒋兴脸上已经没了笑容，我听见他暗暗骂了一句。

我说：“我唯一不明白的一点就是，为什么屋子里会画上鬼符，演戏完全没必要演到这一步。”

蒋兴笑了：“这些都是你猜的，曹菁菁是自杀，铁板钉钉，你没有任何证据。”

我叹了口气，他说得对，关于这个推论，我已经和王凯聊过了，他告诉我除非蒋兴自己承认，并且在合法合规的情况下录下口供，否则毫无意义。

“我至少知道了，曹菁菁不是为你而死。”

蒋兴又笑了，他凑到我身边，低声对我说：“我来解答你的疑问吧，那鬼符的画法是我告诉曹菁菁的，我没和她说那是死咒，我跟她说，那是求爱的符咒，一呼百应。”

我一股怒火冲上头，可转瞬间就冷静了下来，什么也没做。

蒋兴嘿嘿笑着转身走出了房间，我看着他的背影，耳边似乎真的听到了曹菁菁的哭泣声。

大概一周之后，王凯又找我喝酒，我没心情，他硬拉着我出门，神神秘秘地跟我说有事讲。

坐下之后他从怀里掏出一沓照片，我打眼一瞧，是某个车祸现场，轿车追尾了一辆拉钢筋的大货车，钢筋穿透了轿车的挡风玻璃。

我赶忙把照片扔到一边，摆手道：“看这玩意儿还怎么喝酒？”

王凯说：“蒋兴。”

“谁？”

“蒋兴，车祸，蒋兴开车追尾，当场死亡。”

我端起酒杯咕嘟咕嘟喝了一大杯，不知道该说什么好。

王凯问我："这事儿完了吧？"

我说："完了。"

FERNANDO

UNDER CONS

风

文/Nicebro

问

Who is liar

NO.010

入户指南 重启调查

供词 上帝模仿秀

风向

谎言游戏

朋友 窃贼 流言游戏

轮到你了 二月二十九日

HIC DESIGNER

REFERENCES: Fengxiang

TRA R

风向 NO.010

[redacted]

She's liar

1.

她正襟危坐，面前放着一部手机。

看得出来她还是很紧张，嘴里不断碎碎念，仿佛即将上台的演讲选手。

“准备好了吗？”丈夫小声地询问，抽了一张纸巾想让她擦去眼角的泪水。

伸出的手悬在半空中，随后又缩了回去，他大概是觉得这样的状态才是最真实的。

“准备好了。”她用颤抖的声音回答。

“那我们开始录了。”

屏幕左上角的红点亮起，画面开始有序地拍摄着。

“对于网上的一些质疑，我觉得我有必要做一些澄清。”她刚一开口，就忍不住啜泣起来，“首先小宝是我的儿子，作为他的母亲，发生这种事我肯定是最难过的。”

录视频的丈夫眼眶红了，他不知道这样做对不对，只知道这个视频他们已经录了一整个晚上。

“小宝现在还躺在重症监护室里。”她继续说道，“医生说醒来的概率只有一半，小宝……小宝他才只有三岁啊。”

短短两句话，就花了将近一分钟时间。

“网上有一些人说，小宝之所以会从窗户掉下去，是因为我们作为父母的失职。可是，可是那个时候我们并没有在家啊！我们花钱请保姆照看小宝，不就是为了在我们离开的时候负责看好他，不让他发生意外吗？”

她不自觉变得愤怒，又不得不在心里反复提醒自己，不要被愤怒冲昏了脑袋。

“她不能因为窗户外装着防盗窗，就不管不顾让小宝随便爬到上面。她说她没想到防盗窗网格的空隙那么大，小宝会从中间掉下去，你们觉得有可能吗？这分明就是在撒谎！”

丈夫站在妻子对面，努力让她冷静下来，不要再次失控。这次她做到了，不过花了一些时间。

“小宝会掉下去，是因为有根铁管生锈了，承受不住小宝的重量断掉了，这件事我们已经提醒过保姆了，她不可能不知道。”她看了一眼丈夫，又开始啜泣起来，“我们和电焊师傅约好了时间，并在生锈的地方铺了一块木板，我们做了所有能想到的事情，可是……可是小宝他……”

她泣不成声，丈夫想要上前安慰，他以为他们今晚是无法完成这个视频了，没想到坚强的妻子迅速调整了状态，说出了最后的话。

“我相信警察可以给我们一个公道，不会单纯地以意外来结束这起案件，我希望那个女人，希望她可以得到法律的制裁！”

2.

何克群此刻是愤怒的，他完全被视频中这个女人的情绪感染了。

这个可怜的女人因为保姆的疏忽，导致她三岁的孩子翻过三楼的窗户掉了下去，不过幸运的是她的孩子落在二楼露台打开的遮阳棚上，勉强捡回了一条命。

说捡回其实也还不确定，根据女人提供的信息，医生说这个小朋友醒来的概率只有一半。

这件事发生的地方就在何克群生活的城市，随着各种猜测不断发酵，最后冲上了网络热搜，所以女人才发了这么一条视频。

这是第一次有关注度这么高的事情发生在身边，何克群自然也十分关注。

要说立场的话，其实他是站在女人这一边的，一是事情发生的时候这个女人和她的丈夫并没有在家里，二是照看好小孩本来就是保姆的责任，她必须为自己的疏忽付出代价。

因为关注度高，各种观点和猜测层出不穷，还有一些博主专门录了几期视频来阐述自己的观点，并试图把真相和自己的推测结合在一起。

作为常年混迹在网络上的何克群对这些所谓的阴谋论嗤之以鼻。

不过得益于这件事情的高关注度，这些博主发布的视频都获得了可观的流量。

其实何克群也有自己的账号，他也曾很认真地经营，不过天不遂人愿，不知道是因为他的东西太中规中矩，还是因为他脸皮薄，放不开，他发布的作品点赞数和评论数永远都只有个位数，所以账号逐渐也就荒废了。

不过他完全没有想过要蹭这次事件的热度，至少在不了解真相的情况下他绝不会像其他人那样啃这块“人血馒头”。

厨房传来阵阵香味，何克群懒洋洋地从被窝里爬起来，趿着拖鞋坐到饭桌前。

他已经在床上躺了一整天了，饥肠辘辘的他亟待一顿丰盛的午餐补充能量。

“吃饭的时候不要玩手机。”母亲说。

何克群放下手机，今天是星期六，却没有看到父亲的身影。

“爸呢？”他问。

“有点事出门了。”

吃饭时，何克群提起这次案件：“一个小孩从三楼掉下去，就发生在我们这里。”

母亲没有回答，只是催促他快点吃饭。

“那个妈妈真可怜，那边孩子还在医院里昏迷不醒，这边还要被质疑，被人骂。”

母亲还是没有回答，何克群有点生气。

“妈，你也太冷漠了！”

“别人的事你少管，多操心一下自己的面试。”

“每个人都像你说的这样，那这个社会不就完了？”

“你不了解内情，随便掺和进来就是给警察添乱！”

“你又知道啦？”

母亲面无表情地吃着饭，随口道：“你爸就是去帮忙处理这件事了。”

“帮忙？爸爸又不是警察，怎么处理？”

“他去医院了，孩子的母亲是你爸表嫂的女儿。”

竟然还有这种事？父亲竟然也是这个事件的知情人，何克群不由来了兴致。

“所以那个保姆被警察抓起来了没有？”

“没有，这件事大概率会被当成意外，两边人在协商私下和解。”

“这怎么可以！这个保姆差点害死一个小孩啊！”

“你管那么多干吗？快点吃饭！”

晚上，父亲很晚才到家，何克群听到他和母亲在客厅谈话。

“医院外面有很多媒体，有个人的，也有官方的。”父亲说，

"表嫂让我去帮忙拦住那些人，不让他们跑到医院里面。"

"保姆公司的人有来吗？"

"有。"父亲回答，"他们想要见小宝的父母，说是准备了一笔赔偿金，想要和解。"

"孩子那边知道吗？"

"知道。"

"不能接受和解。"何克群突然出现在房间门口，"就应该让那个保姆和管理保姆的公司受到应有的惩罚！"

"没有这么简单。"父亲叹了口气，起身准备洗澡休息，"我明天还要再去一趟。"

"还要去？"母亲问。

"保姆公司约了我，希望我可以帮忙从中调解一下。"

"表嫂家知道吗？"母亲看起来有点担心。

"知道，说是让我先去听听那边的说法。"

"爸！"何克群跟在父亲后面，"我和你一起去。"

"小孩子去干吗？"母亲阻止道。

"干吗不行？"何克群转而向父亲说，"你不是去谈判吗？多一个人多一张嘴！爸，让我一起去吧。"

父亲犹豫地看看妻子又看看何克群，最终答应："好吧。"

3.

案发小区和保姆公司所在的位置有各路媒体和看热闹的人在门口守着，所以双方把见面的地方定在某栋写字楼的办公室。

"孩子父母那边不接受和解。"父亲一坐下就表明立场，"只要按照正常的流程追究责任就好了。"

一个穿着正装、经理模样的人递了一根烟过来，被父亲拒绝了，他转而将烟递给何克群，也被拒绝了，不过他没有生气，露出礼貌的笑容。

"何先生，我们是抱着诚意来，希望可以解决问题的。"

经理用双手将一份合同推到桌子中间，“这是我们可以提供的赔偿金。”

何克群瞟了一眼合同上的数字，“2”字打头，后面跟了很多个“0”，反正不会是两万或者二十万。

父亲不为所动。

“我说过了，我表嫂派我和你见面不是为了要钱，而是因为孩子的父母根本就不想看到你们，他们现在状态很差，可能失去孩子的痛苦你们不会懂的。”

“痛苦的也不仅仅是你们，我们同样感到痛苦啊。”经理说，“朱妹她因为这件事每天躲在家里哭，她很自责，上次还跑去小宝家下跪求原谅，但是你们那边把她赶走了。”

“难道还要我们好好款待她吗？”

“我不是这个意思……”经理双手交握，用沉重的语气说，“朱妹人很老实，她是农村出来的，不懂舆论这些东西，而且这件事是个意外，我觉得和解是最好的办法。”

“意外？小宝的父母明明在防盗窗上铺了一块木板，你告诉我，那块木板好端端的怎么会不见了？”

“也没证据证明是朱妹拿走的啊，而且，他们夫妻有没有放木板还要等警察的调查。”经理安抚说，“孩子父母不是也在家里装了监控，警察拿走了监控录像，如果有问题的话肯定不会让朱妹就这么回去的。”

“就算是这样，你们也有责任，是保姆的失职。”

经理叹了口气：“何先生，我希望你可以拿着这份协议回去，让孩子的父母认真地考虑一下，其实这件事调查到最后，就算有我们的责任，但是赔偿的金额肯定不会达到我们今天提供的这一份。我们之所以这么做，只是希望公司可以早日恢复正常运作，事情拖得越久，对我们双方越不好，你考虑下吧。”

一直到对面的人离开，何克群也没有说上半句话。他们看着桌上的协议书，父亲抽着烟也不说话。

“爸，我们也走吧。”

“把协议书收好。”父亲说。

“你要同他们和解吗？”

“不是我，我怎么能做决定。”

“可是你说孩子的父母不接受和解啊。”

“你懂什么？”父亲把烟按进烟灰缸，“你是人家肚子里的蛔虫吗？”

从写字楼离开以后，父子二人带着协议书赶到医院。

天空下着小雨，驱散了守在附近的人。来到住院部楼下，父亲让何克群就待在这里，自己一个人把东西带上去。

何克群抗议无果，蹲在楼前的屋檐下抽烟，顺便查看网上的风向。

大家的注意力好像都在那块消失的木板上，如果有木板的话，小宝可能也就不会从三楼掉下去了。

何克群也不懂，明明放好的东西，为什么会突然不翼而飞。

一个撑着伞的女人引起了何克群的注意。他以为又是那些凑热闹的人徘徊在附近，等那个女人走近才发现，这不就是那个保姆朱妹吗？

这几天网上有人揭露过朱妹的身份，朱妹原名朱夏红，只是这么复杂的名字大多数雇主都记不住，所以最后大家都用“朱妹”来称呼这位平平无奇的保姆。

大概知道他是小宝的亲戚，那个女人慢慢走上前，小心地询问何克群：“小宝他醒了吗？”

这个朴素的女人看来已经在这里徘徊了很久，操着一口不太标准的普通话。

何克群本以为自己对保姆是充满敌意的，但到真的面对她的时候，却有一种说不出的感觉。

“还在昏迷中。”

“对不起。”朱妹不断向何克群道歉，“都是因为我的疏忽才让小宝出这种事。”

何克群不知如何回答，只能告诉她：“警方已经拿走了房间的监控录像，真相很快就能调查清楚了。”

“监控？”朱妹皱着眉头，“是那个圆圆的球吗？”

“嗯。”

“我记得小宝的爸爸和警察说坏了。”

“坏了？”

“我也不懂，当时小宝妈妈跟着救护车去了医院，我和他爸爸在这里等警察，警察要拿走监控的时候，他爸爸说什么卡坏了，里面什么东西也没有。”

“你确定？”

朱妹低着头：“我不知道，我也不懂这个东西，只是听到他们这么说。”

“那木板呢？”何克群又问，“他们不是在防盗窗上面铺了一层木板吗？你拿去哪里了？”

“什么木板？”

何克群有点生气，他认为这个女人在装傻。

“因为铁管生锈了，小宝妈在飘窗上铺了一层木板，防止小孩子掉下去的。”

“可是……”朱妹支支吾吾地说，“可是他们并没给我可以铺的木板啊。”

“没有？”何克群看着朱妹的眼睛，这个女人不会蠢到连木板的事也撒谎吧。

“我和小宝的父母说过这件事，说防盗窗生锈了，因为最近流感严重，小宝一直关在家里，所以经常爬到窗台看楼下的公园，我担心这样不安全……”

“不对。”何克群打断她，“小宝的父母说，是他们发现防盗窗生锈了，提醒你要注意。”

“他们怎么可能会发现，两人平时待在家里就是玩手机，连开窗通风都是我做的，如果不是我说，他们不可能知道防盗窗生锈了。”

看着朱妹信誓旦旦的模样，何克群难免有些动摇。

“你有什么证据证明是你先发现的？”

“证据……”朱妹慌乱地四下张望着。

也是，这个女人哪里拿得出证据。

“这个……这个算证据吗？”朱妹把手机递给何克群，她指着微信对话框里自己给小宝妈妈发去的一段语音说，“我当时一发现铁管生锈的事就告诉她了。”

何克群点开语音，把音量调到最大。

“佳佳啊，我们家里这个防盗窗的铁管有点锈了，会不会断掉啊，要不要找人修一下？”

而面对朱妹发的语音，小宝的妈妈只是简单回复了“知道了”三个字。

“你有把这件事告诉警察吗？”何克群问。

“这很重要吗？不管是谁发现了防盗窗生锈，小宝他……”朱妹又哽咽起来，“小宝掉下去都有我的责任。”

这当然重要，何克群想，这说明小宝的母亲在说谎。

“那小宝掉下去的时候，你人在哪里？”何克群又问。

“我去取快递了。”

“快递？”

“小宝的爸爸买了一些东西放在电梯送上来，让我出去取。”

“他没有上来吗？”

“没有。”朱妹摇摇头，“他说他要赶着去上班，我心想就出去几分钟，肯定不会发生什么事，就去电梯取了，回来就发现……发现小宝不见了。”

回到家里，父子两人都一副心事重重的样子，面对母亲的询问也是心不在焉随便搪塞两句。父亲久违地从冰箱里拿出一瓶啤酒。

“喝一点吗？”他问儿子，并替他倒了一杯。

“嗯。”何克群举起酒杯，看着父亲一饮而尽之后也喝光了杯中的酒。

“你把协议书交给他们了吗？”克群问。

“给了。”

“他们怎么说？”

“他们拒绝了。”父亲又将两个空杯子斟满，“不过，他们希望我可以再和保姆公司的人谈一谈。”

“谈什么？不是拒绝了吗？”

“他们拒绝的是这份方案。”

何克群的心一沉，他想起小宝的母亲声泪俱下控诉朱妹的样子，还有朱妹在雨中对他这个局外人不停道歉的场景。

“那他们想要什么方案……”

“他们想要双倍的赔偿。”

大概是酒精的作用，何克群觉得天旋地转。

“四百万？为什么？这根本就是不可能的事。”

“小宝住院需要很多钱，而且，”父亲犹豫了一下，还是接着说道，“其实这也是人之常情。”

“爸……”何克群觉得喉咙微微发紧，“其实我刚才遇见那个保姆了。”

“嗯。”父亲微微一笑，“我昨天也遇见她了，她不停地给我道歉。”

“有没有可能……这件事不完全是那个保姆的错？”

4.

小宝醒了，何克群也是第二天通过新闻得知这件事的。

小宝的母亲在自己的账号发布了这个消息，网友们一片欢腾，每个人都为坚强的小宝感到开心。

何克群也是，他不知为何突然想起了昨天在雨里的那个保姆，不知道她知道这个消息没有。

“对我来说，小宝能够醒来是最重要的。”小宝妈妈在发布的视频里告诉大家，她的状态看起来好多了。

她告诉网友接下来她希望可以把所有的时间花在陪伴小宝康复的过程里。

“至于这件事到底是谁的责任，我现在已经没有心力再去追究了。”她这次没有哭，显得淡然了许多，“保姆公司的人也来道歉了，警察很快就会对这件事做出通报，感谢这段时间以来大家对我们夫妻的帮助和关心，不过我希望这件事可以到此为止了，我希望大家可以给我们和小宝一个安静的环境专心疗养，谢谢大家。”

她起身在镜头前深深鞠了一躬。

底下的评论依旧很多，大多是支持这对夫妻的。

何克群百感交集，他一方面为小宝感到开心，另一方面脑海中那份和解协议始终挥之不去。

中午父亲出门前叫上他，说要去一趟小宝家。

“小宝出院了吗？”何克群坐在车上问。

“没这么快，他们一家人还都在医院。不过他们约了电焊工下午去家里，让我们去接一下。”

“要我们两个人一起去？”

“因为保姆公司的人也来了，他们送来了很多慰问品，说是给小宝后续康复使用的。”

到了小区门口，保姆公司的车已经停在那里，附近围满了各路媒体的记者，何克群看到保姆公司的经理面色凝重地对大家承诺着什么。

朱妹怯懦地站在经理旁边，似乎不习惯面对这么多镜头，她还是在哭，在不停地给所有人道歉。

何克群觉得很不舒服，但是一下车他们就被公司的人团团围住，他们说小宝的父母始终不愿意见他们，所以他们才出此下策，把东西都送到小宝家里。

经理向父亲一一介绍着自己送来的东西，并强烈要求父亲收下。

父亲看起来很窘迫，他没有同意，但是保姆公司的人还是抱起慰问品，一件又一件往电梯里运。

何克群不愿被媒体拍到，躲开人群坐在小区公园的秋千上。公园里有不少带着小孩子玩耍的家长，眼前的场景让他们议论纷纷。

“小弟，你是佳佳的亲戚吧？”一个阿姨大概是看到何克群从那辆车上下来了。

“对。”

“小宝状态还行吧？”她问，“可怜的孩子，我家程程还一直问小宝哪里去了，他们之前经常一起玩呢。”

“应该很快就会回来了。”

“那就好，不过就算回来了也会搬走吧。”

“应该不至于吧。”

“他们父母不是谁也不愿意要小宝吗？”

“什么意思？”

“小区里谁不知道他们夫妻经常吵架啊。”大妈小声说，一边提防着远处的记者，“你说就一个小孩，工作再忙可以叫自己的父母来帮忙带啊，条件又没有多好。”

“大概老人家也没空吧。”何克群挠挠头说。

“有空没空我会不知道，只是谁都不愿意要这个孙子罢了。”大妈冷笑一声，“你知道小宝为什么那么喜欢爬到窗台吗？”

“好像是说最近流感严重，大家都不去公园玩了？”

大妈指着身后成群结队嬉闹的小孩说：“这里看起来像是没人的样子吗？要我说啊，就是故意的，他们知道不让小宝出去玩的话，他就会一直趴在窗台看别人玩。”

可是当何克群追问这句话是什么意思的时候，大妈却不愿意多说了。

“反正啊，这小区里的人都知道，他们夫妻二人都把小宝当成了累赘。”

这时候父亲打来电话，叫他去小区门口接电焊师傅。

何克群和大妈道别，去小区门口把电焊工带到了小宝家。保姆公司的人已经离开，留下了堆积成山的慰问品。

断掉的铁管早已不知去向，只留下一个二十多厘米宽的洞。电焊师傅拿出早就准备好的铁管，把坏掉的地方重新填补上。

何克群走到厨房想给工人倒一杯水，料理台上摆着三个碗柜，有两个放了大人的碗筷，应该分别是小宝的父母和保姆用的东西。

另一个柜子里放的是小孩子的碗筷，东西还算齐全，从剪刀到水果刀再到吸管，何克群能想到的东西都有，不过唯独少了砧板。

大人那边倒是有一个木质的，体积很大看起来很是笨重。

何克群一边倒水一边看着那块砧板，那块砧板看起来不是很干净，上面还残留着黑色的污渍。

难道他们给小宝切菜、切水果都是用同一块砧板吗？

这得多不称职的父母才会干出这样的事啊。

电焊的工作进行得很快，完工之后何克群和父亲也没有在小宝家里久留，拍了几张照片发给小宝父母后就离开了。

保姆公司的公关取得了一定的作用，事情也随着小宝的苏醒，热度在一天天消退。

不久后，何克群也顺利找到了工作，在一家电器商城当配送员。忙碌的工作让何克群不再频繁关注这件事，他看到了警方对这件事的通报，警方最后确定这是一件意外事故。

坏掉的监控、从未出现过的木板到底是怎么回事都无从查证了，或许事情的真相只有小宝父母他们自己知道了。

父亲在帮助小宝家人处理完赔偿的事情后也没有再提起这件事。

值得一提的是，夫妻两人最后还是没有离婚，大概是迫于舆论的压力吧，何克群想。

这天早上送货的时候，何克群看到小宝的父亲，他和一个陌生的女人有说有笑地一起走着。

至于小宝的母亲，听网络上一些网友的爆料，她好像订了一辆新车。

支持朱妹的人，他们通过查证和采访朱妹也提出是朱妹首先发现了防盗窗生锈这件事，还有夫妻二人准备离婚以及他们把小宝当作拖油瓶谁也不愿意要的隐情。

夫妻二人立马否认了网上的所有指控，不过导致舆论风向突变的还是夫妻二人和保姆公司和解的消息被爆出来的时候。也不知道网友们从哪里挖到的信息，说夫妻二人收了保姆公司四百万赔偿金。

一时间公众对夫妻二人的谴责不绝于耳，不过毕竟这时候的流量热度已大不如前，所以也没有激起多大的舆论。

就像是父亲说的那样，其实每个人心里都清楚，这是人之常情。就算被少数网友质问和谴责又怎样，那可是整整四百万啊！

晚上下班前，商场又发来派送任务，目的地就是小宝出事的小区。

何克群把货卸到平板车上跟着领路的工人一起走进电梯，来到买家门口才发现这里正是小宝的家，在家里等待的是小宝的母亲佳佳。

佳佳似乎认出了何克群，她问："你是表叔的儿子吧，我应该叫你什么？表弟吗？"

“都行。”何克群略微尴尬地点点头，这其实是他们第一次见面，“你从医院回来了？”

“对，小宝再过两天就可以出院了。”佳佳看起来很憔悴，何克群发现她的额头上有一处擦伤。

“你受伤了？”

“没事。”

“摔倒了吗？你应该多休息。”

“是小区里不知道哪个调皮的孩子朝我们丢石头。”小宝的外婆从厨房出来，她在替小宝准备吃的东西准备带去医院。

“丢石头？这么没教养。”

佳佳叹了口气：“最近网络上很多人骂我们，说的话很难听。”

看来是负面的舆论影响了他们，何克群作为亲戚，心里还是有一些同情他们的。

“他们说小宝进医院是我们的错，故意陷害保姆的。”佳佳苦涩地笑笑，“最近麻烦你们了，我们刚准备送一点海鲜去你家里呢，刚好，直接让你带回去吧。”

“不用不用！”何克群赶紧拒绝，“我现在在上班，带着也不方便。”说完就把东西卸在客厅，“明天会有负责安装的师傅上门，你们记住拆箱的时候盯着点，如果发现磕碰，马上就要反映，我帮你们换新的。”

“谢谢啊，你等下，我买了一些海鲜给你爸，你等下。”

何克群虽然一直推托，但是拗不过两人的热情，只能勉强收下。

提着湿答答的海鲜回到家里，何克群把今天去小宝家送电器的事告诉了父亲。

“人家家里现在这么困难，你还收别人东西！”父亲呵斥道。

“我也说了不要啊，可是你表嫂力气好大。”

“那也不能收啊，他们为了小宝的事花了不少钱。”

“他们家不是收了保姆公司的钱吗？怎么可能困难。”

“谁跟你说他们收钱了？”

“没有吗？”何克群以为自己听错了，“不是你说他们要求四百万的赔偿吗？”

“那是表嫂的意见，不过被小宝爸妈拒绝了。”

“那你去找保姆公司的人干吗？”

“小宝他们一家并不富裕，所以只是要求保姆公司全额负责小宝的医药费。”

“那佳佳买车的事呢？”

“买车很奇怪吗？”父亲皱着眉说，“这是他们家的第一辆车，十几万还是贷款的，因为小宝现在行动不便，专门买车方便接送小宝。”

“那网上的人都说……”

“网上的人说什么你都信吗？”父亲大声说，“你明天再去一趟小宝家，送点东西过去，不能白收别人东西。”

第二天，何克群专门请了假，因为父亲不但要求他送东西过去，还让他把车开过去借给他们，在新车办好证之前供他们接送小宝或是运送东西。

到了小区，佳佳打电话说她在回来的路上。

何克群提出去医院接她，但是佳佳不想再麻烦他，只让他在小区花园里等会儿。

小区的花园依旧很热闹，何克群还是坐在上次休息的位子等待。

“听说小宝醒了？”上次和他搭话的阿姨认出了他，主动上前搭话，她的女儿跟在旁边。

“对，过两天就回来了。”

“我听说小宝家买了新车了？”

“妈！”大妈的女儿生气地阻止道，“不要乱说话。”

“不是网上都这么说，说他们收了很多赔偿金。”

“不要再说了！”女儿说。

他想告诉大妈佳佳并没有收钱，又觉得徒劳，于是转而对阿姨牵着的小男孩说：“等小宝回来了，你就又有人一起玩了。”

“外婆说小宝很快就会搬走了，因为他们爸爸妈妈马上就要离婚了。”小男孩天真地说。

“你到底对程程都说了什么呀！”女儿把孩子拉到一边，愧疚地向何克群道歉，“我妈总是喜欢听一些没有根据的话。”

“哪里没有根据，大家都知道这件事。”

“那我怎么不知道？”

“那个……”何克群忍不住打断争吵的两人，“小宝的父母并没有离婚的打算。”

“不可能啊，朱妹明明说他们两个人在闹离婚。”

何克群一愣：“是那个保姆，朱妹告诉你的？”

“对啊，她每次带小宝下来的时候，都会和我们抱怨小宝的父母关系很差，经常吵架，说他们在闹离婚。”

说话间佳佳打电话说自己已经到了，何克群上楼把东西交给佳佳，并主动提出要把车借给他们暂用。

佳佳很是感谢，坚持要开车把他送回家。

路上何克群一直惦记着那位阿姨的话，他偷偷看了一眼开车的佳佳，她的心情好像还行。

“那个……”何克群小心地问道，“我听别人说……你和你老公要离婚。”

佳佳微微一笑：“没有的事，我们感情好着呢，谁告诉你的？”

“没有谁，是小区的人问我的。”何克群说，“他们说你们经常吵架。”

“夫妻吵架不是很正常吗？不过我们从来没有离婚的想法。”佳佳叹了口气，“是保姆跟他们说的吧，其实在小宝出事前我和我老公就准备把她换掉了。”

“为什么？”

“因为她很喜欢把我们家里的事拿到外面乱说，而且她做事我们很不满意。”佳佳说，“我们不是在家里装了监控吗？因为之前没有预留线路，不能安装在天花板上，所以我们就把监控放在客厅的电视柜上。但是那个保姆经常假装不经意地用椅子或者是花瓶挡住，让我们看不清客厅的情况……我们和她说了好多次，但是她总说不是故意的，其实我们知道她把监控挡住就是为了不让我们看到她在偷懒。”

“保姆说小宝会爬到窗台是因为他想去楼下的小区玩。”

“嗯。”

“你为什么不让她带小宝下楼？是因为流感吗？”

“什么流感？”佳佳快速看了一眼何克群，“是因为那个保姆每次下楼只顾着和别人聊天根本不看小孩，有一次小宝回来头都磕破了。我老公本来还说小孩子磕磕碰碰很正常，直到有一次，保安给我打电话，说小宝一个人跑到小区外面了，还好被他拦下了。”

“还有这种事？”

“对，我们从那以后就不准保姆一个人把小孩带到楼下玩了。”

“那……你在网上说你们防盗窗上铺了一块木板，是在保姆提醒你们以后吗？”

“她提醒我？”佳佳的语气听起来有点僵硬，“是我老公最先发现的！”

“可是……”事到如今何克群只想知道答案，“保姆给我看了聊天记录，她确实提醒过你这件事。”

佳佳突然猛打方向盘，把车停在路边。

“你看！”她拿出手机打开和保姆的聊天记录，“她告诉我的时候是星期二。”说完又打开她和丈夫的聊天记录，时间是星期一，内容是丈夫提醒她防盗窗的铁管生锈了，并说自己把这件事告诉朱妹了。

“我老公把厨房的砧板暂时铺在上面，因为砧板的尺寸刚好和防盗窗破洞处的尺寸一样。我们把砧板放在外面后，她找不到砧板用，居然用专门给小宝用的砧板切生肉。那天我们上班前发现了这件事，把她说了一顿，然后我们就把小宝的砧板丢了。”

“那她用什么切菜？”

“我们在网上超市定了两块新的。”佳佳说。

那没有砧板的这段时间朱妹是用什么东西给小宝切水果呢？还是……他脑海里有一个可怕的想法一闪而过。

“警察没有问那块垫在防盗窗上的砧板哪里去了吗？”

“我们没有办法证明自己确实把砧板放在上面了，因为监控被挡住了。”佳佳的语调很轻，仿佛在喃喃自语，“而且那个保姆也一口咬定我们虽然有说过放砧板，但是并没有真的这么做。”

汽车重新上路，两人在沉默中走完了最后一段路。

“你慢点开。”何克群下车站在路边看着汽车远去。

或许这就是佳佳那么愤怒地在网络上控诉朱妹的理由吧。

他们认为保姆因为没有砧板使用，所以把放在防盗窗上的砧板重新拿回厨房了，这才导致小宝坠楼。

但佳佳也无法向警察证明他们确实把砧板放在上面了，因为监控被挡住了。

朱妹也是如此，就算她被证明了是一个爱嚼舌根的保姆，但是从收拾得井井有条的厨房来看，很难将她和没有责任心的人画上等号。

真相到底是什么，何克群也不知道，或许警察早就调查过了厨房的砧板，但是被水反复冲洗过的表面很难留下线索。

小宝的遭遇到底是谁的错，也许这就是一场没有结果的舆论战争，在浓雾中相互投掷名为“失职”的标枪。

不过何克群可以肯定的事情是，他们之中一定有一个人在撒谎。

-全书完-

WHO IS LIAR?

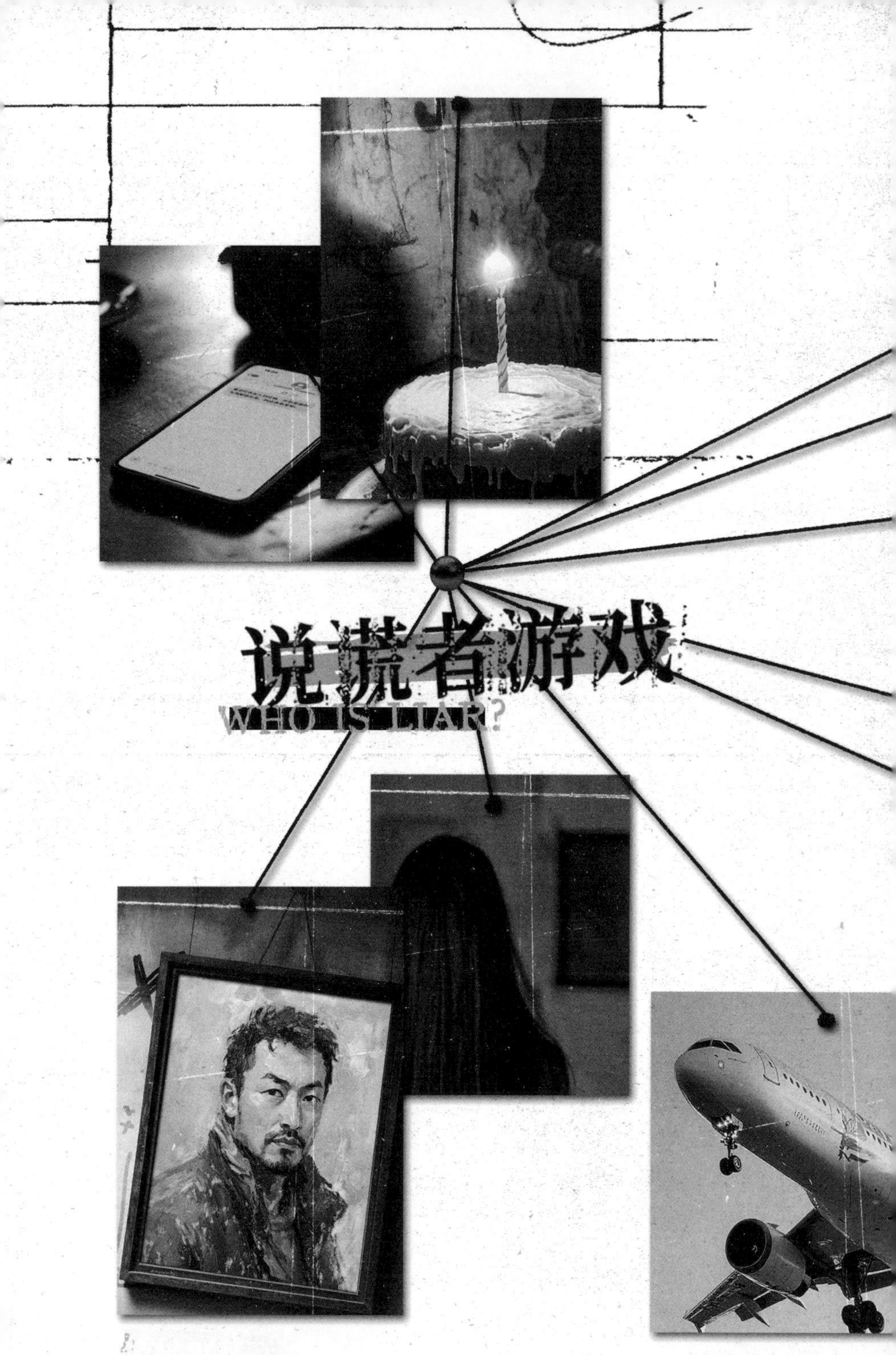
说谎者游戏
WHO IS LIAR?

图书在版编目（CIP）数据

说谎者游戏 / 秦森主编 . -- 北京 ： 新世界出版社，2025. 1. -- ISBN 978-7-5104-8009-6

Ⅰ . I247.7

中国国家版本馆 CIP 数据核字第 2024JR6983 号

说谎者游戏

作　　者：秦森
选题策划：漫娱图书　马飞
责任编辑：楼淑敏
执行策划：宋旖旎
校　　对：宣慧　张杰楠
装帧设计：倪争　孙惋
责任印制：王宝根
出　　版：新世界出版社
网　　址：http://www.nwp.com.cn
社　　址：北京西城区百万庄大街 24 号（100037）
发 行 部：(010)6899 5968（电话）　(010)6899 0635（电话）
总 编 室：(010)6899 5424（电话）　(010)6832 6679（传真）
版 权 部：+8610 6899 6306（电话）　nwpcd@sina.com（电邮）
印　　刷：武汉市卓源印务有限公司
经　　销：新华书店
开　　本：889mm × 1230mm　1/32　　尺　　寸：145mm × 210mm
字　　数：260 千字　　印　　张：8
版　　次：2025 年 1 月第 1 版　2025 年 12月第 5 次印刷
书　　号：ISBN 978-7-5104-8009-6
定　　价：45.00 元